岩波文庫

32-719-1

# タタール人の砂漠

ブッツァーティ作
脇　功訳



岩波書店

Dino Buzzati

IL DESERTO DEI TARTARI

1940

# 目次

# タタール人の砂漠

# 一

将校に任官したジョヴァンニ・ドローゴは、九月のある朝、最初の任地バスティアーニ砦に赴くべく、町を出立した。

まだ暗いうちに起きると、彼は初めて中尉の軍服を身につけた。着終わると、石油ランプの明かりの下で、鏡に自分の姿を映してみたが、思っていたような悦びは湧いてはこなかった。家の中はしんと静まりかえり、隣の部屋からかすかな物音が聞こえてくるだけだった、母が別れを告げようと、起き出しているのだ。

何年来待ち焦がれた日、ほんとうの人生の始まる日だった。士官学校でのあじけない日々を、のんきに、いかにも楽しげに人々が外の通りを行き交うのを耳にしながらの、夜ごとのつらい勉強を、罰則の悪夢の重く澱んだ凍てつくように寒い営舎に響く冬の起床らっぱを、思い浮かべた。無限に続くかに思える日々を指折り数える苦しみを、思い起こした。

ようやく将校になったのだ、もう書物に悩まされることも、軍曹の声に縮みあがることもない、そうしたことはもうみんな過ぎ去ったことなのだった。呪わしく思えたあの日々は、二度と繰り返されることのない過去の歳月となって、もう永久に消え去ったのだ。そう、いまでは彼は将校なのだ、金も入るし、美しい女たちも振り向くことだろう。だが、結局は、人生のいちばんいい時期、青春の盛りは、おそらくは終わってしまったのだ、と彼は気づいた。こうしてドローゴはじっと鏡を見つめていた、どうしても好きになれない自分の顔に、無理につくった微笑が浮かんでいるのが見えた。

なんとしたことだろう、母が別れの言葉をかけてきたときに、なぜお義理にもなんの屈託もなげな笑顔を見せてやれなかったのだろう。どうして母が最後にいろいろと気づかってくれる言葉をろくに気にもとめずに、その優しい情味のこもった声をただの音としてしか耳にしなかったのだろう。なぜ、ちゃんとあるべきところにあるのに、時計や、鞭や、軍帽が見つからず、むやみにいらだって、部屋の中をあちこち歩きまわったりしたのだろう。もちろん戦さに出かけるわけではない。古くからの仲間の、彼とおなじ十人ばかりの中尉たちが、そのおなじ時刻に、まるで祭りにでも出かけるみたいに、楽しそうな笑い声に送られて、生家をあとにしているのだ。母を安心させるような、情愛のこもった言葉のかわりに、なぜ曖昧な、無意味な台詞しか口に出なかったのだろう。みんなの期待のもとに生まれ育ったわが家を初めてあとにするつらさ、変化というもの自体にともなう不安、母に別れを告げる感動などで心がいっぱいだったのは確かだが、しかし、それにもまして、よくは分からないが、二度ともどることのない旅に出立しようとでもしているかのような、なにか運命的なものに対する漠とした予感のような、つきまとって離れぬ想いが彼に重くのしかかっていたのだった。

友人のフランチェスコ・ヴェスコーヴィが途中まで馬で見送ってくれた。馬の蹄の音がひとけのない通りに響いていた。夜は白みかけていたが、町はまだ眠りに沈んでいた。ところどころ家々の最上階で鎧窓が開いて、寝ぼけた顔がのぞき、うつろな目でしばらくすばらしい日の出を眺めていた。

ふたりは黙ったままだった。ドローゴはバスティアーニ砦がどんなふうか考えてみようとしたが、うまく想像できなかった。それにどこにあるのか、どのくらいの道のりがあるのかも詳しくは知らなかった。馬で一日行程だという者もいれば、そんなにはかからないという者もいたが、彼がたずねた相手はだれも実際にはそこへ行ったことがない連中ばかりだった。

町の出口まで来ると、ヴェスコーヴィは、まるでドローゴが散歩に出かけるとでも思っているみたいに、やたらと世間話をしはじめた。そして、不意にこう切り出した、「あの草地になった山が見えるかい？　そう、あれだよ。てっぺんに建物みたいなものが見えるだろう？」と彼は言った、「あそこはもう砦の一部さ、前衛堡塁だよ。いま思い出したけど、二年前、狩りに行く途中に、叔父と通りかかったことがあるんだ」

ふたりはもう町を出ていた。とうもろこし畑や、野原や、紅葉した秋の森が広がっていた。日の光の照りかえす白い道を、ふたりは轡を並べて、馬を進めて行った。ジョヴァンニとフランチェスコは、おなじものに情熱を注ぎ、おなじ友情を交わしあいながら、長年いっしょに過ごしてきた友だちで、以前は毎日のように顔を合わせていたが、その後ヴェスコーヴィは金持ちになり、一方ドローゴは将校になって、いまでは相手をまるで遠い世界の人間のように感じるのだった。あの安逸で優雅な生活はもうドローゴには縁がなく、重苦しい、未知の事態が彼を待ち受けているのだった。彼の馬とフランチェスコの馬とにしても、もうその歩調が違うように思えた。一方は跳ねるようなのに対して、彼のは不安と気苦労にけおされたみたいに、足取りも重くて快活さに欠け、馬もその暮らしが変わろうとしているのを感じ取っているかのようだった。

坂の上に着いた。ドローゴは振り返って、逆光の中にある町を眺めた。家々の屋根からは朝餉の煙《けぶ》りが立ちのぼっていた。遠くにわが家が見えた、自分の部屋の窓も見分けがついた。きっとガラス窓は開け放たれ、女たちが部屋の整理をしているにちがいない、ベッドを片付け、いろんなものを箪笥にしまい、それから鎧窓を閉めて、かんぬきを掛けるだろう。これから何か月ものあいだ、根気よい埃と、晴れた日の窓越しの細い縞目の日の光のほかには、そこには誰も足を踏みいれないだろう。そうして彼の少年時代の小さな世界は薄闇のなかに閉ざされる。たとえ長いあいだの留守のあとでも、彼がもどってきたときに、ふたたび自分を見出せるようにと、その中で子供のころの自分でいられるようにと、母は部屋をそのままにしておくだろう。ああ、母は、永久に消え去ってしまった幸せをもとのままに保っておけると、時の流れを引き止めておけると、息子がもどってきたときに、戸や窓をふたたび開ければ、昔のことがそのまま蘇ると思っているにちがいない。

友のヴェスコーヴィはそこで情愛をこめて別れを告げ、そしてドローゴはひとり馬を進めて、山並みへと近づいていった。陽が真上に昇ったころ、砦へと通じる谷の入り口に差しかかった。右手の山の頂《いただ》きに、ヴェスコーヴィがさっき指さしていた堡塁が見えていた。もうそんなに大した道のりではなさそうだった。

早くたどり着こうと、ドローゴは昼餉のために馬を止めもせず、切り立った崖に挟まれた、次第に険しさを増す道でもう疲れを見せはじめている馬をせきたてた。行き会う人もまれだった。通りかかった馬車引きに、ジョヴァンニは砦までどのくらいかかるかたずねてみた。

「砦ですって?」男は言った、「なんという砦です?」

「バスティアーニ砦だ」ドローゴは答えた。

「このへんには砦なんてねえですよ」馬車引きが言った、「聞いたこともありませんぜ」

どうも間違いを教わったようだ。ドローゴはさらに道を進めたが、午後の時間も経つにつれ、かすかに不安をおぼえはじめた。砦を探そうと、はるか上の崖のへりに目を凝らしてみた。彼は高い城壁をめぐらした昔の城のようなものを想像していたのだった。時が経つにつれて、フランチェスコが間違って教えたのだという思いがいっそう強まっていった。彼の言っていた堡塁はもうずっと後ろのはずだった。それに、夕暮れも迫っていた。

次第に大きく、荒々しくなってゆく山の斜面を行くジョヴァンニ・ドローゴとその馬の姿は、なんと小さく見えることか。彼は日のあるうちに砦に着こうと、道を登りつづけるが、その歩みよりもさらに早く、激流の轟く谷底の方から、夕闇が這いのぼってくる。闇は、谷の反対側の斜面を、ドローゴとちょうどおなじ高さまでのぼってくると、彼をがっかりさせないためにか、しばらくその歩みを緩めるかにみえたが、ふたたび崖や岩肌の上を滑るように這いのぼり、騎上の人影を下に取り残した。

もう谷はすっかり菫色の夕闇に包まれていた。信じられないほど高くにある、草に覆われただけの、裸の山頂のみが、夕日に照らされていた。すると、そのとき、だしぬけに、夕暮れの澄みきった空を背景にして、古びて荒れ果てた、軍事用の構築物とおぼしいものの黒々とした、巨大な影が目の前に現れた。ジョヴァンニの胸がときめいた、あれが砦にちがいない。だが、城壁も、周囲の眺めも、すべてがなんとなくよそよそしく、不吉げな雰囲気を漂わせていた。

まわりを回ってみたが、入り口が見当たらなかった。すっかり暗くなっていたのに、どの窓にも明かりは点っておらず、城壁の上には歩哨の松明も見えなかった。蝙蝠《こうもり》が一匹、白い雲を背に、揺らめくように飛んでいるだけだった。ドローゴは大声で呼んでみた、「おーい、誰かいないか」

城壁の下に立ち込めた闇の中からひとりの男が立ち上がった、浮浪者とおぼしきみすぼらしい風体で、灰色の髭が生え、手には小さい袋を持っていたが、暗がりの中ではそれもよくは分からず、ただ白眼だけが光って見えた。ドローゴはほっとした思いでその男を見やった。

「誰をお探しで、旦那」男がたずねた。

「砦を探しているのだが、これがそうか？」

「ここにはもう砦はありませんぜ」男は人のよさそうな声で言った、「すっかり閉まってまさあ、人っ子ひとりいなくなって、もう十年にもなりますかな」

「じゃあ、砦はどこだ」と問い返しながらも、ドローゴは急にその男が腹立たしく思えてきた。

「どの砦です？　ひょっとしたら、あれですかな？」そう言いながら、男は片手を上げて、なにかを指さした。

そのとき、ジョヴァンニ・ドローゴは、もう闇に覆われた近くの崖の切れ目のあいだ、混沌として幾重にも重なる山々のむこう、計り知れぬほど遠くに、まだ赤く夕日を浴びた、まるで魔法から湧き出たような裸の山の姿を目にした、そして、その頂きには一種独特の黄味を帯びた規則正しい幾何学的な線が見えた、砦の輪郭だ。

ああ、まだなんと遠いことか。まだどれほどかかるか分かりはしないし、それに彼の馬ももう疲れ果てていた。ドローゴは魅せられたように見つめながら、世界から隔絶され、たどり着くことさえかなわぬような、その孤立した砦に、いったいどんないいことが待っているというのだろうかと自問した。そこにはいったいどんな秘密が隠されているのだろうか。だが、それはほんの数瞬のことだった。最後の夕映えがゆっくりとその遠くの山から消えてゆき、そして、あの黄味を帯びた砦の上を、迫りくる夜の蒼い影がよぎっていった。

## 二

なおも歩みをつづける彼に、闇が追いついてきた。谷はいっそう狭まり、そして砦はのしかかってくるような山並みの後ろに姿を隠した。明かりも見えず、夜鳥の声も聞こえず、ただ遠くから流れの音が届いてくるだけだった。

声を張り上げてみたが、よそよそしい響きでこだまが返ってくるだけだった。道端の木の幹に馬をつないだ。そこなら勝手に草を見つけるだろう。彼はそこに腰を下ろし、斜面に背をもたせかけ、眠くなるのを待ちながら、まだたどらねばならぬ道のりに、砦で出会う連中のことに、これからの生活のことに、思いをめぐらしてみたが、喜びの種になりそうなものはなにひとつ見当たらなかった。馬は時おり不機嫌そうに、妙な具合いに、蹄で地面を蹴っていた。

夜が明けると、ふたたび道をつづけた。谷向こうの斜面の、おなじほどの高さのところに、もう一本別の道が走っているのに気がつき、そして、しばらくすると、その道になにか動いているのが見えた。朝日はまだそこまでは差し込んでいず、崖の斜面のくぼんだところにはまだ暗い影が漂っていて、よくは見分けがつかなかったが、歩度を速めて、むこうとおなじ高さまで馬を進めると、人影だとわかった、騎馬の将校だった。

やっと自分とおなじ種類の人間に出会えたのだった、笑いあったり、冗談口を叩きあったり、これからはじまる共通の生活のことや、狩りや、女のことや、町のことを話したりできる、たがいに親しみを抱きあえる人間に。だが、町はといえば、ドローゴにはもうはるか彼方の世界へと追いやられてしまったかに思えた。

その間、谷が次第に狭まり、二本の道がたがいに接近していくにつれて、ドローゴは向こう岸の男が大尉であることに気づいた。最初は声をかけても無駄だし、失礼でもあると思ったので、右手を軍帽のところへ持っていって、何度も敬礼をしてみた。だが、相手は敬礼を返してよこさない。ドローゴに気づいていないのにちがいなかった。

「大尉どの！」とうとう我慢しきれなくなって、ジョヴァンニは大声で呼びかけ、もう一度敬礼をした。

「なんだ？」向こう岸から声が答えた。大尉は、馬を止めて、作法どおりの敬礼を返すと、ドローゴに呼び止めた理由をたずねた。その声にはべつだん厳しい調子はなかったが、びっくりしたらしい様子が窺えた。

「なんだ？」もう一度大尉の声がこだました。が、今度はかすかにいらだたしげな調子を帯びていた。

ジョヴァンニは立ち止まり、手を口に当てて、精いっぱいの大声で答えた、「なんでもありません！ ご挨拶したくて！」

それは間の抜けた、あるいは相手を馬鹿にした答え方だった、ふざけているとも受け取られかねないからだった。ドローゴはすぐさま後悔した。なんてへまなことをやらかしたのだろう、それというのもひとりっきりではいられなかったからだった。

「君はだれかね」大尉が叫び返してきた。

ドローゴが恐れていた質問だった。谷を挟んでのこの奇妙なやりとりは、こうして階級差にもとづく尋問調を帯びていった。出だしから失敗してしまった。まだはっきりとは分からないが、大尉は砦勤務かもしれない。だが、とにかく返事をしなければならなかった。

「ドローゴ中尉であります」ジョヴァンニは大声を張り上げて自己紹介をした。

大尉は彼の名を知らなかった、その距離では名前がよく聞き取れなかったのかもしれないが、それでも安心したのか、すぐに出会えるとでもいうように、了解の合図を送って寄こすと、また馬を進めた。実際、半時間もすると、谷の狭まったところに橋がかかり、二本の道がひとつになっていた。

橋のところでふたりは出会った。馬上のまま、大尉はドローゴに近づいてくると、手を差し延べた。年の頃は四十がらみ、あるいはもう少し上で、引き締まった、気品のある顔つきをしていた。軍服は粗末な仕立てだったが、寸分の隙もなく着込んでいた。

「オルティス大尉だ」彼はそう名乗った。

大尉の手を握りながら、ドローゴはとうとう砦の世界に入っていくような感じがした。これが最初の絆で、このあとおなじような無数の絆が彼を砦に縛りつけてしまうだろう。

大尉はまたすぐに馬を進めた。ドローゴは上官に対する敬意から、その脇を少し下がってついてゆきながら、さっきの気まずいやりとりがむし返されることになりはしないかとやきもきしていた。ところが、大尉は黙ったままだった、話したくないのか、それとも内気で、どう切り出したらいいのか分からないのかもしれなかった。道は急だし、日は照りつけるし、二頭の馬の歩みはのろかった。

ようやくオルティス大尉が口を開いた、「さっきは、あの距離だし、君の名がよく聞き取れなかったんだが、たしかドローゾとかいったね」

ジョヴァンニが答えた、「ドローゴ、ジョヴァンニ・ドローゴであります。大尉どの、さきほどは大声で呼んだりして、失礼しました」彼はあわてて付け加えた、「谷越しで階級章がよく見えなかったものですから」

「そりゃあ見えないだろうさ」オルティスは別に否定もせずに、そう認めると、声を立てて笑った。

こうしてふたりはいささかとまどいを感じながら、しばらく馬を進めた。そのうちにオルティスがまた口を開いた、「で、君はどこへ行くのかね」

「バスティアーニ砦へであります。この道でいいんでしょうか」

「そうだよ、間違いないよ」

また沈黙が続いた。暑かった。四方は山また山、それもただ草に覆われただけの、荒涼とした、巨大な山ばかりだった。

オルティスが言った、「では、君は砦へ行くのかね、なにかの指令でも持っていくのか？」

「いいえ、勤務に行くところです、そこへ配属されましたので」

「常駐かね？」

「そうです、常駐だと思います、初めての勤務命令なものですから」

「それじゃあ間違いなく常駐だ……そりゃあいい……じゃあ、お祝いを言わなきゃあな」

「ありがとうございます、大尉どの」

また沈黙が続き、ふたりはそのまましばらく進んだ。ジョヴァンニは喉の渇きをおぼえていた、木製の水筒が大尉の鞍に吊り下げられていて、その中で水がとくとくと音を立てていた。

オルティスがたずねた、「二年かね？」

「失礼ですが、大尉どの、二年とは？」

「君は二年間の通常勤務じゃあないのかね？」

「二年なのかどうか知りません、期間は申し渡されませんでしたから」

「ああ、もちろん二年だよ、君たち新任の中尉はみんなそうだよ、二年たったらみんな出て行ってしまうんだよ」

「通常はみんな二年なんですか」

「そうだ、二年が経歴の上では四年に換算されるんだ、これが肝心なことなんだ、でなければ誰も砦勤務など申し出はしないよ。早く昇進するためには、砦勤務も辞さずってわけだよ」

ドローゴはそんなことは知らなかったが、間の抜けた奴と思われたくなかったので、曖昧に言葉を濁した、「きっと、たいていの者がそうなんでしょうね……」

オルティスはそれ以上は言わなかった、その話題にはあまり興味がなさそうだった。

だが、もうなんとなく打ち解けてきたような気がしたので、ドローゴはたずねてみた、

「でも、砦ではみんな経歴が二倍に換算されるんですか」

「みんなとは？」

「将校たちは誰でもなんですか」

オルティスはにやりと笑った、「そう、みんなだ。考えてもみたまえ、もちろん下級将校にだけだけど、そうでなきゃあ誰が砦行きなんか志願するもんか」

ドローゴは言った、「私はべつに志願しませんでしたが」

「志願しなかったのかね？」

「はい、ほんの二日前に砦に配属されたって知ったんです」

「それは妙な話だな」

ふたりはまた口をつぐんだ、それぞれ別のことを考えているみたいだった。すると、オルティスが言った、「とすると……」

ジョヴァンニはぎくっとした、「なんですか、大尉どの？」

「志願しなかったとすると、なにか任務を与えるつもりなんだ」

「そうかも知れませんね、大尉どの」

「そうだよ、そうにちがいない」

ドローゴは埃っぽい道の上にくっきり浮かんだ二頭の馬の影を見つめていた、その影はふたつとも一歩ごとに首を縦に振っていた。馬たちの蹄の音と蠅の羽音のほかは、なにも聞こえなかった。道は果てしなかった。時おり、谷の屈曲部で、正面の切り立った崖のはるか高いところを、つづら折りにのぼっている道が見えた。そこまで登っていって、上を見ると、正面にまだまだ道がずっと高くまで続いている。

ドローゴはたずねた、「大尉どの……」

「なんだね」

「道のりはまだだいぶんありますか？」

「それほどでもないさ、この調子で行けば、二時間半か、三時間ぐらいのものかな。正午ごろには着くだろう」

またしばらく黙ったままだった。馬はどちらも全身汗みずくで、大尉の馬は疲れきり、足取りも重かった。

オルティスが口を開いた、「君は士官学校から来たのかね？」

「はい、士官学校出であります」

「そうか、じゃあ、マグヌス大佐はまだいるかね？」

「マグヌス大佐ですか、さあ、存じませんが」

もう谷はすっかり狭まって、道から日差しを締め出していた。暗く翳った両側の谷が時おり開けると、冷たい風が吹き下りてきて、谷の上に円錐形の頂きをした険しい山々がかいま見えた。二、三日かけても、頂上には登れまいと思われるほど高い山々だった。

オルティスはまた言った、「なあ、中尉、ボスコ少佐はまだいるかね、まだ射撃教官をしているかね？」

「いいえ、いないと思います、ジンメルマン、ジンメルマン少佐ならいますが」

「そうか、ジンメルマンか、名前は聞いたことがある。そうだな、私のころと今とではずいぶん時代が違うってことだな……今じゃあなにもかもすっかり変わっているってことだな」

ふたりはそれぞれなにかしらの物思いにふけっていた。道はふたたび日の当たるところに出た。山また山続きで、それがいっそう険しくなり、ところどころ岩肌も露出していた。

ドローゴは言った、「ゆうべ遠くから見ました」

「なにを？　砦をかね？」

「はい、砦をです」それからしばらく間をおいて、お世辞に言った、「さぞ堂々としているでしょうね、とてつもなく大きく見えましたけど」

「砦が大きいだって？　とんでもない。いちばん小さい部類だし、それに古くさい建物だよ。遠くから見ると、立派に見えるかもしれないがね」

大尉はしばらく黙っていたが、こう付け加えた、「古くて、まるで時代遅れさ」

「でも、主要な砦のひとつなんでしょう？」

「ちがうよ、第二級の砦だよ」オルティスは答えた。彼は砦の悪口を言って楽しんでいるみたいだった。だが、その口調には一種独特の調子があって、ちょうどいっぱいいいところをもっている息子の取るに足りない瑕《きず》を並べたてて喜んでいる父親みたいだった。

「無用の国境線上にあるんだ」オルティスは付け加えた。「だからいっこうに修築しようとしないんだ、一世紀前とあいかわらずおなじさ」

「なんですって、無用の国境線ですって？」

「なんら気にする必要もない国境線だよ。前には大きな砂漠があるだけさ」

「砂漠ですか?」

「そう、砂漠さ、石ころと乾いた大地だけさ。タタール人の砂漠って呼んでいるけどね」

ドローゴがたずねた、「タタール人とはまたどうして? タタール人がいたんですか?」

「大昔にはいたんだろうよ。でも、いわば伝説さ。砂漠のむこうに渡った者なんかいやしない、これまで幾度あったかもしれない戦さのときでさえそうだ」

「じゃあ、砦はこれまで一度も役に立ったことはないんですか?」

「なんの役にもな」大尉は言った。

道はますます高くなり、木々の姿は消え、ところどころまれに草が生えているだけで、ほかは干からびた台地と、岩と、赤茶けた地滑りの跡ばかりだった。

「あの、大尉どの、近くに村はあるんですか?」

「近くにはないね。サン・ロッコっていう村があることはあるけど、三十キロほどは離れているかな」

「じゃあ、楽しみなんてあんまりないでしょうね」

「楽しみなんてないね、そう、まったくないさ」

大気は次第に冷たくなり、山腹は丸みを帯びてきて、尾根も近いことを思わせた。

「じゃあ退屈でしょう、大尉どの」ジョヴァンニはどのみち自分はそんなことは大して気にはしていないというふりを装って、笑いながら、打ち解けた調子でたずねた。

「慣れるもんだよ」オルティスは答え、暗にたしなめるように付け加えた、「私は砦に十八年近くもいる、いや、十八年は超えてしまったかな」

「十八年ですか？」ジョヴァンニは驚いて言った。

「十八年だ」大尉は答えた。

鳥の群れがふたりの士官の上をかすめると、漏斗状の谷底に吸い込まれるように舞い下りていった。

「鳥だ」大尉が言った。

ジョヴァンニはそれには答えず、これから先《さ》き自分を待っている生活に思いをめぐらしながら、そうした世界、そうした孤独、そうした山々にはおよそなじめそうにないと感じていた。彼はたずねた、「初めての辞令で砦勤務になった将校のうち、その後もずっとそこに残る者もいるんですか？」

「今ではごく少ないな」オルティスは答えた、中尉がいささか大袈裟に受け取っているのに気づいて、大尉は砦の悪口を言い過ぎたと後悔したようだった。「ほとんどいないと言ってもいいくらいだよ。今ではみんなもっと気の利いた駐屯地を希望するからな。以前はバスティアーニ砦勤務といえば、名誉に思ったものだが、今ではみんなまるで罰みたいに思っているのさ」

ジョヴァンニは黙っていたが、大尉はなおも続けた、

「だが、国境守備隊であることには違いはないし、なんでも第一級のものが揃っている。なんと言っても国境の部隊はやはり国境の部隊だからな」

ドローゴは口をつぐんだまま、急に重くのしかかる不安を感じていた。視野が広がり、遠くに奇妙な形をした岩山や、重畳《ちょうじょう》として天まで届くかのような切り立った断崖が見えていた。

「今では、軍隊でも、物の考え方が変わってしまったようだ」オルティスは続けた、「昔はバスティアーニ砦といえば大きな名誉だったが、今では無用の国境呼ばわりされている、国境はやはり国境なんだというふうには考えない、連中には分かっていないんだ……」

小川が道をよぎっていた。ふたりは水を飲ませるために馬を止め、鞍から下りると、あたりを少しぶらついて、手足を伸ばした。

オルティスが言った、「文句なしに第一級のものはなんだか分かるかね?」そして、おかしそうに笑った。

「なになんです、大尉どの?」

「料理だ、砦の料理だけはとびきり上等だよ。しょっちゅう視察があるのはそのせいさ。半月にひとりの割合で、将官たちが視察にやってくるんだ」

ドローゴはお世辞に笑った。オルティスが阿呆なのか、言葉の裏になにかを隠しているのか、それともなんの気なしにそんなふうに話しているのかよくは分からなかった。

「そいつはいいや」ジョヴァンニは言った、「私はすっかり腹ぺこなんです」

「ああ、もうすぐだよ。ほら、ところどころ砂礫になっている丘が見えるだろう? ちょうどあの後ろだ」

ふたりの将校はふたたび歩みを進めて、ところどころ砂礫になった丘の真後ろの、緩やかに傾斜した台地へと出た。すると、彼らの眼前、数百メートルほどのところに砦の姿が現れた。

きのうの暮れ方、幻のようにかいま見た姿と比べると、それはまったく小さいものに見えた。窓が少なく、一見したところ兵舎みたいな中央堡塁から、狭間《はざま》のついた低い城壁が左右に伸び、それが両翼に二つずつある側面堡塁までつながっていた。両脇を高く険しい崖で挟まれた城壁は、幅およそ五百メートルほどの谷をかろうじて遮断していた。右手、ちょうど山壁の下で、台地が鞍部になってくぼみ、そこを昔の峠道が走っていて、その突き当たりが城壁になっていた。

砦は真昼の陽光をいっぱいに受けて、影ひとつなく、ひっそりと静まりかえっていた。そして、その黄色味がかった城壁は(正面部は北を向いているので見えなかったが)なんの飾りもなく、長々と横たわっていた。一本の煙突から弱々しい煙が立ちのぼっていた。中央堡塁や、城壁や、側面堡塁の上には、十人ばかりの歩哨が、銃を肩に、それぞれ短い区域を、規則正しく往復を繰り返していた。振子の動きにも似て、歩哨たちは、その魅惑的な寂寞をそこなうことなく、時の歩みを刻みつつ、その寂寞感をさらに大きなものにしていた。

左右の山々は、目の届くかぎり、とても攀じ登れそうにはない絶壁の連なりをなしてつづいていた。そして、その山々も、少なくともその時刻には、黄色っぽく干からびて見えた。

ジョヴァンニ・ドローゴは本能的に馬を止めた。彼はゆっくりと視線をめぐらし、陰鬱な城壁に目を注ぎながら、その城壁の意味を読み取ろうとした。牢獄にも思え、また見棄てられた王宮にも思えた。それまで旗竿に沿ってだらりと垂れていた、砦の上に掲げた旗が、かすかな風に揺れた。らっぱの音がおぼろに響いた。歩哨たちはゆっくりと歩いていた。城門前の広場では三、四人の男たち(遠目では兵隊たちなのかどうかよく分からなかった)が馬車になにかの袋を積み込んでいた。しかし、すべてが神秘的な緩慢さのなかに澱んでいた。

オルティス大尉も馬を止めて、じっと砦に見入っていた。

「ほら、あれだよ」大尉はまったく言わずもがなの言葉を口にした。

ドローゴは(今に、どう思うかね、とたずねてくるにちがいない)と考え、なんとなく気が重かったが、大尉は黙ったままだった。

バスティアーニ砦は、城壁も低く、あまり堂々としてもいなければ、美しくもなく、塔や櫓《やぐら》もなくて絵画的とも言えず、その荒涼感をなごませたり、甘美な生活を思い起こさせたりするものはなにひとつとしてなかった。それでも、ドローゴは、きのうの夕暮れ、谷底から眺めたときとおなじように、魅せられたように砦に見入りながら、心にわけ知れぬ興奮をおぼえた。

あの後ろに何があるのだろうか？　あの陰鬱な建物のむこうには、視野を遮っている狭間や、砲郭や、弾薬庫のむこうには、どんな世界が開けているのだろうか？　北方の地は、いまだかつて誰ひとり渡った者のない石ころだらけの砂漠はいったいどんなふうに見えるのだろうか？　ドローゴはぼんやりと思い出したが、地図では国境のむこうにはほとんど地名の記載のない広大な地域が果てしなく広がっているはずだった。でも、砦の高みから望めば、せめて村か、草原か、家でも見えるのだろうか、それとも荒涼たる無人の荒れ地があるだけなのだろうか？

彼は不意におのれの孤独を感じた。そして、快適な宿舎があり、いつも陽気な友だちがそばにいて、夜の公園ではちょっとした冒険も楽しめるというような、そんな平穏な駐屯隊暮らしを想像していた間は、なんの屈託もなく抱いていた軍人としての自信、自分に対するあらゆる自信がだしぬけに消えていった。彼には、砦は、まさか自分がそこに属することになるなどとは夢にも考えたことのないような、そうした未知の世界のひとつのように思えたが、それも嫌悪感からではなくて、彼のこれまでの日常の生活とはあまりにも隔絶したものに思えたからだった。それは、厳格無比の規律のほかはいかなる栄光もない、はなはだ拘束的な世界であった。

引き返そう、砦の敷居もまたがずに、平野に、生まれ故郷の町に、昔の習慣にもどろう。これがドローゴに浮かんだ最初の考えだった、そして、そうした気弱さが軍人にとって恥辱であろうが構いはしなかったし、もし必要とあれば、すぐにでも帰らせてくれるのであれば、いつでもそう告白してもよいとさえ思った。だが、北方の目には見えない地平線から、濃い白雲が砦の上に立ちのぼり、そして歩哨たちは、平然と、真昼の日差しを受けて、自動人形のようにあいかわらず往復運動を繰り返していた。ドローゴの馬は一声いなないた。そして、ふたたび静寂がもどった。

ジョヴァンニはようやく砦から目を離すと、親しみのこもった言葉を期待して、かたわらの大尉を振り返った。しかし、大尉もまた身じろぎひとつせず、その黄色い城壁をじっと見つめていた。そう、十八年間そこで暮らしてきた大尉が、まるで奇跡でも目撃するかのように、憑かれたように、その城壁を凝視していたのだった。いつまで眺めても、見飽きないかのようであった。そして、その顔には、喜びと悲しみの入り交じった、かすかな微笑みがおもむろに浮かんできた。

三

砦に着くと、ドローゴは第一副官のマッティ少佐のもとに出頭した。カルロ・モレル中尉という、若くて屈託のない、親切な当直将校が砦の中心部を通って案内してくれた。入り口の通廊から——そこからはひとけのない大きな中庭がかいま見えていた——ふたりは限りなくつづく広い廊下を進んでいった。天井は薄闇のなかに消え、ところどころ細い小窓から縞目の光が差し込んでいた。

やっと二階で書類の束を持った兵士に出会った。飾り気ひとつない湿っぽい壁、静寂、弱々しい光。砦の内部は、世界のほかの場所には、花や、こぼれるような笑顔の女たちや、楽しく心地よい家庭が存在することなど忘れているかのようであった。そこではそうしたことすべてが諦められていた。だが、誰のために、いかなる神秘的な至福のために？　三階へと進んだが、そこでも一階とおなじような廊下が長々とつづいていた。壁のむこうから時おり遠いこだまのように笑い声が洩れてきたが、ドローゴにはそれがありうべからざることのように思えた。

マッティ少佐は小太りの男で、すこぶる人のよさそうな笑顔を見せていた。彼の執務室は広く、机も大きくて、その上にはきちょうめんに書類が積んであった。彩色をほどこした国王の肖像画が掛かっていて、特別に作った木のサーベル架けには少佐のサーベルが吊してあった。

ドローゴは気を付けの姿勢で申告すると、身分証明書を提示し、なんら志願してこの砦に赴任してきたのではないことを説明しはじめた（彼はできればすぐにでも転任させてもらおうと決めていた）。だが、マッティは彼の言葉を遮った。

「むかし君の父上を存じ上げていたよ、中尉、なかなか立派な方だった。君も父上の名を辱めたくはないだろう。たしか高等裁判所の長官だったな？」

「いいえ、少佐どの」ドローゴは言った、「父は医者でした」

「ああ、そうだった、医者だ、どうも取り違えていた。そうだ、そうだ、医者だった」

マッティは一瞬まごついたようだった。そして、ドローゴは少佐がしきりに左手を襟《えり》のところに持っていくのに気がついた、軍服の胸元の、どうやら今ついたばかりの、まるい汚れじみを隠そうとしているらしかった。

少佐はまたすぐに言葉を継いだ、「君をここに迎えることができてうれしいよ」そして、こう言った、「ピエトロ三世陛下がこうおっしゃったのを知っているかね、《バスティアーニ砦はわが王冠の番人である》と。この砦に所属することははなはだ名誉なことだと私は言いたいのだが、中尉、君もそう思わないかね？」

もう何年来すっかり覚えこんでしまって、特定の折りには引っ張りだしてくる必要のある決まり文句でも口にするように、少佐は機械的にしゃべった。

「そのとおりであります、少佐どの」ジョヴァンニは言った、「まったくおっしゃるとおりであります。しかし、正直に申しまして、いささか驚きました。私は町に家族もいますし、できることであれば……」

「ああ、じゃあ君は、まだ着いたばかりで、もうここを出ていきたいと言うのだね、はっきり言って、残念だよ、まったく残念だ」

「そうではありません、そういうことを申し上げるつもりはありません……私が申したいのは……」

「分かったよ」少佐はひとつ吐息をついて言った、そんな台詞はしょっちゅう聞かされているし、そうした気持ちも分からぬでもないというみたいだった。「分かったよ、い。正直に言いたまえ、さっき着いたばかりで、どうして判断できるかね？」

ドローゴは言った、「少佐どの、私は砦についてとやかく申しているのではありません……ただ町に、せめて町の近くにいたいのであります。打ち明けて申します。お分かりいただけると思いますが、少佐どののご親切におすがりしたいのです……」

「もちろんだよ、もちろんだとも！」マッティはにやりと笑って言った、「私はそのためにここにいるんだ。歩哨兵に至るまで、いたくない者は、ここにはいてもらいたくないからね。でも残念だよ、君は立派な青年将校だと思ったんだがな……」

少佐はいい解決法でも思案するように、しばらく黙っていた。その間、ドローゴはわずかに左に頭をめぐらして、中庭に面して開いた窓に視線を向けた。ほかとおなじようにやはり黄色っぽく日に焼け、まばらな窓が四角く黒々と口を開けているだけの正面壁が見えていた。時計も見え、針が二時を指していた。そして最上部の露台の上を歩哨がひとり、銃を肩に往ったり来たりしていた。だが、建物の上からは、はるか遠く、真昼の陽の照りかえしの中に、岩山の頂きが覗いていた。頂上部が見えるだけで、それ自体なんの変哲もなかったが、しかし、ジョヴァンニ・ドローゴには、わずかに見えるその岩山が、砦に重くのしかかる北の大地の、伝説の王国の、初めて目にする眺めなのだった。ほかの部分はどんなふうなのだろうか？　その方角からは靄《もや》にかすかに煙った物憂げな光が差してきていた。そのとき少佐がまたしゃべりはじめた。

「ところで」と彼はドローゴにたずねた、「君はすぐにも引き返したいのか、それとも二、三か月待っても差し支えないかね。言っとくが、われわれにしてみれば、どっちでもいいんだ……もちろん形式上から言えばのことだけどね」と言葉をやわらげるために付け加えた。

「引き返すというのでありましたら」ジョヴァンニは事が意外にたやすく運びそうなのに驚いた、「帰れるというのでしたら、今すぐのほうがいいと思いますが」

「分かった、分かった」と少佐は彼を落ち着かせるように言った、「じゃあ説明しよう。君がすぐにもここを出たいというのなら、病気になったことにするのがいちばん手っ取り早い。二、三日医務室で診察を受ければ、軍医が証明書をくれるよ。どっちみちこの高地に耐えられぬ者も大勢いるんだから……」

「病気ということにしなくてはならないのですか？」嘘の嫌いなドローゴはたずねた。

「必要というわけではないが、そのほうが万事が簡単だ。でなければ転勤の願書を書いて、その願書を最高司令部に送り、最高司令部からの返事を待たなければならないが、それには少なくとも二週間はかかる。とりわけこれは大佐どののお手をわずらわすことになるわけで、私としては避けたいところだ。そうしたことはつまるところ大佐どのも遺憾に思われるだろうし、心をお痛めになるだろう、言うならば、そう、まるで自分の砦に罪があるかのように、心をお痛めになることだろう。というわけで、もし私が君の立場だとすれば、正直に言って、そういうことは避けたいね……」

「失礼しました、少佐どの」ドローゴは言った、「そんなこととは知りませんでしたので。ここを出て行くことで、経歴に傷がつくのでしたら、また話は別です」

「そんなことはまったくないよ、中尉、君はよく分かっていないようだ。いずれの場合にしても、君の経歴に傷がついたりしないよ。ただ、どう言えばいいか、いわば言葉のあやだよ……たしかに、さっき言ったように、大佐どののお気には召さないだろうが、だが、君がそう決心しているなら……」

「いいえ」ドローゴは言った、「おっしゃるような事情でしたら、軍医の証明書のほうがいいと思います」

「だが、それには……」とマッティはいわくありげな笑いを浮かべて、言葉を途切った。

「なんでしょう？」

「それには四か月ここにいてもらわなくちゃあならないんだ、それがいちばんいい方法なんだがね」

「四か月ですか？」すぐにも帰れると期待していたドローゴは、いささかがっかりしてたずねた。

「四か月だ」マッティが保証した、「そのほうがずっと正規の手続きが踏めるんだ。説明するとだね、年に二回、全員の健康診断があるんだ、規則で定められているんだがね。で、次の健康診断が四か月後にあるんだ。君にとってはそれがいちばんいい機会だと思うんだよ。診断書が君に具合いの悪いものであっても、その点は私が引き受けるから、君は安心していていい」

「それに」と、少佐はしばらく間をおいてから、続けた、「それに、その四か月は無駄な四か月ではない、勤務評定にも充分に評価されるんだ。大佐どのがうまく計らってくださるよ。それが君の経歴にどんなに有効かは分かるだろう。だが、いいね、分かっているね、これは私の単なる助言で、まったく君の自由なんだよ……」

「はい」ドローゴは言った、「よく分かっております」

「ここでの勤務は難儀なものじゃあない」少佐は強調するように言った、「ほとんど監視の任務ばかりだ。新堡塁詰めは多少の苦労があるかもしれないが、最初のうちはその任務もあるまい。厄介なことはなにもないから、心配することはないよ。あるとすれば退屈なことぐらいさ……」

だが、ドローゴは砦の正面の城壁の上からわずかに覗いているあの絶壁が見える四角い窓に異様なほどに気を取られ、マッティの説明をほとんど聞いてはいなかった。なんとも言いようのない漠とした感情が彼の心に忍び入《い》ってきた。おそらくは他愛のない、馬鹿げたこと、あるいは無意味な暗示なのかもしれなかった。

それと同時に、彼はいくぶん気持ちが落ち着いた。ここを立ち去りたいという思いはまだ強かったが、もうさきほどまでのように切迫したものではなかった。到着したときに感じた不安をなんだか恥ずかしいものにさえ思った。他人にできることが自分にはできないというのだろうか、ここをただちに出て行くことは自分がだめな男だということをさらけだすのと同じではないか、と彼は考えた。こうして、自尊心とこれまでなじんできたもとの生活にもどりたいという思いとが彼の中で交錯していた。

「少佐どの」ドローゴは言った、「ご忠告ありがとうございました。明日まで考えさせていただけないでしょうか」

「結構」とマッティはいかにも満足したように言った。「で、今夜、食事のときに、大佐どのにお目にかかるかね、それともこのままにしておくかね？」

「ええ」ジョヴァンニは答えた、「どっちみち四か月ここにいなくてはならないのなら、隠れていても無駄だと思いますから」

「よかろう」少佐は言った、「そうすりゃあ君も元気が出るだろう。みんないい連中だ、立派な将校ばかりだよ」

マッティが笑みを見せたので、ドローゴは退出する潮時だと悟った。だが、その前にこうたずねた、

「少佐どの」と、うわべはなにげない声を装って、「北の方をちょっと覗いてもよろしいでしょうか、城壁のむこうになにがあるのか見てみたいんですが」

「城壁のむこうだって？　君が風景に興味を持っているとは知らなかったな」少佐が答えた。

「ちょっと覗いてみたいだけです、単なる好奇心です。砂漠になっていると聞いたの

ですが、まだ砂漠というものを見たことがありませんので」

「見たってしょうがないよ、中尉。退屈な眺めだよ、美しいものなんてなにひとつありゃあしない。よしておきたまえ、くだらぬ考えは棄てたまえ」

「無理にとは申しません、少佐どの」ドローゴは言った、「べつに差し障りはあるまいと思ったものですから」

マッティ少佐は、祈るときのしぐさみたいに、両手の太った指先を合わせた。

「君のその頼みだけは唯一どうにも認めることのできないものだよ。城壁上や哨所《しょうしょ》に行けるのは勤務についている将兵だけで、合言葉を知ってなくちゃあならないんだ」

「例外的にもだめなんですか、将校でも？」

「将校でもだめだ。君の言うのも分かるけどね。町の人間にはこんな些細なことはくだらないと思えるかもしれないし、合言葉なんかも町じゃあ大して秘密でないかもしれないが、ここでは別だ」

「こだわるようで失礼ですが、少佐どの……」

「なんだね、言ってみたまえ、中尉」

「つまり、銃眼か、窓のようなものもないのですか、そこから覗けるような？」

「ひとつある、大佐どのの執務室にひとつだけな。あいにく誰も物好きのために展望台を作ろうなんて考えなかったものでな。だが、繰り返し言うが、見たってしょうがないよ、見る値打もないような眺めだよ。ここにとどまる気になれば、そのうちその眺めにうんざりするようになるさ」

「ありがとうございました、少佐どの、退ってよろしいでしょうか？」そして、彼は気を付けの姿勢で敬礼をした。

マッティは気さくげに手を振った、

「じゃあ、またあとでな、中尉。だが、もう考えるのはよせよ、なんの値打もない眺めなんだから。本当だよ、くだらぬ眺めさ」

だが、その夕方、見張りの任務についたモレル中尉が、その眺めを見に、こっそりとドローゴを城壁上に連れて行ってくれた。

ところどころわずかにランプに照らされただけのすこぶる長い通廊が、城壁の全延長に沿って、端から端まで伸びていた。ときたま扉があって、倉庫や、工作所や、衛兵詰所になっていた。およそ百五十メートルほど歩いて、ようやく第三堡塁の入り口に着いた。武装した衛兵がひとり、入り口に立っていた。モレルは警備隊を指揮しているグロッタ中尉と話したいと申し出た。

こうして、ふたりは規則を無視して中に入ることができた。ジョヴァンニは入り口の狭い通路に立っていた。壁の、明かりの点った下には、勤務当番の兵士たちの名札のかかった掲示板があった。

「さあ、来いよ、こっちだよ」モレルはドローゴに言った、「早くしたほうがいいぜ」

ドローゴはモレルについて狭い階段をのぼっていくと、外光の下、堡塁の防壁上に出た。モレル中尉は、その場所で見張りに当たっている歩哨に、形式的なことは抜きだというようなしぐさをしてみせた。

だしぬけにジョヴァンニは外壁の狭間の前に立っていた。彼の前方には、落日の光に浸されて、深く刻まれた谷が見え、そして北方の神秘が眼前に開けていた。

石のように身を硬くして凝視しているドローゴの顔が次第に蒼白になった。近くにいた歩哨が足を止めた。無限の静寂が黄昏の光暈の中に降りてきたかのようだった。じっと凝視したまま、ドローゴはたずねた、

「後ろは、あの岩山の後ろは、どうなっているんだ？　はるか果てまでこうなのか

ね?」

「おれも見たことはないんだ」モレルは答えた、「むこうの、あのとがった山のてっぺんにある新堡塁まで行かなくちゃあならないんだ。そこからなら前方の平野がすっかり見渡せるらしい。話によると……」と言って、そこで言葉を途切った。

「話って? どんな話だね?」ドローゴはたずねたが、その声は常ならぬ不安に震えていた。

「一面すっかり石だらけだそうだ、石に覆われた砂漠だという話だよ、まるで雪みたいに白い石にね」

「石ばっかりなのかい、それだけなのかい?」

「そんな噂だ、それと、わずかばかりの沼地と」

「で、果ては? 北の果てには、なにか見えるのかい?」

「地平線にはいつも霧がかかっているそうだ」モレルの口調からは、さきほどまでの陽気な愛想よさが消えていた、「北の霧に包まれていて、よく見えないらしい」

「霧だって!」信じがたいといったふうに、ドローゴはつい声を荒げた、「いつも霧がかかっているってわけではあるまい。地平線が晴れている日だってあるだろうに」

「ほとんど晴れることはないんだ、冬でもね。でも、見たって者もいるんだ」

「見たって？　なにを？」

「夢でも見たんだろうよ、兵隊たちのいうことだからな。話がそれぞれまちまちだ。白い塔を見たって者もあれば、煙を吐いてる火山があって、霧はそこから流れ出ているっていう者もいる。でも、オルティス大尉も、五年ほど前のことらしいが、見たって言ってたな、黒くて長いしみのようなものをな、たぶん森にちがいないってことだったよ」

ふたりは口をつぐんだ。いったいどこでドローゴはその世界をすでに見たのだろうか？　あるいは夢の中で経験したのだろうか、それともなにか昔のおとぎ話を読みながら作り上げたことがあるのだろうか？　彼にはなにか見覚えがあるもののように思えた、崩れかけた低い岩壁、草も木もない曲がりくねった谷、傾斜した崖、そして、前方の岩山も隠しおおせないあの三角形をした荒涼とした砂漠。彼の心の奥底深くからいくつかのこだまが呼び起こされたが、彼にはそのどれが本当のことなのかはっきりとはわからなかった。

ドローゴは今その北方の世界を見つめているのだった、いまだかつて人が越えたことのないという無人の荒野を。彼方からはいまだかつて敵が攻め寄せてきたこともなければ、戦いが交えられたこともなく、いまだかつてなにひとつ起こったことのない世界を。「こんなものさ」と、モレルは陽気な口調を装いながら言った、「こんな眺めだ、気に入ったかね?」

「そうだね」ドローゴが口にできたのはそれだけだった。漠とした望みがわけ知れぬ怖れとともに彼の中を駆けめぐっていた。

らっぱの音が聞こえた。どこからとも知れぬかすかならっぱの響きだった。

「もう行ったほうがいいぜ」モレルがうながした。だが、おのれの思いの中でなにかを探り出そうとしているジョヴァンニには聞こえないようだった。夕暮れの光は次第に弱まり、夕闇に呼び起こされた風が砦の幾何学的な建物沿いにかすめるように吹きはじめた。体を温めるために、歩哨は、見知らないジョヴァンニ・ドローゴの方に視線を注いだまま、また歩きはじめた。

「もう行ったほうがいいぜ」モレルはドローゴの腕をとって、もう一度うながした。

# 四

なんども彼はひとりぼっちになったことがある。子供のころにも幾度かあった、野原で迷子になったこともあるし、夜の町の、物騒な連中の住みついている界隈で、道に迷ったこともあるし、そして、果ては昨夜、道中で野宿もした。しかし、いまは事情がまったく違う、旅の興奮は冷め、新しく同僚になった連中はもうみんな眠りにつき、彼は自分の部屋で、ランプの明かりのもと、ベッドの端に、ひとり、しょんぼりと、所在なく座っていた。いまや孤独とはなにかを本当に悟った(部屋はこぎれいで、すっかり板張りになっており、大きなベッドがひとつ、テーブルがひとつ、座り心地の悪い椅子がひとつ、箪笥がひとつ備わっていた)。みんな親切にしてくれた、食卓では彼を歓迎して、ぶどう酒も一本抜いてくれた、だが、今では彼のことなど誰も気にかけず、もうすっかり忘れてしまっている(ベッドの上には木の十字架があり、反対側の壁面には長い文章を添えた古い版画が掛かっていて、その最初の字句は、《仁愛の人、フランチェスコ・アングロイスの徳のために》という文句で始まっていた)。今夜一晩じゅうはもう誰も彼に挨拶をしに、部屋に入っては来ないだろう、砦じゅうで誰ひとり彼のことなど考えてはいない、たぶん世界じゅうでさえもドローゴのことを考えている者などいなかった、みんなそれぞれに自分の心配事を抱え、自分のことだけで精いっぱいなのだ、母さえも、おそらくは母さえもが、この瞬間、ほかのことを考えているだろう、子供は彼ひとりではない、ジョヴァンニのことは一日じゅう気にかけてきた、だから母は今は少しはほかの子供たちのことを考えていることだろう。もっともなことだと、なじるつもりもなく、ジョヴァンニはそれを認めた。でも、その間、彼は砦の部屋のベッドの端にひとり座っているのだった(板張りの壁に、いま気づいたが、一見しただけでは本物と見まがうほどに、念入りに彩色をほどこして、実物大の大きさで、サーベルが刻んであった、何年前かは知らぬが、将校のひとりが根気よく彫ったのだろう)。彼はベッドの端に、背を曲げ、やや首をうなだれて、うつろな鈍い目つきで、ひとり座っていた、そして、これまでの人生でかつて味わったことのないような孤独を感じていた。

さて、ドローゴはやっとの思いで立ち上がると、窓を開け、外を眺めようとした。窓からは中庭が見えるだけで、ほかにはなにも見えなかった。南に面しているので、砦に来る道中に越えてきた山々を、夜陰の中で見分けようとしたが、だめだった。山々の姿は彼の正面の城壁に遮られていたのである。

三つの窓にだけ明かりが点っていたが、彼の部屋とおなじ側にあるので、中は見えなかった。その三つの窓の明かりと、ドローゴの部屋の窓の明かりとの光暈が、正面の壁に大きく映っていて、そのひとつの中で影が揺らめいた、おそらく将校のひとりが服でも脱いでいるのだろう。

彼は窓を閉め、服を脱いで、ベッドに横たわり、やはり板張りになった天井を見つめながら、しばらく考えごとをしていた。本を持って来るのを忘れたが、その夜はとても眠かったので、必要はなかった。ランプを消すと、暗闇の中から次第に四角い窓がほの明るく浮かび出て、星がまたたいているのが見えた。

不意にけだるさに襲われて、意識が眠りの中に引き込まれてゆきそうになった。でも、その意識があまりに強すぎた。夢の中のように、いろんなイメージが脈絡もなく、前をよぎっていき、果てはひとつの物語を織りなしはじめさえした。だが、そのしばらくあとで、自分がまだ目ざめているのに気がついた。

限りない静寂に圧倒されて、さっきよりもいっそう目が覚めてしまった。ごく遠くで咳払いするのが聞こえた、だが、本当に聞こえたのだろうか？　それから、近くで、かすかに、ぽとん、と滴が垂れる音がして、それが壁に響いた。緑色をした小さな星がひとつ(彼はじっと眺めていたのだが)、夜空を旅して、窓枠の上端に届こうとしていた、間もなく姿を消すことだろう、そして、一瞬、窓の黒々としたふちのところで明るく輝いたかと思うと、見えなくなった。ドローゴはなおしばらくその星を追って、頭の位置を前に動かした。そのとき、二度目の、ぽとん、という音が聞こえた、なにか物でも水に落ちるのに似た音だった。また繰り返し聞こえるのだろうか? 地下道で、澱みで、人の絶えた家で、耳にするようなその音を彼はじっと待っていた。すべてが釘付けになったような数分が過ぎた、絶対的な静寂が、ついに、砦の唯一無二の支配者となったかに思えた。そして、ドローゴのまわりに遠い以前の生活のさまざまの無意味なイメージがふたたび押し寄せてきた。

ぽとん、とまたあのいまいましい音。ドローゴはベッドの上で身を起こして、座りなおした。では、あの音は繰り返し聞こえてくるのだろうか? それに、いまの水音はその前のとおなじ大きさだったところをみれば、次第に途絶えてゆく滴の音ではなさそうだ。眠れたものではない。ドローゴはベッドの脇に、呼び鈴のものらしい紐が垂れ下がっていたのを思い出した。それを引っ張ってみると、紐が伸び、迷路のような建物の遠くの方で、かすかに、短く呼び鈴が鳴った。だが、ドローゴはこんなくだらぬことで人を呼ぶなんて、なんて馬鹿げたことをしたのだろうとすぐさま後悔した。それにいったい誰がやって来るか知れはしなかった。

しばらくすると、外の廊下で、足音が聞こえ、それが次第に近づいて来て、誰かがドアをノックした。「どうぞ」ドローゴが言うと、ランプを手にした兵隊がひとり入って来た、「なにか御用でしょうか、中尉どの?」

「眠れはしないぞ!」腹立たしさをなるたけ抑えながら、ドローゴは言った、「あのいまいましい水音はなんだね? 水道管でも破れているのか? 音がしなくなるようしてくれたまえ、でないと、とても眠れはしない、ぼろ布でも下に置けばいいだろう」

「水槽なんです」その兵隊は、先刻承知とばかりに、すぐさま答えた、「水槽なんです、中尉どの、なんともしようがないんです」

「水槽?」

「はい、中尉どの」兵隊が説明した、「水槽なんです、ちょうどその壁のむこうにあるんです。将校どのたちはどなたもこぼしておられます。でも、どうしようもないんです。聞こえるのはこの部屋だけではないんです。フォンザーソ大尉どののもときどきお怒りになりますが、でも、どうしようもないんです」

「じゃあ、もういい、退っていいよ」ドローゴは言った。ドアが閉まって、足音が遠ざかり、ふたたび静寂が広がり、窓には星が輝いた。今度はジョヴァンニは、そこから数メートルを隔てて、一息も入れることなく自動人形のように往き来を繰り返している歩哨のことを考えていた。彼がベッドに横になっているこの間にも、すべてが眠りに沈んでいるかにみえるこの間にも、何十人もの男たちが起きているのだ。何十人もの男たちが——ドローゴは考えた——だが、誰のために？　なんのために？　軍隊の形式主義は、この砦で、狂気の傑作を作り出しているかのようだった。何百という人間が誰ひとり通ろうとはしないであろう峠を守っているのだ。ここを立ち去ろう、できるだけ早く立ち去ろう——ジョヴァンニはそう考えた——この霧に覆われたような神秘から、外へ抜け出そう。ああ、なんの表裏もないわが家、いまごろはきっと母はすっかり明かりを消して、眠ろうとしているだろう、それともまたふたたび彼のことを考えているかも知れない、おそらくそうだ、そして、母は少しでも気にかかることがあると、夜はなかなか寝つかれないで、ベッドで寝返りを打つのを彼はよく知っていた。

また水槽で水音がし、また別の星がひとつ四角い窓枠から消えたが、それでも世界にその光を投げかけつづけている、そして、砦の稜堡では、歩哨たちが不断に目を光らせている、だが、ジョヴァンニ・ドローゴは、不吉な想念に悩まされながら、眠りを待っているのだった。

マッティが細かいことをいろいろと言ったのは、みんな芝居だとしたら？　本当は、四か月たっても、転任させてくれないのだとしたら？　規則にかこつけた口実で、彼が町にもどるのを邪魔しているとしたら？　ここに何年も、何年も留まらねばならないとしたら、この部屋で、この孤独なベッドで、青春をむなしく費やさねばならないとしたら？　なんと馬鹿げた憶測だ、とドローゴはそうした考えの愚かしさに気づいて、みずからに言いきかせたが、それでも、そうした思いは追いやることができず、しばらくすると、夜の孤独に後押しされて、またもや彼を誘いに来るのだった。

彼は自分をここに引き止めようとする目に見えぬ罠がまわりに張りめぐらされていくのを感じるような気がした。おそらくマッティもあずかり知らぬことだろう。マッティ少佐も、大佐も、ほかの将校たちも、誰ひとり彼のことなど少しも気にかけてはいない、彼が留まろうが、出て行こうが、彼らにはかかわりのないことなのだ。しかしながら、なにか正体不明の力が彼が町へ帰ろうとするのを阻む作用を働かせているのだった、おそらくそれは、彼自身気づいてはいなかったが、彼の心から湧き出てくるものなのかも知れなかった。

そのうちに、彼は玄関の柱廊を、それから白っぽい道を行く馬を見た、名前を呼ばれたような気がした、そして、彼は眠りにおちていった。

## 五

ふた晩のち、ジョヴァンニ・ドローゴは初めて第三堡塁の勤務についた。午後六時、七隊の警備兵が中庭に整列した。そのうち三隊は砦の警備、四隊は両翼の堡塁の警備に当たるのだった。新堡塁の警備につく八番目の隊は、かなり道のりがあるので、もう前もって出発していた。

第三堡塁に向かうのは、砦の古株のひとり、トロンク曹長以下二十八名の兵と、らっぱ手一名、計二十九名だった。いずれもオルティス大尉の統率する第二中隊所属であり、ジョヴァンニはその中隊に配属されたのだった。ドローゴはその二十九名の指揮をとるため、サーベルを抜いた。

勤務に着く七隊は縦隊に整列した。窓からは、慣例に従って、砦の司令官である大佐が閲兵していた。中庭の黄色っぽい地面の上に、兵たちが黒い縞模様をつくり、見た目にも美しかった。

風で雲の吹き払われた空は、はすかいに夕日を浴びた城壁の上に輝いていた。九月のある夕暮れだった。副司令官のニコロージ中佐が、戦さの古傷のせいで足を引きずりながら、司令部の入り口から出て来て、剣を杖に突っ立った。その日の査閲当番の将校は、大男のモンティ大尉だった。彼の嗄《しわが》れ声が命令を伝えると、兵たちはみんな、まさに一糸乱れず、いっせいに力強い金属音を立てながら、捧げ銃をした。静寂が広がった。

ついで、七隊のらっぱ手たちがめいめい、その場のしきたりの軍楽曲を反復した。朱と金の紐で飾り、大きな紋章を垂らした、バスティアーニ砦の名高い銀のらっぱだった。その澄んだ音色は空に広がり、鈍い鐘の音に似た響きで、不動のまま林立した銃剣を揺るがした。兵たちは銅像のように身じろぎひとつせず、軍人らしく眉ひとつ動かさなかった。いや、彼らは単調な警備当番のための心構えをしているのでないことは確かだった、彼らのその英雄的な目つきはたしかに敵を待ち構えに行くためのように思われた。

らっぱの最後の響きが、遠く隔たった城壁に反響して、長く宙に漂った。銃剣の林はまた一瞬輝いて、深い空に映え、そして隊列の中に呑み込まれ、いっせいにきらめきを消した。大佐が窓から姿を消した。迷路のような砦の中を通って、それぞれの城壁へと向かう各隊の歩調が響いた。

一時間後、ジョヴァンニ・ドローゴは第三堡塁の城壁上にいた。前夜、北の方を眺めたのとちょうど同じ場所だった。昨晩は通りすがりの旅行者のように、好奇心からそこに来たのだったが、今度はそこのあるじとしてやって来たのだった。これからの二十四時間というものは、堡塁全体と百メートルの城壁が彼ひとりの指揮下にあるのだった。彼の足下、堡塁の中では、四名の砲手が谷の奥に照準を合わせた二門の大砲のそばにつき、三名の歩哨が堡塁の外の土手に配置され、ほかの四名は右方の城壁沿いに、二十五メートル間隔で散開していた。

歩哨任務の交代は、規則に精通したトロンク曹長の監督下に、厳密、正確に行われた。トロンクは砦に二十二年勤務していて、いまでは、休暇の期間でさえ、砦から一歩も動こうとはしなかった。彼ほど砦のすみずみまでよく知っている者はいなかった。将校たちは、夜間、明かりひとつない真っ暗闇の中を、見まわりをしている彼によく出会った。彼が勤務についている時には、歩哨たちは片時も銃を手放すことも、城壁にもたれかかることも、立ち止まることさえもできないのだった、休止は特別の場合にのみ許されるからだった。トロンクは夜通し一睡もせず、静かな足取りで巡警路を見て歩き、歩哨たちを驚かせるのだった。「誰か?」と歩哨が、銃を構えて誰何する。「グロッタ」と曹長が答えると、「グレゴリオ」と歩哨が合言葉を返す。

実際には、見張りの勤務についている将校や下士官は、自分の受け持ちの城壁上を、あまり形式にこだわらず、歩いてまわるのだった。兵たちは将校や下士官の顔をみんな知っているのだし、いちいち合言葉を交わすのは滑稽に思えるからだったが、トロンク相手の時だけは、一言一句、規則どおりに行うのだった。

彼は小柄で、痩せており、頭は禿げ、年寄りくさい顔をしていた。同僚といっしょにいても、口数は少なく、非番の時もたいていはひとりっきりで、音楽の勉強をしていた。音楽が彼の趣味であるところから、軍楽隊長のエスピーナ准尉だけがおそらくは彼の唯一の友人だった。トロンクはごく上等のアコーディオンを持っていて、なかなかの名手だという噂だったが、弾いているのを見かけたことはほとんどなかった。和声法を勉強していて、軍隊行進曲も何曲か作曲したとのことだったが、しかし、はっきりしたことは誰も何も知らなかった。

彼は、勤務中には、休憩時間中の習慣になっている口笛を吹いたりすることもまずなかった。たいていは、なにを求めてかは知らないが、北の谷の方を窺いながら、城壁の狭間に沿って監視して歩いていた。いま彼はドローゴのそばに立って、新堡塁へと通じる切り立った山稜沿いに走る山道の方を指さしていた。

「ほら、あそこに勤務の終わった警備隊が見えます」と、右手の人差し指でさしながら、トロンクが言ったが、夕闇の中では、ドローゴには見分けがつかなかった。曹長は首を振った。

「どうかしたのかね?」ドローゴはたずねた。

「勤務がこんな具合いではよくありません。いつも言っているのですが、まったく馬鹿げています」トロンクが答えた。

「なにがあったのかね?」

「こんな具合いではよくありません」トロンクは繰り返した、「新堡塁の警備の交代をもっと早く行うべきです。でも、大佐どのはそうはお思いにならないのです」

ジョヴァンニは驚いて、彼の顔を見た、トロンクが大佐を批判したりするなどということがありうるのだろうか?

「大佐どのは」と曹長は、前言を訂正するためではなく、まじめに、そう信じきって、言葉を続けた、「大佐どののお立場からすれば、まったく正しいのであります。でも、誰ひとりその危険を大佐どのに説明しないのです」

「危険?」ドローゴはたずねた、あの無人地帯の、通行しやすい道を経て、砦から新堡塁まで移動するのになんの危険があるというのだろうか?

「危険です」トロンクは繰り返した、「この暗さでは、いずれなにか起きますよ」

「で、どうすればいいと言うんだね?」トロンクの話に大して興味を感じないまま、ドローゴはお愛想にたずねた。

「以前は」と、曹長はしたり顔でおのれの知識を披瀝しだした、「以前は、新堡塁では、警備の交代は、砦よりも二時間早く行われていました、冬でもまだ日のあるうちに。それに合言葉の規則にしても、もっと簡単でした。新堡塁に入るときの合言葉と、もうひとつ警備の任務についている間と砦に帰着したときとの、二つだけですみました。勤務の終わった警備隊が砦にもどってきた時には、砦ではまだ新しい警備隊が勤務についていないので、合言葉はまだ有効だったわけです」

「ああ、分かるよ」ドローゴはもう彼の話に耳を貸すのを諦めて、言った。

「でも、その後」と、トロンクは続けた、「お偉方は心配になったんです。国境の外に、合言葉を知っている大勢の兵隊たちをうろつかせておくのは不用心だと言いましてね。ひとりの将校より、五十人中ひとりの兵隊の方が裏切る可能性が高いと、そう言うのです」

「そうだね」ドローゴはうなずいた。

「そこでこう考えたってわけです、合言葉は指揮官だけが知っている方がいいと。そこで、いままでは警備兵の交代の四十五分前に砦を出発するようになったのです。たとえば今日の場合ですと、全体の交代は六時に行われる。新堡塁の警備隊は砦を五時十五分に出発しましたから、むこうに六時ちょうどに着くわけです。砦を出る時は、隊伍を組んでいますから、合言葉はいりません。堡塁に入る時には、前日の合言葉が必要ですが、それを知っているのは将校だけです。堡塁で警備任務の交代がすむと、今日の合言葉の使用が始まるわけですが、それを知っているのも将校だけです。そして、それが、次の警備隊が交代に来るまで、二十四時間使われるのです。明日の夕方、警備兵たちが砦にもどると(六時半には着くでしょう、帰りの方が道が容易ですから)、砦では合言葉がまた変わっていて、三つ目の合言葉が必要になります。というわけで、将校はその三つを覚えていなくてはなりません、往きのと、勤務中のと、帰着したときの三つを。こんな厄介な仕組みにしたのも、外に出ている兵たちに知らせないようにするためです」

「そこで、私は言うんですが」と曹長はドローゴが聞いていようがいまいがお構いなしに続けた、「将校だけが合言葉を知っていて、もしその将校が途中で具合いでも悪くなったら、兵隊たちはどうすればいいんです？　まさか将校の口を無理に割らすこともできないでしょう。そうなると、出発した場所にもどることもできません、その間にその場所の合言葉が変わっているからです。お偉方はそのことを考えないんでしょうかね。それに、秘密を守るためと言っても、この方法だと合言葉が二つではなく三ついるし、砦にもどるためのその三つ目のものは、二十四時間も前に伝達されたものだということに気づいていないんでしょうか？　なにが起ころうと、それを守らなければならない、さもないと警備隊はもう砦にはもどれなくなるんですから」

「でも」とドローゴは口を挟んだ、「門のところで分かるだろう、ちがうかね？　任務の終わった警備隊だってことは見れば分かるじゃあないか」

トロンクは一種の優越感のこもった目で中尉を見た。「それは不可能です、中尉どの。砦には規則があるんです。北の方角からは、合言葉を言わないと、誰であろうと、決して入れないのです」

「じゃあ」ドローゴはその馬鹿げた規則に腹立たしくなって言った、「じゃあ、新堡塁のために特別の合言葉を作ればもっと簡単じゃあないのかね？　先《さ》きに交代をして、砦にもどったときの合言葉を将校だけに教えておく。そうすれば兵隊たちはなにも知らないですむじゃあないか」

「そうなんです」曹長は、まるでその言葉を待ち構えていたかのように、得たりとばかり言った、「おそらくそれがいちばんいい方法でしょう。でも、それには規則を変える必要があります、別の規定を作らねばならないでしょう。規則では（と、そこで解説的な調子に声を改めて）、《合言葉は次の警備隊との交代までの二十四時間継続するものとし、また砦およびその付属施設においては唯一つの合言葉のみが有効である》となっているんです。《その付属施設では》とそうはっきり規定してあるんです。つまり、端的に言って、ごまかしようがないんです」

「でも、以前は」話の最初の方はあまりよく聞いていなかったドローゴがたずねた、「新堡塁の交代はもっと早く行われていたんだろう？」

「もちろんです」と、トロンクは叫び、「はい、そのとおりです」と言い直した、「二年前からこんなふうになったんです。以前の方がずっとよかったですよ」

曹長はようやく口を閉じた、ドローゴは驚いたように彼の顔を見つめた。二十二年間砦に勤務して、この兵士にいったいなにが残ったのだろう？　トロンクは、世界のほかのところには、軍服を着ていない彼とおなじような人間が何百万人も存在していることを忘れているのだろうか？　そしてその連中が町を自由にぶらつき、好きなときにベッドにもぐりこんだり、居酒屋に行ったり、芝居を見に行ったりしていることを？　そう、（彼を見ればよく分かることだが）トロンクはほかの人間のことなど忘れているのだ、彼には砦とそのいまいましい規則のほかにはなにも存在しないのだった。トロンクはもう娘たちの甘い声の響きも、公園の様子も、川の姿も、砦の周囲にまばらに生えた痩せた灌木のほかは、木々の形さえ覚えていないにちがいない。そう、トロンクは、北の方角を見つめている、だが、ドローゴとおなじ気持ちからではない。トロンクは新堡塁へと通じる細道に、濠に、濠の斜面に目を凝らし、敵が侵入してきそうな場所を監視しているのであって、荒々しい岩肌や、三角形をなしたあの謎めいた荒れ地や、ましてほとんど暮れかかった空に漂う白い雲を眺めているわけではなかった。

こうして、夕闇が迫りつつある中で、ドローゴはふたたびここから逃げ出したいという思いにかられたのだった。なぜすぐに立ち去らなかったのだろうか？　彼はおのれを責めた。なぜマッティの巧みな駆引きに屈服したのだろう？　今となっては四か月、百二十日が費えるのを待たなければならないのだ、そのうちの半分はこうして城壁の上で警備につきながら。彼は自分が人種の違う人間たちの間に、未知の土地に、厳しく非情な世界の中にいるような気がした。彼はまわりに目をやった、そこには身じろぎもせず、じっと歩哨たちを監視しているトロンクがいた。

## 六

もうすっかり夜になった。ドローゴは堡塁の飾り気ひとつない部屋に座り、手紙を書こうと、紙とインクとペンを持って来させた。「母上さま」と書きはじめると、たちまち子供のころの自分に帰ったような気がした。家から、慣れ親しんだ、心安らぐ雰囲気から遠く離れて、まだよくは知らない砦の中の、誰ひとり見ていないところで、ランプの明かりの下に、ただひとり座っていると、自分の心をさらけだすことがせめてもの慰めに思えるのだった。

実際、ほかの連中と、同僚の将校たちといっしょにいるときには、一人前の男として振舞い、彼らといっしょに笑ったり、軍隊生活や女のことでほら話もしなければならなかった。母以外の誰に本当のことを言えよう。そして、その夜のドローゴにとって、本当のこととは、立派な軍人としてのものではなかった、このいかめしい砦にふさわしいものではなかった、仲間たちが聞いたら笑うだろう。本当のこととは旅が苦しかったこと、陰鬱な城壁に圧迫されそうなこと、まったくの孤独感にさいなまれていることだった。

「二日の道中ののち、疲れきってここにたどり着きました」と、そう書きたいところだった、「そして、着いてみると、その気があれば、すぐにも町へ帰れるのだということが分かりました。砦は陰気で、近くに村もなく、なんの楽しみもなければ、愉快なこともありません」と、こう書きたいところだった。

だが、ドローゴは母のことを思ってみた。この時間には母は彼のことを考え、息子がすてきな友達といっしょに打ち解けて、楽しく過ごしているだろうと想像して、みずからを慰めていることだろう。母はきっとそう信じて、安心し、満足していることだろう。「母上さま」彼の手はこう書いた、「快適に旅をつづけ、一昨日ここに着きました。砦は堂々としています……」ああ、この城壁のわびしさを、流刑にあったようなこの広漠とした雰囲気を、あのなかなかなじめぬ、愚かしい連中のことを母に分かってもらえたら。ところが、彼はこう書いたのだった、「ここの将校たちはみんな温かく歓迎してくれました。第一副官もとても親切で、もしそう望むなら、町へもどるのもまったく自由だと言ってくれました。しかし、私は……」

おそらく母はこの瞬間にも、ぬしのいない彼の部屋をあちこち歩きまわりながら、箪笥を開けて、彼の古い服をしまいなおしたり、本や机を整理しなおしたりしていることだろう。もうなんべんも片付けなおしたことだろうが、そうすることで、母は彼がそばにいるように感じるのにちがいない、いつもどおり、夕食前に彼がふらりと帰ってきそうな気がするのにちがいない。彼には母の立てる物音が聞こえるように思えた、それはいつも誰かのことを心配して、落ち着きなくせかせかと歩きまわるあの耳慣れた母の足音だった。その母をどうして悲しませたりすることができよう。母のそば近くにいるのなら、暖かいわが家の明かりの下、おなじ部屋の中で膝付き合わせているのなら、それならジョヴァンニはすべてを話しただろうし、母も悲しむことはないだろう、なぜなら彼はそばにいるのだし、いやなことはもうすんでしまった話にしてしまえるのだから。

でも、こんなに遠く離れていて、手紙で知らせるとなれば？　古い家の心安らぐ穏やかさの中、暖炉の前で、母のそばに座っているのなら、それならマッティ少佐や、彼の油断のならない甘言のことも、あるいは偏執狂じみたトロンクのことも母に話しただろうし、四か月も砦に残ることを受け入れてしまうなんてまったく馬鹿なことをしたと母に言って、たぶんふたりして笑いもしたろう。だが、こんなに遠く離れていては、いったいどうすることができよう？

「しかし、私は」とドローゴは書いた、「自分のためにも、また今後の経歴のためにも、しばらくはここに残るほうがいいと考えました……それに、仲間もみなとても気持ちのいい連中ばかりで、勤務も楽で、難儀なものではありません」では、彼の部屋や、水槽の滴の音や、オルティス大尉との出会いや、荒涼とした北の大地のことは？　厳しい警備規則や、いまいるなんの飾り気もない堡塁のことは、母に話さなくてもいいのか？　いや、母にさえも本当のことは言えなかった、母にさえも彼の心を乱すわけ知れぬ怖れを告白はできなかった。

わが家では、そして町では、いま時計が、それぞれ違う音色で、つぎつぎと十時を打ち、食器棚の中のガラスの器をちんちんと鳴らしているだろう、台所からは笑い声が、道の向こう側からはピアノの音が聞こえてきているだろう。いま彼が座っている場所からは、まるで明かり取りのようなごく細い窓をとおして、北の谷が、あの陰鬱な大地が望めるのだが、しかし、いまは暗くてなにも見えなかった。ペンが少し軋《きし》んだ。夜もすっかり更けたが、風が出て、狭間越しによくは聞き取れぬ声を運んできていた、堡塁の中は闇が立ち込め、大気は重苦しく湿っていたが、ジョヴァンニ・ドローゴはこう書いた、「とにかく私は大いに満足して、元気にやっております」

夜の九時から明け方まで、谷の右端、城壁の尽きたところにある第四堡塁では、三十分おきに鐘が鳴るのだった。その小さな鐘が鳴ると、ただちにいちばん端の歩哨が最寄りの歩哨に呼びかける。その兵士がまた次へと声をかけ、こうして反対側の城壁まで、堡塁から堡塁へと、砦全体に、さらに外側の稜堡にまで、夜の中を呼び声が伝わっていくのだった。「警戒よし、警戒よし!」歩哨たちはなんら興奮した調子も見せず、一種異様な声音で、機械的にそう繰り返すのだった。

軍服を着たまま、ベッドに横たわったジョヴァンニ・ドローゴは、次第に眠気に襲われながらも、その声が遠くから、間隔をおいて、伝わってくるのを耳にしていた、だがそれは彼には「えおー……えおー……、えおー……」としか聞こえなかった。その声は次第に強くなって、彼の頭上を通り過ぎるときには、いちだんと大きくなり、そして、反対の方向へと少しずつ小さくなって遠ざかって行き、やがて消えてしまう。二分ほどすると、再確認するように、左端の第一堡塁から、歩哨たちの声が送り返されてくる。ドローゴはそれがゆっくりと、間をおいて、ふたたび近づいてくるのを聞いていた、「えおー……えおー……」その声は、彼の真上で、おなじ歩哨によって繰り返されるときだけ、言葉がはっきりと聞き取れたが、またすぐに「警戒よし」と呼びあう声は、嗚咽にも似た調子となって、絶壁に面して位置するいちばん端の歩哨のところまで行っては消えるのだった。

ジョヴァンニはその呼び声が四度やってきては、その出発点である砦のへりまで四度引き返していくのを聞いた。五度目は、ドローゴの意識におぼろに反響しただけで、彼はひとつ短い身震いをした。警備の将校は眠らないほうがいいのだということを彼は思い出した。規則では、軍服を着けたままなら、眠ってもいいことになっているが、砦の若い将校たちはほとんど、夜通し起きているのを粋なことだと自慢に思って、徹夜で本を読んだり、葉巻をふかしたり、勝手にたがいの部屋を往き来しあったり、トランプをしたりするのだった。トロンクに最初に教えてもらったところでは、夜通し起きているのがいいようだった。

ベッドの上、石油ランプの光の輪の届かぬところに横たわって、自分の人生についてあれこれ考えているうちに、ジョヴァンニ・ドローゴは思わず眠り込んでしまった。そして、その間に、まさしくその夜に、――もしそうと知っていたなら、彼は眠りはしなかったろうが――まさしくその夜に、彼にとっては取り返しようのない時の遁走が始まったのだった。

そのときまで、彼は気楽な青春期を歩んできたのだった、その道は若者には無限につづくかに見えるし、また歳月はその道を軽やかな、しかしゆっくりとした足取りで過ぎて行くものだから、誰もそこからの旅立ちに気がつかないのだ。物珍しげにまわりを見ながら、のんびりと歩いて行く、急ぐ必要はさらさらない、後ろからせきたてる者もいなければ、先《さ》きで待っている者もない、仲間たちもしょっちゅう立ち止まってはふざけながら、のんきに道を行く。家々の戸口からは、おとなたちが優しく挨拶をして寄こしながら、うべなうような笑みを浮かべて地平線の方を指し示す。こうして、英雄的な、あるいは甘い望みに心が躍りはじめ、先きで待っているいろんなすばらしいことを前もって想像裡に味わうのだ、それはまだ視野にはない、だが、いつかそこにたどり着けることは間違いないのだ、それは疑う余地のないことなのだ。

まだまだ先きは遠いのだろうか？　いや、むこうに見えるあの川を渡れば、あの緑の丘を越えればいいのだ。それとも、もしかしてもう着いたのではないだろうか？　この木立が、この野原が、この白い家が探し求めているものではないだろうか？　一瞬そのように思えて、足を止めようとする。だが、先きへ行けばもっといいものがあるという声が聞こえてきて、またのんきに歩き出す。

こうして、確かな期待を抱いて道を続ける、日は長いし、平穏だ。太陽は空高く輝き、いっこうに沈む気配もなさそうだ。

だが、あるところまで来て、本能的に後ろを振り返ると、帰り道を閉ざすように、背後で格子門が閉まりかけている、そしてあたりの様子もなにか変わってしまっていることに気づく、日はもう頂点にじっと留まってはいず、急に傾きはじめ、もはや留めるすべもなく、地平線に向かって落ちて行く、雲はもう蒼穹にゆったりと漂ってはいず、次々と折り重なるように、足早に逃げて行く、雲も急いでいるのだ、時は過ぎるし、道もいずれは終わることが分かっているからだ。

そしてまたあるところまで来ると、背後で重い鉄門が閉まり、あっという間にかんぬきが掛けられ、引き返そうにも間に合わない。だが、ジョヴァンニ・ドローゴはその瞬間をなにも知らずに眠っているのだった、赤児のように笑みを浮かべた寝顔で。

ドローゴはわが身に起こったことに気づくにはまだ幾日かかかるだろう。そのとき彼はまるで夢から覚めたように思うだろう。信じられないような思いであたりを見まわすだろう。すると背後から押し寄せてくる足音が聞こえ、彼より先きに目覚めた者たちが息せき切って駆けてきて、先きに着こうと彼を追い越して行くのを目にするだろう。むさぼるように人生を刻んでいく時の鼓動を聞くことだろう。窓辺に立つ人々ももう微笑みを浮かべてはいず、無表情、無関心な顔をしているだろう、そして彼がまだどのくらいの道のりがあるのかたずねても、地平線の方を指さしはするものの、その人たちの顔にはもう親切そうな、楽しそうな表情のかけらも見えないだろう。その間に、仲間たちも、疲れてずっと後ろになってしまう者もあれば、はるか先きへ進み、地平線上の小さな点になってしまう者もいて、彼の視野からは消え去るだろう。

あの川のむこう——人々は言うことだろう——あと十キロも行けば着くだろう、と。ところが道はいっこうに終わらない。日は次第に短くなるし、旅の道連れも次第にまれになっていく、窓辺には生気のない、青白い顔をした人々が立っていて、首を横に振るだけだ。

ついにはドローゴはまったくのひとりぼっちになるだろう。と、地平線に一筋の縞となって果てしなく伸びた、死んだように動かぬ鉛色の海が見える。もう彼は疲れ果てている、道沿いの家々はたいてい窓を閉ざし、まれに見かける人々は陰鬱そうな身振りで彼に答える、いいことは後ろに、はるか後ろにあり、彼はそれに気づかずに、通り過ぎてきたのだと。ああ、もう引き返すには遅すぎる、彼の後ろからは、おなじ幻想にかられて押しかけてくる大勢の人間の足音が轟き寄せてくるが、その群れはまだ彼の目には見えず、白い道の上にはあいかわらずひとけはない。

いまジョヴァンニ・ドローゴは第三堡塁の中で眠っている。彼は夢を見て、笑顔を浮かべている。その夜、完全無欠な幸せに満ちた世界の甘美な幻影が、彼のもとに最後の訪れをしているのだ。ああ、彼がやがて訪れるいつの日かのおのれの姿を見たならば、道の尽きたところ、一様に灰色の空の下、鉛色の海の岸辺に立ち尽くすおのれの姿を。そしてまわりには家もなければ人影もなく、立木もなければ一本の草もない、すべてははるか太古からそうなのだ。

# 七

やっと町からドローゴ中尉の衣類の入った箱が届いた。その中にはとても粋な真新しいマントも入っていた。ドローゴはそれを羽織ると、自分の部屋の小さな鏡でマントのあちこちを映してみた。彼にはそれが自分の生きた世界との生きた絆のように思えた。布地はとびきり上等だったし、それが作り出す襞《ひだ》も豪奢で、みんなが彼を振り返るだろうと思うと、うれしかった。

砦での勤務中に着用して、警備当番の夜などに、湿っぽい城壁のせいでマントを台無しにしてはいけないと考えた。それに、初めてマントを着て出るのが城壁の上というのも縁起が悪かった、そこよりほかに着て行くところがないと認めるようなものだったからだ。でも、それを着て歩いて、みんなに見せびらかせないのも癪《しゃく》だったので、せめて連隊付きの仕立て屋まで着て行って、普通の仕立てのものをもう一着作ることにした。

そこで部屋を出て、階段を下りて行きながら、光の差し込んでいるところを通りかかるごとに、そこに映る粋な自分の影に目をやった。しかし、次第に砦の中心部へと下りて行くにつれて、マントはなんだか最初の輝きを失っていくように思えた。そのうえドローゴは自分の着こなし方がどうもぎこちなく、なんともそぐわぬものを身に着けているように感じて、気になりだした。

そういうわけで、階段や廊下にひとけがないのがドローゴにはかえってうれしかった。ようやく出会ったひとりの大尉が彼の敬礼に応じてきたが、必要以上には彼に目をくれもしなかった。たまに通りかかる兵隊たちも彼の方を振り返って見ようともしなかった。彼は城壁内に設けられた螺旋《らせん》状の狭い階段を下りて行った。彼の足音が、ほかに人がいるかのように、上と下とで反響した。大事なマントの裾が揺れて、壁面の白っぽい黴《かび》をはたいた。

こうしてドローゴは地下室に着いた。仕立て屋のプロズドチモの仕事場は地下にあるのだった。地面とおなじ高さのところにある小さな窓から、天気のいい日には、光が入ってくるのだが、その夕方にはもう明かりを点していた。

「いらっしゃい、中尉どの」彼が入って行くなり、連隊付きの仕立て屋のプロズドチモが言った。大きな部屋はところどころ明かりに照らされているだけだった、書類を書いている小柄な老人のいる机のところと、三人の若い助手が仕事をしている台のところと。そして、そのまわりには何十着もの軍服や外套やマントが、絞首刑になった人間みたいに、不気味にだらしなく吊されていた。

「こんばんは」ドローゴは言った、「マントを一着ほしいんだが、あまり値の張らないのをね、四か月もてばいいんだから」

「ちょっと拝見」仕立て屋はうたぐり深そうな好奇心を笑みに含めてそう言うと、ドローゴのマントの裾をつまんで、明かりの方に引き寄せた。プロズドチモは兵曹長の位だったが、仕立て屋という仕事柄、上官になれなれしく皮肉を言うことも許されているみたいだった。「すてきな布地ですね、実にすてきです……目の玉が飛び出るほど取られたでしょうな、町の連中ときたら油断も隙もないですからな」と、本職の目でざっと見てから、血管の浮いた、ふっくらした頬を震わせながら、首を振った、「でもあいにく……」

「あいにくなんだね？」

「あいにく襟がこう低いと、あまり軍服らしくないですな」

「いまはこういうのが流行りなんだ」ドローゴは優越感をこめて言った。

「襟の低いのが流行っているかも知れませんが、でも私たち軍人には流行は関係ありません。流行も規則に合ってなくちゃあいけませんし、規則では《マントの襟は帯状となって首にぴったりと接し、高さ七センチとする》となっています。中尉どの、たぶんあなたはこんな穴蔵みたいなところにいる私をへぼで、くだらぬ仕立て屋とお思いでしょう」

「どうしてだね？」ドローゴは言った、「そんなことはないよ、それどころか……」

「おそらくあなたは私のことをへぼで、くだらぬ仕立て屋だと思っていらっしゃる。ところが、大勢の将校たちが私の腕を高く買っていらっしゃる、町でもそうですし、高官方だってそうです。私がここに詰めているのはまっ・た・く・臨・時・的なんです」と、なにか重要なことを言い出す前置きのように、終わりの方は言葉を区切りながら言った。

仕立て屋がなにを言おうとするのかドローゴには分からなかった。

「いずれここから出て行くのを私は待っているんです」プロズドチモは続けた、「私を手放したくないと思ってくださる大佐どののためでなければ……お前たちなにを笑っているのだ？」

薄暗がりのなか、三人の助手たちの押し殺した笑い声が聞こえていたのだが、そちらに目をやると、その三人は頭を下げて一心に仕事をしているふりをした。年寄りの方は、われ関せずと、書類を書きつづけていた。

「なにがおかしいのだ？」プロズドチモは繰り返した、「お前たちはまったく目を離せないやつらだ。いまに思い知るぞ」

「そう」ドローゴも言った、「なにがおかしいのだ」

「ろくでなしどもなんですから」仕立て屋が言った、「気にしない方がいいですよ」

そのとき階段を下りてくる足音が聞こえ、兵隊がひとり姿を現した。補給部の准尉がプロズドチモに用があるとのことだった。「失礼しますよ、中尉どの」仕立て屋が言った、「勤務上の用事がありますので。二分もしたらもどってきますから」そして兵隊のあとからうえに上がって行った。

ドローゴは座って待つことにした。あるじが出て行くと、三人の助手は仕事の手を休めた。老人の方はようやく書類から目を上げると、立ち上がって、足をひきずりながら、ジョヴァンニの方に歩み寄ってきた。

「ご存じですかな？」と、出かけて行った仕立て屋を指さすしぐさをしながら、妙な口調で言った、「ご存じですかな、中尉どの、あの男がいったい何年この砦にいるかを？」

「いや、知らないが……」

「十五年ですよ、中尉どの、十五年と言えばうんざりもしますよ、そしておなじことばかりいつも繰り返し話しているんです、ここにいるのは臨時のことなんだ、いずれ近いうちには……とね」

助手たちのいる仕事台のところでぼそぼそ話し声がした。その話をいつものように笑い草にして茶化しているのにちがいなかったが、老人は気にもとめなかった。

「でも、決してここから出て行くことはありますまい」老人は言った、「あの男も、司令官の大佐どのも、そのほかの大勢の連中も、死ぬまでここに残るでしょう、一種の病気みたいなもんですな、あなたもお気をつけになった方がいいですよ、中尉どの、あなたは新しく赴任して来なさったばかりですから、まだ間に合ううちにお気をつけになることですな……」

「なにに気をつけるんだね？」

「できる限り早くここを出て、連中みたいな病気に取り憑かれないようにですよ」

ドローゴは言った、「私はここに四か月いるだけだ、残るつもりなんかまったくないよ」

　老人が言った、「それでもやはりお気をつけなさらなきゃあ。フィリモーレ大佐どのが口火が切られたんです。重大事件が起こりつつあると。私はよく覚えていますが、大佐どのがそう言い出しはじめて、もう十八年にもなるでしょうか。大佐どのはまさしく《事件》と、そう言ってこられました。あの方の決まり文句なんです。この砦はごく重要なんだ、ほかのどんな砦よりもずっと重要なんだ、それなのに町じゃあそれがまったく分かっとらん、とそうお考えになっておいでなんです」

　老人は一語、一語、間に沈黙を挟むように、ゆっくりと話した。

「大佐どのはこの砦は重要きわまりないもので、いずれなにかが起こるにちがいないとお考えなんです」

　ドローゴは笑った、「なにかが起こるって？　戦さでも起こるって言うのかね？」

「分かりませんが、ひょっとしたら戦さかも知れません」

「砂漠の方からかね？」

「たぶん砂漠の方からなんでしょう」老人は言った。

「でも、誰が、いったい誰が攻めて来るというんだね？」

「私なんぞには分かりません。もちろん誰も攻めて来たりはしないでしょう。でも司令官の大佐どのは地図を調べて、タタール人がまだいるとおっしゃっています、昔の軍勢の残兵どもがまだあちこち出没しているとおっしゃっています」

薄暗がりの中で三人の助手たちの噛み殺したような嘲笑が聞こえた。

「それであの連中はいまだにここで待っているんです」老人は続けた、「大佐どのも、スティツィオーネ大尉どのも、オルティス大尉どのも、中佐どのも、毎年きっとなにかが起こるとおっしゃってきました、退官なさるまでずっとそうでしょう」そこで言葉を途切ると、聞き耳を立てるように、片方に頭をかしげて、「足音が聞こえたような気がしたんですが」と言った。だが、誰の足音も聞こえなかった。

「なにも聞こえないけど」ドローゴは言った。

「プロズドチモも」と老人は続けた、「ただの兵曹長で、連隊付きの仕立て屋にすぎないのに、あの方たちといっしょになってその気でいるんです。あいつも待っているんです、ここで十五年も……でも、中尉どの、あなたはまだ信じてはいらっしゃらないのは分かります、あなたは口を閉ざして、そんなことはみんな作り話だと考えていらっしゃる」そして、まるで嘆願するように付け加えた、「お願いですから、お気をつけくださいよ、あなたは暗示にかかりやすそうですから、ここに居座ってしまいそうな気がしてなりません、あなたの目を見れば分かります」

ドローゴは黙っていた、将校たるものがこんなみじめったらしい男に腹を割って話すのは沽券《こけん》にかかわるように思ったからだった。

「じゃあ、あんたは」ドローゴは言った、「あんたはここでなにをしてるんだね?」

「私ですか?」老人が答えた、「私はあいつの兄弟なんです、あいつといっしょにここで働いているんです」

「兄弟? 彼の兄さんなのかね?」

「そうです」老人は微笑んだ、「あいつの兄なんです。私も昔は兵隊でしたが、足に怪我をしまして、このざまです」

そのとき、しんと静まりかえった地下室の中で、ドローゴは急に激しく鼓動を打ちはじめた自分の心臓の音を聞いた。では、穴蔵みたいな地下室に引きこもって帳簿をつけているこの老人も、この影の薄い、みじめったらしい男さえも、英雄的な運命を待っているのだろうか? ジョヴァンニは相手の目をじっと見つめた、老人はほろ苦い悲しみをこめてかすかに頭を振った、そう、もう手遅れです、私たちはこんなふうになってしまって、もう決してもとにもどることはないのです、とでも言うように。

階段部分のどこかでドアが開いたままになっているせいだろう、壁をとおして、出どころはさだかではないが、遠くから人声が聞こえてきていた、その声はときどき途絶えては、しばらくするとまた聞こえ、まるで砦が緩やかに呼吸をしているかのように、反復を繰り返していた。

いまドローゴはようやく悟った。彼は、明かりがまたたくにつれて、あたりに吊された軍服の影が増殖されて揺らめくのを見つめながら、いまこの瞬間にも大佐は、執務室でひとりひそかに、北に面した窓を開けていることだろうと考えた。秋のせいか、薄暗いせいか、こんなふうに陰鬱な時刻には、砦の司令官は、きっと、北の方を、小暗く裂けた谷の方を見つめているにちがいなかった。

北の砂漠からは彼らの運命が、冒険が、誰にでも一度は訪れる奇跡の時がやって来るにちがいない。時が経つとともに次第にあやしくなっていくこうした漠とした期待のために、大の男たちがこの砦で人生の盛りをむなしく費やしているのだった。

彼らは普通の生活、当たり前の人たちの喜び、凡庸な運命にはなじまないのだった。そして、彼らは身を寄せあうようにして、おなじ希望を抱いて暮らしているのだった。

そのことを決して口に出さなかったが、それは彼らがそれに気づいていないか、おのれの心を用心深く包み隠す軍人としての性《さが》からだった。

おそらくはトロンクもそうにちがいなかった。トロンクは細かい規則を、厳格な規律を守り、責任感の強さを自負して、それで充分だと思っている。だが、彼に向かって、お前は生きている間ずっとこうなのか、最後までおなじなのか、とそう問いかければ、彼も目覚めることだろう。そんなことはありえない、と彼は言うにちがいない、なにか違ったことが起こるにちがいない、なにか価値あると言いえることが。いまは、もしこのまま終わってしまうとしても、辛抱しているよりしかたがないのだ、と。

ドローゴは彼らの他愛のない秘密を悟り、自分はその外に、感染する恐れのない傍観者の立場にいるのだと考えて、安堵した。四か月たてば、自分は永久に彼らとは別れるのだ。そう考えると、その古い砦のわけ知れぬ魅惑は他愛なく消え去った。だが、なぜ老人は疑わしげな表情で彼を見つめつづけているのだろう？　なぜドローゴは軽く口笛を吹いたり、ぶどう酒を飲みたいと思ったり、あるいは外へ出てみたいとかいう気になったのだろう？　おそらくは自分はまったく自由で、心安らかだということを自分自身に示したいためではなかったろうか？

# 八

カルロ・モレル、ピエトロ・アングスティーナ、フランチェスコ・グロッタ、マックス・ラゴリオといった中尉たちがドローゴの新しい友人であった。彼らは、手持ち無沙汰なこの時間、ドローゴといっしょに食堂のテーブルに座っている。給仕がひとりだけ残って、むこうの方のドアの側柱にもたれて立っている。まわりの壁面にずらりと掛かった歴代の司令官の大佐たちの肖像は、薄暗がりの中に沈んでいる。食後の取り散らかしたテーブル・クロスの上には、ぶどう酒の壜が八本、陰気に並んでいる。

みんな、いささかはぶどう酒のせいと、またいささかは夜のせいで、なんとなく興奮している。彼らの声が途切れると、外からは雨の音が聞こえてくる。

二年間の砦勤務を終えて、翌日ここを出るマックス・ラゴリオ伯爵をみんなして祝っているのだった。

ラゴリオが言った、「アングスティーナ、君も来るのなら、待つよ」いつものように冗談めかした口調だったが、本気で言っているのが分かった。

アングスティーナも二年間の勤務を終えたのだが、砦を出る気はないのだった。アングスティーナは蒼い顔をして、まるでみんなには無関心で、たまたまそこにいるだけだとでもいうように、あいかわらず気のない様子で座っていた。

「アングスティーナ」酩酊寸前のラゴリオは、大きな声で繰り返した、「君も来るのなら、待つよ、三日ぐらいなら待ってもいいよ」

アングスティーナ中尉はそれには答えず、しかたのない奴だというように、かすかに微笑を浮かべただけだった。日に焼けて色褪《あ》せた彼の青色の軍服は、その無造作さがなんとも言えず粋な感じで、ほかの連中のよりもひときわ目立っていた。

ラゴリオはモレルや、グロッタや、ドローゴの方を振り向いて、「君たちも言ってくれよ」とアングスティーナの肩に手を置きながら言った、「いっしょに町へ来た方がこいつにはいいって」

「おれにいいだって?」アングスティーナは詮索するようにたずねた。

「町の方が君にはいいよ。それに、おれは思うけど、みんなだって」

「おれは元気だよ」アングスティーナはそっけなく言った、「治療の必要なんてないよ」

「治療が必要だなんて言ってないさ、君のためにいいって言ってるんだ」

そうラゴリオが言った。外で、中庭に降る雨音が聞こえていた。アングスティーナは二本の指で口髭をしごいていた。退屈しているらしかった。

ラゴリオはまた言葉を続けた、「おふくろさんや、家の人たちのことを考えないのかい……君のおふくろさんが……」

「おふくろはなんとでもするすべを知ってるだろうよ」アングスティーナはほろ苦い思いをこめて答えた。

ラゴリオはそれに気づいて、話題を変えた、「なあ、アングスティーナ、考えてもみろよ、あさって、クラウディーナのところへ会いに行けるかも知れないんだぜ。あの娘は君に二年も会っていないんだし……」

「クラウディーナ……」アングスティーナは気がなさそうに言った、「クラウディーナってどこの誰だい、覚えていないね」

「そうだろうよ、覚えていないだろうよ！　今夜は、この調子じゃあ、君にはなにを言ってもだめだな。べつに隠すこともあるまいに、そうだろう？　君たちは毎日のように会ってたくせに」

「ああ」アングスティーナは、あまり無愛想もいけないと思ってか、そう言った、「思い出したよ、そう、クラウディーナね、でも、むこうじゃあ、おれがいるってことさえ忘れてるさ……」

「よせよ、女の子たちがみんな君に夢中になるってことはおれたちよく知ってるんだから、いまさら謙遜することはないさ！」グロッタが大声で言った。アングスティーナはそのあまりにありきたりの台詞に驚いたように、まばたきもせずグロッタの目を見つめた。

みんなが口を閉ざした。外では、夜の中、秋雨の下を、歩哨が歩いていた。雨水が露台をたたき、樋にあふれ、城壁を伝わって流れ落ちていた。外は夜が更け、そしてアングスティーナは小さく咳き込んだ。彼のように垢抜けした青年からそんな不快な咳の音が出るとは妙だった。でも、彼はそのつど顔を下に向けて、つつましやかに咳き込んだ、まるでその咳が自分のものではないので、どうにも抑え切れず、行儀上耐え忍ばなければならないのだとでもいうように。こうしてその咳も、真似るに値するような、一種奇妙な魅力のあるものにと変わるのだった。

だが、重苦しい沈黙がつづくので、ドローゴはそれを破らなければと思った。

「ねえ、ラゴリオ」彼はたずねた、「あした何時に発つんだい？」

「十時ごろになるかな。もっと早く発ちたかったんだけど、大佐にまだ挨拶しなきゃあならないんでね」

「大佐は五時には起きているさ、夏でも冬でも五時だよ、君を待たせることはないよ」

ラゴリオは笑った、「五時に起きるつもりはないのはおれの方さ。せめて最後の朝ぐらい好きなようにしたいよ、もうせきたてられることもあるまいからね」

「じゃあ、あさってには着いているんだな」モレルが羨ましそうに言った。

ラゴリオが言った、「まったく信じられない思いだよ」

「信じられないってなにがだい？」

「二日後には町にいるってことがだよ」（そして間をおいて）「それもずっとね」

アングスティーナの顔色は蒼かった、もう口髭はしごいていなかったが、自分の前の薄暗がりをじっと見つめていた。食堂にはもう夜のもたらす感情が重く立ち込めていた、不安が崩れかけた壁から忍び出《い》で、不幸が甘美な情緒となり、魂が眠りにおちた人間たちの上に誇らかに翼をはばたかせる時であった。幾枚もの大きな肖像画からは、大佐たちの無表情な目が英雄的な予言を語りかけてきていた。そして、外はあいかわらず雨だった。

「いいかい？」ラゴリオは遠慮会釈なくアングスティーナに言った、「あさっての晩、いまごろは、おれはコンサルヴィにいるかも知れないんだぜ。社交界、音楽、美しい女たち」彼はいつもの口癖を繰り返した。

「いいご趣味だね」アングスティーナは吐き捨てるように答えた。

「それとも」と、ひたすら友だちを説き伏せるために、それがいちばんいい方法だと思い込んで、ラゴリオは続けた、「トロン家へ、君の叔父さんちへ行った方がいいかな、あそこにはすてきな人たちがいるし、ジャコモの言う《紳士の遊び》ができるしな」

「ああ、いいご趣味だよ」アングスティーナが言った。

「いずれにしても」とラゴリオが言った、「あさってにはおれは楽しくやっているし、君の方は勤務ってわけだ。おれは町をぶらぶら散歩しているし（そして、それを想像して、ラゴリオは微笑んだ）、君のところには大尉が査閲にやって来る。《異常ありません、歩哨兵のマルティーニが病気であります》ってな具合いだ。夜中の二時には軍曹が起こしに来る、《中尉どの、査閲の時間であります》君は二時に起きなきゃあならない。ところがおれの方は、その時間には、おそらくロザリアとベッドの中にいるってわけさ……」

それはラゴリオが軽はずみに、なんの気なしによく口にするむごい台詞だったが、彼らはそれにはもう慣れていた。だが、彼のそうした台詞の後ろに、みんなは館や大きな教会、空にそびえる円屋根、川沿いのロマンティックな並木道といった、遠く離れた町の情景を思い浮かべるのだった。この時間には、とみんなは考える、町には薄い靄《もや》がかかり、街灯の光は黄色くおぼろにぼやけていることだろう、この時間には、ひとけのない道を恋人たちの黒い影が行き、オペラ座のあかあかと明かりの点ったガラス窓の前では御者たちが声を張り上げ、(豪奢な館の黒々とした戸口には)ヴァイオリンや笑い声がこだまし、女たちの嬌声が聞こえていることだろう、家並みの迷路の中、信じられぬほど高いところに見える明かりの点った窓、若者たちの夢にあふれ、彼らがまだ経験しない冒険に満ちた魅惑的な町。

今はみんなはそれと気づかれないよう、口には出さないひどい疲れの浮かんだアングスティーナの顔を見つめていた。みんなは砦を出るラゴリオを祝うためにそこに集まっているのではないことは知っていた。本当はただひとりここに残るであろうアングスティーナのためだった。ラゴリオに続いて、グロッタも、モレルも、そしてもちろん四か月しかここにいないジョヴァンニ・ドローゴがいちばん早く、順番が来れば、つぎつぎとここを出て行くだろう。だが、アングスティーナだけは、理由は分からなかったが、きっとここに残るだろうことはみんなにはよく分かっていた。そして、今度もアングスティーナは人生への野心的な流儀に従ったのだということをみんな漠然と感じていたのだったが、しかし、もう彼を羨むことはできなかった、彼らにはそれが馬鹿げた妄想に思えたからだった。

なぜ、癪なほどお高くとまったアングスティーナは、いまだに笑みを浮かべているのだろうか？　なぜ、病気なのに、荷造りをしに駆けて行って、出発の準備にとりかかろうともせず、おのれの前の薄暗がりをじっと見据えているのだろうか？　なにを考えているのだろうか？　うちに秘めたいかなる矜持《きょうじ》が彼を砦に引き止めるのだろうか？　では彼もまた？　ラゴリオよ、まだ間のあるうちにお前の友の顔をよく見ておけ、友の今夜のこの顔を心に刻んでおくがいい、その細い鼻を、その物憂げな目を、その興ざめたような笑みを、おそらくお前はいつの日かなぜ彼がお前といっしょに砦を出なかったのかを悟ることだろう、じっと動かぬ彼のその額《ひたい》の中に秘められていたものを知ることだろう。

ラゴリオは、翌日の朝、砦を出発した。彼の馬が二頭、従卒に手綱を取られて、砦の門の前で待っていた。空は曇っていたが、雨は降ってはいなかった。

ラゴリオはうれしそうな顔をしていた。彼は自分の部屋には一瞥もくれず、外へ出て、砦を振り返るまでは、後ろも見なかった。城壁は彼の上に陰鬱に、冷やかに、横たわっていた、門のところに立った歩哨は身じろぎひとつしなかった、広漠とした台地には人影ひとつ見えなかった。砦に寄り添うように建った小屋からリズミカルな槌音が聞こえていた。

アングスティーナは友に挨拶をしに出て来ていた。彼は馬を撫でて言った、「いつ見ても見事な馬だな」ラゴリオは彼らふたりの町へと、幸せで、楽しい暮らしへと去って行くのだった。だが、アングスティーナはとどまるのだ、彼は内心の窺い知れぬ目で、馬のまわりでせわしなく出かける準備に余念のない友の方を見やりながら、無理に笑みを浮かべていた。

「ここを出て行くなんてまだ信じられないな」ラゴリオは言った。「この砦はおれには強迫観念のようなものだったからな」

「着いたら、おれのうちへ挨拶に寄ってくれたまえ」アングスティーナは相手には構わずに言った、「おれは元気だっておふくろに伝えてくれよな」

「安心しろよ」ラゴリオは答えた。そしてしばらく間をおいて付け加えた、「ゆうべはすまなかったな。おれたちはまったく違う種類の人間なんだ、君の考えていることは、結局、おれには分からなかった。君はなにかに取り憑かれているみたいにしか見えないんだ。おれには分からないが、でも、もしかしたら君の方が正しいのかもしれない」

「そんなこと考えたこともなかったよ」アングスティーナは右手を馬の脇腹にあて、地面を見つめながら言った、「怒ってなんかいやしないさ」

ふたりは違う種類の人間だった、違う事柄を愛し、知性も教養もかけ離れていた。ふたりがいつもいっしょにいるのが不思議でさえあった、それほどアングスティーナは何事につけてもすぐれていた。それにもかかわらずふたりは友だちなのだった。大勢いる中で本能的にアングスティーナのことを理解したのはラゴリオただひとりだった、彼だけが友のことを心配し、友より先きに砦を出ることを、まるで嫌味な見せびらかしかなにかのように、恥ずかしく感じ、それでなかなか思い切れないでいたのだった。

「クラウディーナに会ったら」とアングスティーナは感情の動きを見せずに言った、

「よろしく言ってくれたまえ……いや、君からなにも言わないでもらう方がいいな」

「彼女に会えば、むこうから君のことをたずねるだろうさ、君がここにいることは知っているんだから」

アングスティーナは黙った。

「じゃあ」従卒に手伝わせて旅の支度を終えたラゴリオが言った、「もう遅くなるから、おれは出かけるよ。元気でいろよ」

彼は友の手を握ると、優雅な身のこなしで鞍にまたがった。

「さよなら、ラゴリオ」アングスティーナが言った、「いい旅をな」

鞍にすっくとまたがり、ラゴリオは友を見つめた。彼はそれほど聡《かしこ》くはなかったが、どこからともなく声がして、おそらくもう二度とアングスティーナには会えないだろうというのを聞いたような気がした。拍車をひとつくれると、馬は歩みはじめた。そのときアングスティーナは、友を呼びもどすかのような、しばらく引き止めようとするかのような、最後にひとこと言うことがあるというようなしぐさで、わずかに右手を上げた。ラゴリオはそのしぐさを目の端でとらえ、二十メートルほど行ったところで立ち止まった。「なんだね?」彼はたずねた、「なにか用かね?」

だが、アングスティーナは上げた手を下ろし、もとの冷やかな姿勢にもどった。「いや、なんでもないよ」彼は答えた、「どうしてだい？」

「なんとなく君が……」ラゴリオはとまどったように言うと、鞍の上に身をゆだねて、台地を遠ざかって行った。

## 九

砦の露台は白かった、南の谷も北の砂漠もおなじように白かった。雪がすっかり稜堡を覆い、狭間にもろい縁取りをほどこし、小さな音を立てて樋から落ち、そして時おり、恐ろしいほどの雪の塊が、どうしたはずみでか、絶壁の側面からはがれ、雪煙をたてて谷底へ轟音とともに崩れ落ちていた。

初めての雪ではなく、三度めか四度めだった、ということは日数もかなり経たということだ。「砦に来たのはきのうのような気がする」とドローゴは呟いた。まったくそのとおりだった。きのうのことのように思えたが、しかし時は、幸せな者には緩慢に、不幸せな者には迅速に流れるということもなく、あらゆる人間におなじように、変わらぬリズムで過ぎていったのだった。

緩やかにでも速やかにでもなく、さらに三か月がたった。クリスマスはもう遠くに消え失せ、新年も人間どもに、瞬時の間、奇妙な希望をもたらしては、過ぎていった。ジョヴァンニ・ドローゴはもう出発の準備に取りかかっていた。マッティ少佐が約束したように、軍医の診察という手続きが必要だったが、それがすめば発つことができるはずだった。そうなればさぞ嬉しいことだろう、町では安楽で、愉快で、おそらくは幸福な暮らしが待っていることだし、と繰り返しみずからに言いつづけるのだったが、しかし、いっこうに満足感は湧かなかった。

一月十日の朝、彼は砦の最上階にある軍医の部屋に入っていった。軍医はフェルディナンド・ロヴィーナという名で、五十の坂を越えた、皮膚はたるんではいるが、聡明そうな顔をした男で、退屈をもあえて甘受しているといったようなふうであった。ロヴィーナは軍服ではなくて、判事のような黒っぽい長い上着を着て、本や書類を積み上げた机に向かっていた。だが、だしぬけ同然にドローゴが入っていくと、軍医はなにもしていなかったことがすぐ分かった、じっと座って、なんだか知らないが物思いにふけっていたのだった。

窓は中庭に面していて、そこからは歩調を取った足音が聞こえてきていた、もう夕刻で、警備隊の交代がはじまっていたからだった。窓からは正面の城壁の一部と異様なほど澄みきった空とが見えていた。挨拶を交わすと、ジョヴァンニは軍医が彼のことをもうすっかり了承しているのにすぐ気づいた。

「鳥は巣にこもり、雛の燕は巣立って行くってわけだな」とロヴィーナは冗談めかして言いながら、引き出しから印刷した用紙の添付した書類を取り出した。

「軍医どのはご存じないでしょうが、私は間違ってここへ配属されたんです」ドローゴは答えた。

「みんなだよ、君、みんな間違ってここへ来てしまったんだよ」軍医は暗に哀れむような口調で言った、「多かれ少なかれ、誰だってそうさ、ここに居残っている連中だってそうさ」

ドローゴはよく呑み込めなかったので、ただ笑うにとどめた。

「いや、君を非難しているんじゃあないよ、君たち若い連中はこんなところで黴《かび》を生やすことはないさ」ロヴィーナは続けた、「町にはいろんな機会がたくさんあるんだから。私だって時には考えるよ、できることならって……」

「なぜ」ドローゴはたずねた、「転任なさらないんです？」

軍医はまるでとんでもないことでも聞いたように手を振った。

「転任するだって？」そして、おかしそうに笑った、「ここに二十五年もいてからかね？　遅すぎるよ、君、それならもっと早くにそう考えなきゃあね」

おそらくドローゴが反論してくれるのを期待していたのであろうが、黙ったままなので、軍医は本題に入った。ジョヴァンニに座るようにすすめると、姓名を言わせ、それを正規の用紙の所定の欄に書き込んだ。

「さてと」軍医は結論するように言った、「君は心臓に機能障害が見られるってわけだ、そうだね？　君の心臓はこの高地には耐えられない、そうだね？　そういうことでいいんだね？」

「そういうことで結構です」ドローゴは同意した、「こういう件は軍医どのにお任せいたしますから」

「なんなら回復期間中の休暇も申請しておくかね？」軍医は目くばせをしながら言った。

「ありがとうございます。ですが、」ドローゴは答えた、「あまり大袈裟にはしたくありませんので」

「君の好きにしたまえ。では、休暇はなしと。私は、君の年頃には、そんな遠慮はしなかったけどね」

ジョヴァンニは椅子には座らずに、窓のそばへ行って、時おり視線を下に向け、白い雪の上に整列した兵士たちを眺めた。日は沈んだばかりで、城壁の間には青い薄闇が広がっていた。

「君たちの半数以上が三、四か月後には出て行きたがる」軍医は幾分悲しげな調子で言葉を続けた、その姿ももう薄闇に包まれていて、字を書く手許が見えるのかと訝しく思われるほどだった。「私だって、できることなら、君たちのようにするんだが……でも、残念ながら今となってはね」

ドローゴは窓から外を眺めるのに気を取られ、軍医の話をろくに聞いていなかった。と、そのとき、中庭の黄色っぽい城壁が水晶のように澄んだ空に向かって高々と舞い上がっていくのを目にしたような気がした、そして、その城壁の上、さらに高くに、いままで一度も気づいたことのないような、孤立した塔や、雪をかぶった斜堤や、稜堡や、小さな出城が宙に浮かび上がるのを。それらは明るい西日にまだ照らされて、なにか窺い知ることのできぬ生命に神秘的に輝いていた。ドローゴはそれまで砦がこれほど複雑で、大きいものとは思わなかった。谷を望んで、信じられないほど高くに、窓がひとつ（それとも狭間か？）開いているのが見えた。あそこには彼の知らない人々がいるにちがいない、おそらくは彼とおなじような将校たちも、そして彼らと友だちになれるかもしれない。稜堡と稜堡の間は暗く幾何学的な影になっているのも見えた、建物の屋根と屋根との間をつないだ覚つかなさそうな渡り廊下や、長い城壁のところどころについた、かんぬきの掛かった、異様な門や、年を経て、角の摩滅した石積みの古い狭間も見えた。

蒼く沈んだ中庭には、角灯と松明の明かりの中で、巨人のような、誇らかな兵士たちが銃剣を抜き放っているのが見えた。雪明かりの上に、彼らは、まるで鉄ででも出来ているかのように、黒々と、不動の姿勢で並んでいた。まったく威風堂々とした兵士たちで、石のように身じろぎひとつしなかった。らっぱが鳴りはじめた。その響きは宙に鮮やかに、燦然と広がり、そして、心の中にまっすぐ滲み入ってきた。

「君たちは、ひとりまたひとりと、みんな行ってしまう」薄暗がりの中でロヴィーナが呟いた、「結局、私たち年寄りだけが残ってしまうんだ。さて今年は……」

中庭でらっぱが鳴り響いた、人間の声のような、同時に金属的でもある、澄んだ音色だった。雄々しい興奮にまた胸が高鳴った。らっぱが鳴り止むと、その言うに言われぬ魅惑的な音色が、医務室の中にまで、余韻を残した。深い静寂がもどり、凍った雪の上で軋む大股に歩く足音が聞こえた。大佐みずからが警備隊を閲兵しに下りて来たのだった。見事ならっぱの響きが三度空を切り裂いた。

「君たちのうちで、ほかに誰がいるかな？」軍医はかこちつづけた、「アングスティーナ中尉は唯一の例外だ。モレルにしたって、間違いなく、来年には治療のために町へ下りて行くことになるだろうな。あの男もきっと病気ってことになるだろうよ……」

「モレルが？」ドローゴは話を聞いていたことを示すために、返事をしないではいられなかった、「モレルが病気に？」と、相手の言葉の終わりのほうを聞き漏らした彼はそうたずねた。

「いや」軍医は言った、「たとえばの話だよ」

その間も閉まった窓越しに大佐の固く凍った足音が聞こえてきていた。黄昏の中で、何列にも並んだ銃剣が銀の縞を作っていた。思いがけないほど遠くから、らっぱのこだまがもどってきた、おそらくさっきの音が、あちこち入り組んだ城壁に反響して、送り返されてきたのだろう。

軍医は言葉を途切らせた。そして立ち上がると、「ほら、証明書ができたよ。いまから司令官どのの署名をもらってくるからね」そう言いながら、用紙を折って、書類挟みに入れ、帽子掛けから外套と毛皮帽とを取った。「君もいっしょに来るかね、中尉?」軍医はたずねた、「いったいなにを見ているんだね?」

勤務につく警備隊は銃をかついで、それぞれに砦の各所に向かいつつあった。その歩調を取った足音が雪の上で鈍く響いていたが、しかし、上空には軍楽隊の奏でる楽の音が飛翔していた。そして、いかに信じがたいこととは言え、もう夜の闇に包まれた城壁が、天頂めざしてゆっくりと舞い上がって行き、その雪に縁どられた城壁の上端部がはがれて、青鷺の形をした白い雲となり、星空を漂いはじめた。

ドローゴの頭の中を、青ざめたイメージとなって、故郷の町の思い出がよぎった、雨の中の騒々しい街路、石膏の彫像、湿っぽい兵舎、陰気な鐘の音、疲れの浮かんだ、生気のない顔、いつ終わるともなく続く午後、埃に薄汚れた天井。

だが、ここでは、山の荘厳な夜が更けようとしており、砦の上を、奇跡の前兆のように、雲が飛び去っていく。そして、北からは、城壁のむこうの、目には見えぬ北方からは、自分の運命が迫って来つつあるのを、ドローゴは感じた。

「軍医どの、軍医どの」ドローゴは口ごもるように言った。「私はどこも悪くはないんです」

「そんなことは分かっているよ」軍医は答えた、「いったいなんだと思っていたんだね？」

「私はどこも悪くはないんです」ドローゴはまるで自分の声にも気づかぬみたいに繰り返した、「私は健康なんです、ここに残りたいんです」

「この砦に残るって？ ここを出たくないというのかね？ いったいまたどうしたんだね？」

「私にも分かりません」ジョヴァンニは言った、「でも、ここを出て行くことはできないんです」

「ああ」ロヴィーナは彼の方に歩み寄りながら、言った、「冗談でなければ、たいそう嬉しいけどね」

「いいえ、冗談ではありません」高揚した気持ちが幸福にも似た奇妙な苦痛に変わるのを感じながら、ドローゴは言った、「軍医どの、その書類を破り棄ててください」

# 十

結局こうなることになっていたのだ、おそらくはずっと前から、ドローゴが、オルティスといっしょに、初めて台地の端に立ち、真昼の重苦しい陽光のもとで、砦を目にしたときから、すでにこうなることに決まっていたのだ。

ドローゴはある希望に支えられて居残る決心をしたのだったが、ただそれだけではなかった、英雄的な考えからだけのことではなかったろう。今のところ彼は気高い行為をしたと思っているし、それが存外悪くもないものだと知って、心底驚いている。だが、幾月もたって、振り返ってみれば、彼を砦に結びつけているものがいかにみじめなものであるかを知ることだろう。

たとえらっぱの響きや、軍歌を聞いたとしても、あるいは北から不穏な知らせが届いたとしても、ただそれだけなら、ドローゴはやはり砦を去っただろう。しかし、もう彼のなかには習慣のもたらす麻痺が、軍人としての虚栄が、日々身近に存在する城壁に対する親しみが根を下ろしていたのだった。単調な軍務のリズムに染まってしまうには、四か月もあれば充分だった。

最初のころは耐えがたいものに思えた警備勤務も習慣になってしまった。いろんな規則や、口の利き方や、上官たちの癖や、各堡塁の地形や、歩哨の配置や、風の当たらない場所や、らっぱの合図の意味なども次第に覚えていった。勤務に習熟するにつれて、特別な喜びも湧いてきたし、兵士や下士官たちの彼に対する敬意も増していった。トロンクさえもがドローゴのまじめさときちょうめんさとを認めて、彼に好意を抱くようになった。

仲間たちといっしょにいることも習慣になってしまった。今ではみんなのことがすっかり分かって、彼らの微妙なほのめかしにもとまどうことはなかったし、夜長にはみんなして町でのことをいろいろ話し合うのだったが、遠く離れているせいで、それはとりわけ大きな喜びともなるのだった。料理がうまくて、くつろいだ雰囲気の食堂や、四六時中火を焚いた将校集会所の心地よい暖炉や、次第に彼の好みを呑み込んでいったジェロニモという名の人のいい従卒の細かい心配りにも慣れてしまった。

ときどきいちばん近くの村までモレルといっしょに外出するのも習慣になってしまった。今では目をつぶっていても通れる狭い谷を抜けて、馬でたっぷり二時間。そして村の宿屋では目新しい顔も見られるし、豪勢な料理にもありつけるし、娘たちの初々しい笑い声も聞けるし、彼女たちと恋の真似事もできるのだった。

非番の午後には、砦の後ろの台地で、仲間たちと腕を競って、無鉄砲に馬を走らせたり、夜には根気よくチェスの勝負をするのも習慣になってしまった。そして、ゲームはたいていドローゴが勝って、歓声をあげることになるのだった(だがオルティス大尉はこう言うのだった、《いつだってそうなんだ、新入りは最初のうちは勝つものなんだ。誰だっておなじさ。それで自分は強いと思い込む、でもそれはただ目先《めさ》きの変わった手を使うからにすぎないんだ。その連中もおれたちの流儀にはまってしまって、そのうちには勝てなくなってしまうんだ》

部屋にも、夜の静かな読書にも、ベッドの上の天井のトルコ人の頭の恰好に似たひび割れにも、時とともに耳に親しいものになってきた水槽の滴の音にも、体の形にくぼんだベッドの敷布団にも慣れてしまった。初めのころは体になじまなかった掛布団も、今ではランプの明かりを消したり、机の上に本を置いたりする自然な動作にもうまくついてくるようになった。今では、朝、鏡の前で髭を剃るとき、顔にうまい具合いに光が当たるようにするにはどうすればいいかも、水差しから洗面器に水を注ぐのにどうすればこぼさないですむかも、なかなかいうことをきかなかった引き出しの錠も、鍵を少し下向きに入れてやればいいことも覚えた。

雨の時期になると軋むドアの音にも、窓から差し込む月光の当たる場所にも、それが時間とともにゆっくりと移って行くのにも、階下の部屋で、毎晩ちょうど一時半になると、物音がするのにも慣れてしまった。その時間になると、ニコロージ中佐の右足の古傷が、どういうわけか疼きだし、中佐の眠りを妨げるのだった。

今ではこうしたことにすっかりなじんでしまって、それを捨てるとなると、さぞつらい思いをすることだろう。しかし、ドローゴはそれに気づかなかったし、砦を去るのも難儀なら、砦での暮らしも、おなじような日々を、次から次へと、目眩《めくるめ》くような速さで、呑み込んでいくにすぎないのだということにも思い及ばなかった。昨日と一昨日はまったくおなじで、区別もつかず、三日前のことも二十日前のこともおなじように遠い以前のことのように思えるようになるのだ。こうして、彼の知らぬ間に、時の遁走が展開されているのだった。

だが、今は、不遜にも、そんなことには頓着なく、彼は澄みわたった、凍てつくような夜の中、第四堡塁の露台の上に立っている。寒いため、歩哨たちは休みなく歩きつづけており、その足音が凍った雪の上で軋んでいた。大きな、白い月が世界を照らしていた。砦も、断崖も、北の石ころだらけの谷も、その名状しがたい光に浸され、はるか北の果てに澱んだ霧さえもが輝いていた。

下の、堡塁の中の、将校詰所では、ランプが点ったままで、その火影がかすかに揺らめくにつれて、物の影もたゆたった。ドローゴは、つい先刻、手紙を書きはじめたところだった。友人のヴェスコーヴィの妹のマリアに返事を出さねばならなかったからだった。マリアはいずれ彼の妻になるはずだった。しかし、二行ほど書くと、ドローゴは立ち上がり、なぜか自分でも分からぬままに、外を眺めようと、屋上に出たのだった。

そこは砦のいちばん低い部分で、峠道のもっとも凹んだ地点に当たっていた。そして、そこの城壁に穿たれた門が二つの国をつないでいたが、その巨大な鉄の門扉はもうはるか以前から開かれたためしはなく、新堡塁への警備隊は、歩哨が立っているやっと人ひとりが通れるほどの幅の小さな脇門から毎日出入りしていた。

ドローゴは初めて第四堡塁の警備についたのだった。屋外に出ると、すぐに彼は右手にのしかかるようにそびえた断崖に目をやった。崖は一面に氷の殻をかぶり、月光を浴びて輝いていた。

風が出て、空に白い小さな雲を走らせ、ドローゴのマントを、彼にはいろんな意味のこもったあの新しいマントを、はためかせた。

彼は目の前の絶壁に、そしてそれに遮られて見ることのできないはるか北の彼方にじっと目を凝らした。マントの裾が旗のように音を立てて、激しく体にまつわりついた。その夜ドローゴは、見事なマントを風にはためかせながら露台の上に突っ立っているおのが姿を、誇らかな、勇壮な美を体現したもののように感じていた。それに比べれば、だぶだぶの外套にくるまって、彼のそばにいるトロンクの姿は兵士にさえもみえなかった。

「なあ、トロンク」ジョヴァンニはいささか気になるふりを装ってたずねた、「今夜は月がいつもよりずっと大きく見えるんだが、気のせいだろうかね？」

「そんなことはありませんよ、中尉どの」トロンクは言った、「この砦ではいつだってそんなふうに思えるんです」

空気がガラスででも出来ているかのように、その声は大きく響いた。中尉がそれ以上なにも言うことがない様子なのを見て、トロンクはいつものように兵隊たちの勤務ぶりを監督するため、露台を去って行った。

その場にひとり残ったドローゴは、ほとんど幸せな気分に浸っていた。彼は砦に残ることにした自分の決心を、さだかならない遠い将来の至福のために小さいが確かな喜びを棄てるほろ苦さを、誇りとともに味わっていた（そしておそらくその気持ちの底には潮時が来たら砦を去るのだという心慰む思いがひそんでいたのだった）。

なにか崇高にして大いなる出来事への予感が——それともそれは単なる希望にすぎなかったのだろうか？——彼をこの砦に引き止めたのだったが、しかし、それもただ砦を出るのを先《さ》き送りしただけのことかも知れず、結局のところはなんの支障ももたらさないだろう。彼にはこの先き時間は充分にある。人生における善きことのすべてが彼を待っているように思えるのだった。なにを心配することがあろう。女性というあの愛すべくも不可思議な生き物も、彼には確かな幸せをもたらすもの、人生におけるごく普通の定めによってはっきり約束されたもののように思えたのだった。

先きはまだなんと長いことか！　ただの一年でさえ彼にはとても長いものに思えるし、すばらしい年月はやっと始まったばかりなのだ。それは果てしなく続き、その行き着く先きを見きわめることはできなかった。それは飽き飽きするには大きすぎる、いまだ手付かずの宝なのだった。

「ジョヴァンニ・ドローゴよ、気をつけろよ」と彼に言う者は誰もいなかった。青春はもうしぼみかけているのに、彼には人生は長々と続く、尽きせぬ幻影のように見えた。ドローゴは時というものを知らなかった。この先き、神々とおなじように、何百年と青春が続こうが、それさえも大したことではないだろう。ところが、彼にはただの、人並みな人生しか、両手の指で数えられるほどの、ごく短い青春しか、そんなみすぼらしい贈り物しか、与えられていないのだったし、そんなものは気づくよりも前に消え失せてしまうだろう。

まだまだ先きは長い、と彼は考えた。でも、ある年齢になると(おかしなことに)死を待ち始める人間もいるとのことだ。しかし、そんな、よく耳にする、馬鹿げた話は彼には関係はなかった。ドローゴはそう思って微笑むと、寒さにせきたてられて、歩き出した。

その部分の城壁は峠道の傾斜に従っていたので、露台や通廊が込み入った階段状をなしていた。ドローゴの眼下には、月光に照らされた雪の上に、黒く、点々と散開した歩哨の影が見え、彼らの規則正しい歩みが凍った雪の上できしきしと鳴った。

十メートルほど離れた、すぐ下の露台にいる、いちばん手近の歩哨は、他の歩哨たちほど寒そうな様子もなしに、城壁に背をもたせかけたまま、身動きひとつせず、まるで眠ってでもいるかのように見えたが、しかし、その兵士が底深い声でなにか挽歌のようなものを口ずさんでいるのが聞こえていた。

それは果てしなく歌詞のつながった、単調な歌だった(が、ドローゴにはその言葉はよく聞き取れなかった)。勤務中に話をしたり、ましてや歌を歌ったりすることは固く禁じられていた。ジョヴァンニはその兵士を叱るべきだったろうが、その夜の寒さと孤独とを思うと、なんだかそれもかわいそうだった。そこで下の露台へと通じる短い階段を下りて行きながら、その兵士の注意を惹こうと、軽く咳払いをした。

歩哨は振り向き、将校の姿を見ると、姿勢を正したが、挽歌を歌うのはやめなかった。ドローゴはかっとなった、兵士の分際で自分をからかおうとでもいうのだろうか？　それなら思い知らせてやるべきだ。

歩哨はすぐさま剣呑《けんのん》げなドローゴの様子を見てとって、兵士たちと警備の指揮官との間では、合言葉を交わすまでもないというのがもともと暗黙裡に了解されていたのだったが、行き過ぎと思えるほど規則に厳密に振舞った。その兵士は銃を構えると、この砦独特の口調で、「誰か」と誰何してきた。

ドローゴは、うろたえて、だしぬけに立ち止まった。五メートル足らずの距離しかなく、澄んだ月の光の下で、兵士の顔がはっきりと見えたが、その口元はしっかりと閉ざされていたのだった。それなのに、あの挽歌は途絶えることなく続いていた。では、あの声はいったいどこから聞こえてくるのだろうか？

その不思議な現象のことを考えながらも、歩哨が返事を待っているので、ドローゴは機械的に合言葉を言った、「奇跡」。すると、歩哨は「苦しみ」と答え、銃を下ろした。

深い静寂の中に、前よりもいっそう強く挽歌の呟きと調べが漂った。

ようやくドローゴは気づいて、かすかな悪寒を背筋に感じた。水音なのだった、絶壁の凹みを流れ落ちる遠くの滝の音なのだった。水しぶきを揺すぶる風や、神秘的なこだまの戯れや、水に打たれる岩の立てるいろんな音が人間の声に似た響きを生んでいたのだった、その声は語っていた、人生というものについて語っていた、そしてその言葉はいまにも理解できそうでいて、決して理解できなかった。

口ずさんでいたのは兵士なのではなかった、寒さや、罰や、愛に感応する人間ではなく、よそよそしい山なのだった。なんと悲しい間違いなのだろう、ドローゴはそう思った。おそらくすべてがこうなのだ、われわれのまわりにはわれわれと同じような人間がいると思い込んでいる、ところがまわりにあるのは理解できない言葉を語る氷や石ころばかりなのだ、友だちに会釈しようとして、手を上げるが、その手は力なく垂れ下がり、微笑みは消える、なぜならわれわれはまったくの孤独であることに気づくからなのだ。

風がドローゴの見事なマントをはためかし、雪の上の蒼い影も旗のように揺れた。歩哨は身じろぎひとつしない。月はゆっくりと、だが夜明けを待ちわびて、片時も無駄にせず、歩み続ける。ジョヴァンニの心臓は胸の中でとくとくと鼓動した。

# 十一

およそ二年後のある夜、ジョヴァンニ・ドローゴは砦の自分の部屋で眠っていた。なにひとつ変わったことも起こらずに、二十二か月が過ぎたが、彼は自分の人生だけは特別扱いだとでもいうように、じっと待っていた。だが、二十二か月と言えば結構長く、その間にはいろんなことが起こりうる、新しい家族もできれば、子供も生まれ、言葉も覚えるようになるし、以前は野っ原だったところに大きな家も建てば、美しい女も年を取って、誰も振り向かぬようになるし、どんなに長い病いも少しずつ進行し(そして、その間、人はなんの心配もせず、のんきに生きているのだが）、ゆっくりと肉体をむしばみ、しばらくの間は快方に向かうと見えて、ふたたび体のもっと奥から再発して、最後の望みも摘み取ってしまうだけの時間は充分にある、それに死者が葬られ、忘れ去られて、その息子もふたたび笑いを取りもどし、夕方に墓地の柵沿いの並木道に若い娘を誘いこんだりするようになるだけの時間もあるのだ。

だが、ドローゴの暮らしはまるで時が止まったかのようだった。おなじような日、おなじようなことが何百回と繰り返され、一歩も前へ進まなかった。時の流れは砦の上を通過し、城壁にひび割れを作り、土くれや石のかけらをその下に堆積させ、階段や鎖を摩滅させるが、しかし、ドローゴの上にはむなしく流れて行くのだった。彼はまだ遁走して行く時を捉えられないでいた。

その夜も、もしドローゴが夢を見なかったなら、ほかの夜とおなじだったことだろう。子供にもどった彼は、夜、窓敷居のところにひとり立っていた。

建物が深く湾曲したところに、月光を浴びて、豪奢な館の正面が見えていた。子供のドローゴは、大理石の飾り庇《ひさし》のついた、高くて細い窓にじっと目を注いでいた。ガラス窓から差し込む月光はテーブルに当たり、その上にある卓布や、壺や、象牙の小さな彫像を照らし出していた。目に映るこうしたごくわずかなものからも、その後ろには、闇に包まれた広いサロンの内部や、それに続いて、貴重な品がいっぱい詰まった部屋がいくつも果てしなく広がっているのが想像できた。館全体が、豊かで幸せな人々の住まいのみが知っている、あのしんと静まりかえった、挑発するような眠りの中にあった。《あんな屋敷に住み、何時間も部屋から部屋へとまわって、つぎつぎに新しい宝を見つけて歩けたら、どんなにすてきだろう》とジョヴァンニは考えた。

そのうち、彼の立っている窓辺とそのすてきな館の間を――その間隔は二十メートルほどあったろうか――月光に輝くヴェールの裾をなびかせて、妖精にも似た淡々しいものが揺らめきはじめた。

夢の中では、現実の世界では見たこともないような、そうした生き物が現れても、ジョヴァンニは驚かなかった。その生き物たちは宙に緩やかな渦を巻いて漂いながら、絶えずその細い窓をかすめていた。

その有り様からして、彼らはもちろんその館とかかわりのあるもののようだったが、ドローゴの方は見向きもせず、彼の家の方には近寄って来ようともしないのが癪だった。妖精たちも世間並みの子供の家は避けて、彼らには目もくれなければ、気にもかけず、絹の天蓋の下で眠っている、幸せの星のもとに生まれた人々だけしか構わないのだろうか?

「ぴゅー、ぴゅー」ドローゴは妖精たちの気を惹こうとして、二、三度、おずおずと口笛を鳴らしたが、内心では無駄なことだと分かっていた。果たして、妖精の誰ひとり、それが聞こえた様子もなければ、彼のいる窓の方へ一メートルとして近寄って来るものもなかった。

だが、そのとき、その魔法の生き物のひとりが、腕のようなものを差し延べて、館の窓にしがみつき、誰かを呼ぶように、こっそりとガラス窓を叩いた。

と、間もなく、大きな窓にくらべて、またなんともちっぽけで、華奢な人影がガラスの後ろに立ち現れた、アングスティーナだった、彼もまた子供の姿をしていた。

アングスティーナはなんだか青白い顔をしていた。襟元に白いレースの刺繍のついたビロードの服を着て、その静かな夜もいっこうに楽しくなさそうなそぶりだった。

ドローゴは友だちがお愛想にも妖精たちといっしょに遊ぼうと誘ってくれはしないかと思ったが、そうはゆかなかった。アングスティーナは彼に気づいたふうもなく、彼が「アングスティーナ、アングスティーナ」と呼んでも、振り向きもしなかった。

アングスティーナは物憂げな動作で窓を開け、窓敷居にぶらさがっている妖精に向かって親しげな様子でかがみこみ、なにか言いたげにした。妖精はなにかを指し示す身振りをした。ドローゴがその身振りの指す方向をたどって、家並みの前に広がった、人っ子ひとりいない、大きな広場に目をやった。その広場の地面から十メートルほどの高さの空中を、輿《こし》を担いだ妖精たちの一隊が進んできていた。

見たところ、その輿は妖精たちとおなじ材質でできているらしく、ヴェールと羽毛とでいっぱいだった。アングスティーナは、例の気のなさそうな、退屈げな表情で、その輿が近づいて来るのを眺めていた、それはアングスティーナを迎えにやって来たのにちがいなかった。

その不公平さがドローゴを傷つけた。なぜなにもかもアングスティーナのものになって、自分にはなにも手に入らないのだろうか？　ほかの奴ならともかく、いつも横柄で傲慢なアングスティーナにだけというのはどうにも辛抱できない。ドローゴはもしかして自分の肩を持つものがいないかとほかの窓を眺めてみたが、誰の姿も見えなかった。

ようやく輿がちょうどその窓の前で揺れながら止まると、妖精たちはいきなりふわふわ動く冠の形になって窓の周囲に集まった。妖精たちはアングスティーナの方に手を差し延べていたが、それはもう敬意の徴《しる》しというよりは、貪欲な好奇心、あるいは意地悪い意図からのように見えた。輿は見えない糸で吊されたみたいにひとり宙に浮かんでいた。

不意にドローゴから羨ましい気持ちが消えた、いま起こりつつあることの意味を悟ったからだった。アングスティーナは窓際に立ったまま、じっと輿を見つめていた。そうなのだった、妖精の使者が、その夜、彼のもとに訪れたのだった、だが、どんな言づてを伝えるために？　輿は長い道のりに備えてのものなのだった、そして明け方になっても、あくる晩になっても、三日目の晩になっても、いつまでたっても、もう二度と帰っては来ないだろう。館のサロンは幼いあるじをむなしく待ち続けることだろう、下女は、姿を消した幼いあるじが開けっ放しにしておいたままの窓を、両手でそっと閉めるだろう、そして、薄暗がりの中で涙と悲しみにくれるために、ほかの窓もみんな閉ざされてしまうことだろう。

いかにも愛くるしい妖精たちではあったが、彼らは月の光と戯れようと姿を見せたのではないのだった、その無邪気な生き物たちは芳香に満ちた庭園から立ち現れたのでもなかった、彼らは奈落からやって来たのだった。

ほかの子供だったら泣き出して、母親を呼んだだろうが、アングスティーナはこわがりもせず、どういう具合いにやればいいのか打ち合わせでもするみたいに、落ち着いて妖精たちと小声で話をしていた。妖精たちはまるで泡でできたとばりのように折り重なってひしめき合いながら、アングスティーナの方に詰めかけて行くと、彼は、いいよ、よく分かったよ、と言うようにうなずいた。やがて先頭に立って窓敷居に取りついていた妖精が、おそらくは首領だろうが、なにかを命令するような身振りをした。アングスティーナは、あいかわらず物憂げなしぐさで、窓敷居を乗り越え(どうやら彼も妖精たちとおなじようにすっかり体が軽くなってしまったみたいだった)、王さま然として輿に座って、足を組んだ。妖精たちはヴェールをたなびかせながら群れを解き、そして魔法の輿は静かに動きだした。

妖精たちは館の前で半円形に隊列を組み替えると、月に向かって、空へと昇って行った。半円形を描くときに、輿はドローゴのいる窓からほんの数メートルのところを通った。ドローゴは手を振りながら、「アングスティーナ！　アングスティーナ！」と最後の別れに呼びかけた。

その死んだ友だちは、やっとジョヴァンニの方を振り向き、しばらくじっと見つめていたが、その顔には幼い子供にしては異様なほどまじめくさった表情が見て取れるように思えた。だが、アングスティーナの顔はおもむろにほころんで、自分とドローゴだけが、妖精たちには分からないいろんなことを知ることができるんだというような、秘密めかした微笑みにと変わっていった。それはなにごとも冗談めかそうとする最後の試みであり、彼、アングスティーナは誰からも哀れんでもらう必要などないということを見せる最後の機会でもあったのだった、まるで、こんなことはありふれたエピソードにすぎず、驚くなんて馬鹿げたことだとでもいうかのようだった。

輿で運ばれて行きながら、アングスティーナはドローゴから目を転じて、一種楽しげでもあり、またうたぐり深げでもある好奇心で、前方の行列の方を見やった。べつに欲しくもなかったおもちゃを、断りきれずに受け取って、初めてそれを試して見ているとでもいったふうだった。

こうしてアングスティーナは、夜の中を、冷ややかな気高さを保ちながら、遠ざかって行った。自分の館にも、眼下の広場にも、ほかの家々にも、これまで自分が生きてきた町にも、一瞥もくれなかった。行列はゆっくりと蛇行しながら、次第に空高く昇っていき、一筋のぼやけた線となり、ごくかすかな霞みとなって、やがて消えてしまった。

窓は開いたままになっていて、月光がまだ眠り続けているテーブルや、壺や、象牙の小さな彫像を照らしていた。おそらく館の別の部屋には、揺らめく蠟燭の明かりの下で、生命を失くした小さな身体が、ベッドの上に横たわっていて、その顔はアングスティーナにそっくりにちがいなかった、そして、それは刺繡の入った大きな襟のついたビロードの服を着て、白い唇に凍った笑みを浮かべているはずだった。

## 十二

翌日ジョヴァンニ・ドローゴは新堡塁の警備隊を指揮することになった。それは砦から四十五分ほどの道のりのところにある、タタール人の砂漠の上にのしかかるように屹《きっ》立《りっ》した円錐形の岩山の上に位置する小さな堡塁だった。それはまったく孤立した、重要な防御陣地で、もしなんらかの脅威が迫れば、ただちに警報を出さねばならないのだった。

ドローゴは夕刻に七十名ばかりの兵を率いて砦を出た、二門の砲台を別にしても、哨所が十か所あるので、大勢の兵が必要なのだった。峠の向こうに足を踏みいれるのは初めてだった、そこは事実上もう国境の外なのだ。

ジョヴァンニは任務の重さを思わないでもなかったが、それよりもアングスティーナが立ち現れた夢が頭から離れなかった。あの夢が彼の心に執拗な反響を残していたのだった。ジョヴァンニはあまり迷信深くはなかったが、あれがなにか未来のこととかかわりがあるように思えてならなかった。

新堡塁に入り、警備隊の交代がすむと、勤務の終わった隊が砦に帰って行った。ドローゴは堡塁の露台の上からその一隊が石ころだらけの平地を横切って、遠ざかって行くのを見ていた。はるか向こうの砦はごく長い城壁にしか見えなかった、ただの城壁だけで、その後ろにはまるでなにもないようだった。遠すぎて、歩哨の姿も認められず、時おり軍旗だけが、風になびくたびに、見えていた。

これから二十四時間というものは、この孤立した堡塁で、ドローゴが唯一の指揮官なのだった。なにが起ころうと、助けを求めることはできないのだった。たとえ敵が攻め寄せて来ようと、この小堡塁は彼自身で守り抜かねばならないのだった。国王でさえも、これからの二十四時間、この城壁内では、ドローゴにくらべれば、ものの数ではないのだった。

夜が来るのを待ちながら、ジョヴァンニは北の荒れ地を眺めていた。砦からは前方の山のせいで、小さく三角形をなした部分しかみえなかったが、今ここからは霧のとばりに澱んだはるか地平線の果てまで一望のもとに荒れ地を見はるかすことができた。それは土埃をかぶった低い灌木の茂みがところどころに生えているだけの、石ころに覆われた一種の砂漠になっていた。右の方角の果てに、一筋黒っぽく見えるものは森かも知れなかった。両側には険しい山並み。それが延々とのびた城壁のように垂直に切り立って続くさまは壮観であり、その頂きは秋の初雪に白く覆われていた。だが、誰も山並みの方を眺める者はいなかった、ドローゴも、兵たちも、みんな本能的に北の方角を、無意味で、かつ神秘的でもある、荒涼とした砂漠に目をやらざるをえなかったのだった。

堡塁の指揮をまったくのひとりで取らねばならぬという思いのせいか、無人の荒野の眺めのせいか、アングスティーナの夢を思い出したせいか、ドローゴは、夕闇が広がるにつれて、まわりにひそかな不安が湧いてくるのを感じた。

十月の夕暮れだった。天気ははっきりせず、荒野はところどころ、どこから差してくるのか、赤みがかった光にまだらに照り映えていたが、それも鉛色の黄昏に次第に呑み込まれていった。

いつものことだが、日暮れになると、ドローゴは心に一種詩的な興奮を覚えるのだった。それは希望の時だった。そして彼は長い警備勤務の間に幾度となく組み立てては、毎日新たに細部を練りなおしながら、英雄的な空想にふけるのだった。たいていそれは激しい戦闘場面だった。彼はわずかばかりの部下とともに、無数の敵を相手に戦うのだったが、その夜は新堡塁が何千というタタール人に包囲されるという想定にした。幾日にもわたって、彼は敵の攻撃に耐える、仲間の多くは戦死するか、傷つき倒れたし、彼みずからも敵弾を浴びて重傷を負うが、それでもなお指揮を取り続ける。そして弾薬も尽きようとした時、彼は最後に残った部下たちの先頭に立って、突撃を試みようとする、額には包帯を巻いている、と、その時ようやく援軍がやって来て、敵は総崩れとなって敗走する。彼は血に染まったサーベルを握りしめたまま、気を失ってその場に倒れる。だが、《ドローゴ中尉、ドローゴ中尉》と呼ぶ声が聞こえ、誰かが彼の体を揺すぶっている。ドローゴがゆっくりと目を開けると、国王が、国王みずからが、彼の上にかがみこむようにして、彼の働きを賞揚している。

それは希望の時だった、そして彼は英雄的な物語を空想していた。おそらくそれは決して実現することのない夢物語だったが、それでも人生を鼓舞するには役立った。ときにはもっと控え目な空想で満足した、自分ひとりだけが英雄になるのを諦め、負傷も、国王の賛辞も諦めることもあった。結局のところ、ただの戦闘でもいいのだった、ただ一度でいい、本当の戦闘であればいいのだった、軍服に身を飾り、謎めいた顔をした敵兵に向かって突進しながらも、不敵な笑みを浮かべることさえできればいい。ただ一度の戦闘を、そうすれば、おそらく、あとは一生満足することだろう。

だが、その夜は英雄気分に浸ってはいられなかった。闇がもう世界を包み、北の荒野は黒々と色を消していたが、しかし、まだ眠り込まずに、なにか不吉なものを隠しているように見えた。

夜の八時だった、空はすっかり雲に覆われていた、その時ドローゴは堡塁の真下、やや右手の平地に、なにか黒く小さなものが動くのに気づいた。《目の疲れのせいだろう、あまり根を詰めて見つめると、目が疲れて、黒い斑点が見えることがあるからな》そう彼は思った。以前にも一度おなじようなことがあった、子供のころ、夜遅くまで起きて、勉強していた時だった。

しばらく瞼を閉じて、それからまわりの物に、露台を洗うのに使ったらしい桶やら、城壁に取り付けてある鉄の鉤やら、先きに勤務についていた将校が座るために持って来させたらしい小さな椅子やらに視線を向けてみた。それから数分して下の方、さっき黒い物影が見えていたあたりに目をやった。それはまだそこに見え、そしてゆっくりと動いていた。

「トロンク!」ドローゴは興奮した声音で呼んだ。

「なんでしょうか、中尉どの?」すぐそばからたちまち返事がかえってきたので、ドローゴはびっくりした。

「ああ、そこにいたのか」彼はそう言って、安堵の吐息をついた、「トロンク、見まちがいではないと思うけれど……下のあのあたりでなにか動いているのが見えるような気がするんだが」

「はい、中尉どの」トロンクは声音ひとつ変えずに答えた、「もう数分前から私も見ているんです」

「なんだって?」ドローゴは言った、「君も見たのか? なにを見たんだ?」

「動くものをです、中尉どの」

ドローゴは血の気がひくように感じた。とうとう来たと、彼は戦さの空想も忘れて、そう思った、ほかならぬ自分の時に起こるとは、いまに厄介なことになると。

「ああ、君も見たのか?」彼は相手が否定しないかと馬鹿げた期待をしながら、もう一度たずねた。

「はい」トロンクは言った、「もう十分ほど前になりますか。大砲の手入れ具合いを見に下へ行っていて、それからここへもどってきたときに見たんです」

ふたりとも口をつぐんだ。トロンクにとっても、それは異常で不安なことであるにちがいなかった。

「なんだと思うね、トロンク?」

「分かりません、どうも動きがゆっくりしすぎているようです」

「ゆっくりしすぎているって?」

「はい、葦の穂かもしれないと考えていたんです」

「穂だって?　どんな穂だ?」

「あのむこうの方に葦の茂ったところがあるんです」トロンクは右の方を指さしたが、暗くてなにも見えなかった、「その葦がこの季節になると黒い穂をつけるんですが、その穂が、軽いものですから、ときどき風に吹かれると、絡まり合って、ふわふわ飛ぶんです、小さな煙みたいに……でも、それとも違うようですね」そしてしばらく間をおいてから言った、「それならもっと速く動くはずですがね」

「じゃあ、なんだろうな?」

「分かりません」トロンクは言った、「人間にしては妙ですね。人間なら別の方角からくるでしょうし、それにずっと動きつづけていますし、どうも分かりません」

「警戒！ 警戒！」そのとき近くの歩哨が叫び、ほかの歩哨たちもつぎつぎに声を上げた。彼らも黒い物影を目にしたのだ。堡塁の中からたちまち非番の兵たちが駆けつけて来て、物見高げに、また幾分不安げに、胸壁に群がった。

「見えないって?」ひとりが言った、「ほら、ちょうどこの下だよ。いまはじっとしてるけどな」

「霧だろうよ」もうひとりが言った、「ときどき霧にぽっかり穴が開いて、その穴を通して、霧のむこうが見えることがあるんだ。誰かがいて、動いているように見えるけど、実際は霧の穴なのさ」

「ああ、今、おれにも見えたぞ」別のひとりが言った、「でも、あの黒っぽいものはずっとあそこにあったぜ、あれは黒い石さ、そうだよ」

「石だと！ まだ動いているじゃあないか、お前、目が悪いのか?」

「石だよ、間違いないさ。おれは何度も見かけたことがあるんだ、尼さんみたいな形をした石さ」

誰かが笑った。「さあ、さあ、行くんだ、中へもどるんだ」兵たちの声にいっそう動揺の色を濃くしはじめた中尉に代わって、トロンクがそう命令した。兵たちは不承不承《ふしょうぶしょう》堡塁の中へもどって行き、ふたたび静寂がもどった。

「トロンク」ドローゴはひとりでは決めかねて、不意にたずねた、「君なら警報を発するかね？」

「砦に警報をですか？　つまり合図に一発ぶっ放すというんですか、中尉どの？」

「さあ、どうしたものかね。君は警報を出すべきことだと思うかね？」

トロンクは首を振った。

「私ならもっとよく分かるまで待ちますね。ぶっ放せば、砦ではさぞ動揺するでしょう。それに、もしなんでもなかったとしたら？」

「そうだな」ドローゴは認めた。

「それに」とトロンクは付け加えた、「規則に違反するかもしれません。規則では脅威が差し迫った場合のみ警報で知らせるべしというふうになっています、すなわち《脅威が切迫した場合、武装した部隊が出現した場合、疑わしき人物が城壁から百メートル以内の地点に侵入してきた場合》というようにそう規則では定められているんです」

「そうだな」ジョヴァンニはうなずいた、「それに百メートル以上はありそうだしな、そうだろう?」

「そう思います」トロンクも認めた、「それに人間かどうかもよく分かりませんしね」

「人間じゃあないとしたら、いったいなんだね? 幽霊かね?」いささか苛立ちをおぼえて、ドローゴはそう言った。

トロンクはそれには答えなかった。

際限なく続く夜のただなかにあって、ドローゴとトロンクは胸壁にもたれ、タタール人の荒野の広がりが始まるあたりにじっと目を凝らしていた。謎めいた物影は、眠ってでもいるかのように、じっとしていた。ジョヴァンニは、なんでもないんだ、尼さんに似た黒い石にすぎないんだ、疲れのせいで、見まちがったんだ、そうにちがいない、馬鹿げた目の錯覚なんだ、と次第にそう思いはじめた。彼は運命の由々しい時がすぐそばを通りながら、結局自分をかすめることもなく、轟音とともに遠くに消え去り、枯葉の渦巻く中、ひとり取り残されて、恐ろしくもあるが、また大いなる機会を失ってしまったことを後悔するのに似た、一抹の漠とした幻滅さえ感じていた。

だが、夜が更けるにつれて、暗い谷の方から、恐怖が吹き上がって来た。夜が更けるにつれて、ドローゴはおのれの無力と孤独とをひしひしと感じた。トロンクは、ドローゴとあまりに違いすぎるので、友だちとしては役に立たなかった。ああ、そばにひとりでも友だちがいたら、そうすればまた事情も違うだろう、冗談を言う気にもなるだろうし、夜明けを待つのもそう苦にもならないだろう。

その間にも霧があちこちで舌のように伸び出し、黒い海の上に青白い島を形づくっていた。その霧の島のひとつが堡塁の真下まで広がってきて、あの謎めいたものを包み隠した。大気は湿っぽくなり、ドローゴの肩からはマントがだらりと、重く垂れていた。

なんと長い夜だ。ドローゴが夜はもう終わらないのではないだろうかと思いはじめたとき、ようやく空が白みはじめ、冷たい風が夜明けが遠くないことを告げた。そのときになって、ドローゴは眠気に襲われた。堡塁の胸壁にもたれて立ったまま、ドローゴは二度頭をこくりとし、驚いて二度は頭をもたげたが、そのうちにとうとう彼の頭は力なく垂れ、瞼は重みに屈した。新たな日が生まれつつあった。

誰かに腕をつかまれて、われにかえった。おもむろに夢から覚めると、夜明けの光に驚いた。声が、トロンクの声がこう言っていた、「中尉どの、馬です」

ようやく軍隊生活が、砦が、新堡塁が、あの謎めいたもののことが意識に蘇った。すぐさま彼は、あの正体を知りたくて、下を覗いたが、一方では、臆病にも、石ころと灌木の茂みのほかには、いつもどおりに人影ひとつない、空漠とした荒野のほかには、なにも見えないよう願っていた。

だが、トロンクの声が繰り返した、「中尉どの、馬です」ドローゴにもそれが見えた、その信じられぬものが崖の下にじっとしていた。

馬だった、丈が低く、がっしりとしていて、あまり大きくはなかったが、脚は細く、流れるようなたてがみをした、奇妙に美しい馬だった。その形も異様だったが、とりわけその色がすばらしかった、輝くような黒毛で、あたりの風景の中に浮き立っていた。どこから来たのだろうか？　誰の馬だろうか？　遠い昔から——鳥か蛇のほかは——こんなところに棲みついている生き物はいなかった。ところが、いま、馬が現れたのだった、一目見て、野生の馬でないことは分かった、えりすぐりの馬、まぎれもなく軍馬だった（ただ脚がいささか細すぎはしたが）。

それは異常で、気掛かりな出来事だった。ドローゴも、トロンクも、歩哨たちも、

——それに下の堡塁内にいるほかの兵士たちも狭間越しに——その馬から目を離すことができずにいた。その馬は日常の秩序を破って、タタール人と戦いとにまつわる北方の古い伝説を蘇らせ、その条理に合わぬ存在で砂漠全体を満たしていた。

馬だけでは大して意味はなかったが、そのあとから別のことが起こるにちがいなかった。馬はついさっきまで人が乗っていたかのように、ちゃんと鞍をつけていた。なにかはっきりしないいわくがあるのだ、きのうまで馬鹿げた、他愛のない迷信だったことが事実なのかもしれないのだ。ドローゴは謎に包まれた敵が、タタール人たちが、茂みの中や、岩の裂け目の間に、じっと息を殺し、歯を嚙みしめてひそみながら、暗くなるのを待って襲いかかって来ようとしているような気がした。そして、その間にも、ほかの部隊が、恐ろしいほどの大軍が、北の霧の中からおもむろに押し寄せて来つつあるのだ。彼らは軍楽も奏でなければ、軍歌も歌わない、きらめく剣も、美しい旗も持ってはいない。武器は陽にきらめかないよう艶を消してあり、馬はいななかないよう仕込まれているのだ。

だが、馬が一頭、逃げ出して来て——これが新堡塁の連中が最初に考えたことだった——敵を裏切るようにこちらへ駆けて来たのだ。おそらく敵はまだそれに気づいていない、馬は夜の間に敵陣を逃げ出して来たからだ。

こうして馬は貴重な知らせをもたらしてくれたのだ。だが、この馬はいったいどのくらい敵勢より先きに進んで来たのだろうか？　夕方までドローゴは砦の司令部に報告はできないだろう、その間にもタタール人が押し寄せて来るかもしれないのだ。

警報で知らせるべきだろうか？　トロンクは知らせない方がいいと言った、結局のところ、ただの馬一匹のことにすぎないし、堡塁の下までやって来たということは、主人が狩人かなにかで、無分別にもたったひとりで砂漠の中に踏み込み、死ぬか、病気になるかして、そしてひとり取り残された馬は、砦の方角に人の気配を感じ、救いを求めてやって来て、今ああして飼料をくれるのを待っているのだと言うのだった。

これは敵が迫りつつあるという推測を根本から揺るがすものだった。こんな不毛の荒野でどうして馬が露営地から逃げ出して来るわけがあるだろうか？　それに、トロンクが言うには、タタール人の馬はたいていは白馬で、砦の広間に掛けてある古い絵を見ても、タタール人の軍馬はみんな白く描かれているのに、あの馬は炭のように漆黒ではないか、と。

こうして、ドローゴは、いろいろ迷ったすえに、夕方まで待つことにした。その間にも、空が明るんできて、陽があたりの景色を照らし出し、兵士たちの心を温めた。ジョヴァンニも明るい日の光に元気を取りもどし、タタール人の幻も雲散霧消して、すべてが平常にもどった。馬の件はただの馬一匹のことにすぎないのだ、それが現れたからといって、べつに敵の襲来に結びつけなくても、いくらでも説明がつけられるのだ。彼は夜のうちの恐怖を忘れ、たちまちいかなる危険にも立ち向かえそうな気がしてきた。そして運命が、ほかの者たちよりもはるか高いところに自分を押し上げる僥倖が、すぐ戸口まで来ているのだという予感が彼を喜びで満たした。

彼は、あの馬の出現は異常で気掛かりなことにはちがいないが、自分はすこしも動揺していないということをトロンクやほかの兵たちに示して見せようとして、警備勤務のこまごましたことまで、みずから処理した、そして、それが軍人らしい態度なのだと彼は思ったのだった。

だが、実際には、兵たちは少しも脅えてはいなかった。連中は馬をからかったり、捕まえて戦利品として砦へ連れて帰れたらいいのになどと言っていた。兵のひとりが曹長にそう願い出たが、曹長は、勤務のことでふざけるのは許さないとばかりに、ひと睨みしただけだった。

だが、二門の砲が据え付けられている階下では、砲手のひとりがその馬を見て、ひどく興奮していた。ジュゼッペ・ラッザーリという、最近砦勤務になったばかりの若い兵士だったが、あれは自分の馬だ、どこから見てもそうだ、間違いない、馬の世話係が水を飲ませに砦の外へ連れ出したときに、逃がしてしまったにちがいないと、そう言っていた。

「フィオッコだ、おれの馬だ!」その兵士は、それがまぎれもなく自分の馬で、まるで盗まれでもしたかのように叫んでいた。

トロンクは、下へ降りて行くと、その騒ぎをしずめ、お前の馬が逃げ出したなんてはずがない、あの北の谷に出るには、砦の城壁を通り抜けるか、それとも山を越えなければならないんだから、とそっけなくラッザーリに言ってきかせた。

だが、ラッザーリは抜け道があるんだ、そういう話を聞いたことがある、絶壁を越える楽な抜け道があるんだ、もう見棄てられ、忘れ去られた、古い道があるんだ、と答えるのだった。たしかに、砦に伝わるさまざまな伝説の中に、そうした不思議な話もあるにはあったが、他愛のない作り話にちがいなかった、その秘密の抜け道の跡を見つけた者は誰もいなかったからだった。砦の右側にも左側にも、何キロにもわたって、いまだ誰ひとり越えたことのない険阻な山並みが続いているのだった。

しかし、ラッザーリは納得せず、往復半時間もあれば馬を連れもどすのに充分なのに、そう出来ずに、堡塁の中にじっとしていなければならないのにいらだっていた。

その間にも時間は過ぎて行き、日は西へと旅を続け、歩哨は時間どおりに交代を行い、砂漠はいつにもまして寂寞と陽に輝き、そして馬は、まるで眠ってでもいるかのように、おなじ場所にじっとしているか、その辺を草を探して歩くかしていた。ドローゴの視線は遠くを窺っていたが、べつに変わったものは見えなかった、あいかわらずおなじ岩壁や、灌木の茂みや、はるか北の果てに夕暮れが近づくにつれて次第に色を変える霧が目に入るだけだった。

別の警備隊が交代にやって来た。ドローゴと部下の兵たちは、堡塁をあとにして、紫色に暮れなずむ中を、石ころだらけの荒れ地を横切って、砦へと帰途についた。城壁までたどり着くと、ドローゴは自分と部下のために合言葉を言った。城門が開かれ、勤務を終えた警備隊は砦の中庭に整列し、トロンクが点呼を取った。その間にドローゴはあの謎めいた馬のことを報告しに、司令部へ向かって歩いて行った。

規定に従って、ドローゴは査閲士官の大尉のところに出頭し、それからふたりで大佐を探しに行った。普段は、なにか変わったことがあれば、まず少佐のもとまで出向けばよかったのだが、今度のことはごく重大事かも知れなかったので、一刻の猶予もならないと思ったのだった。

その間にも、砦じゅうにたちまち噂が広がった。誰かがもう、その日最後に任務につく警備隊の間に、岩山の下にタタール人の全部隊が野営しているという噂を流したのだった。大佐は、話を聞くと、こう言っただけだった、「その馬を捕まえねばならんな、鞍をつけていれば、どこからやって来たのか分かるかもしれん」

だが、それももう無駄だった。兵のジュゼッペ・ラッザーリが、勤務を終えた警備隊が砦へもどる際に、誰にも気づかれずに、大きな石の後ろに身を隠し、そのあとひとりで石ころだらけの荒れ地を馬のところまで下りて行き、砦まで連れて帰ろうとしていたからだった。彼はその馬が自分のではないことを知って驚いたが、もうしかたがなかった。

砦に入る時になって、ようやく仲間のひとりがラッザーリの姿が見えないのに気がついた。だが、トロンクに知れたら、ラッザーリは二、三か月の営倉入りは免れない。なんとか助けてやらねばならなかった。そこで、曹長が点呼を取っている際に、彼の名前が呼ばれると、ほかの者が代わりに「はい」と返事をしたのだった。

その数分後、隊列を解いたあとになって、彼の仲間たちはラッザーリが合言葉を知らないのに気づいた。もう営倉どころの話ではない、生命にかかわることなのだ、彼がのこのこ城壁に近づいてきたところを、撃たれでもしたらそれこそ大変だ。二、三人の仲間が、なんとか手だてを講じてもらおうと、トロンクを探しはじめた。

手遅れだった。黒馬の手綱を取って、ラッザーリはもう城壁のそばまで来ていた。そして、城壁上の通路にはトロンクがいた、彼はなにかしら予感がして、そこへ上がって来たのだった、点呼のすぐあと、曹長はなんとなく不安にかられたのだった。根拠ははっきりしなかったが、なにか不都合な点があったような気がした。その日の出来事を逐一振り返りながら、砦へ帰着したところまでたどってみたが、なにも不審な点はなかった。それから、はたと思い当たった、そうだ、点呼の際になにか不都合があったにちがいない、そういう際にはよくあるように、その時にはそれに気がつかなかったのだ。

歩哨のひとりがちょうど城門の真上で警戒に当たっていた。夕闇の中、砂礫の上を、二つの黒い影が近づいてくるのが見えた。二百メートルほどあったろうか。歩哨は気にもとめなかった、目の錯覚だと思ったのだった。砂漠の中で、長時間じっと監視をつづけていると、白昼でさえ、茂みや岩の間から人影が現れ、こちらを窺っているような気がして、それで確かめに行ってみると、誰もいないということがこれまでも何度かあったからだった。

歩哨は気分を入れ換えようと、周囲に目をやり、三十メートルほど右手にいる仲間の歩哨に会釈を送り、額を締めつけている重い軍帽をかぶりなおした。それから左を振り向くと、トロンク曹長がじっと彼の方に厳しい目を向けているのが見えた。

歩哨はあわてて、また前方に視線をもどした。二つの影は幻ではなかった、もうすぐそばまでやって来ていた、七十メートルほどの距離だろうか、まさしく兵士と馬の姿だ。そこで、歩哨は銃を構えて、訓練で何百回となく繰り返した姿勢に身を硬くしながら、叫んだ、「誰か、誰か！」

ラッザーリは入隊して間もなかったので、合言葉を言わなければ砦に入れないなどとは夢にも考えなかった。せいぜい許可なく隊列を離れたことで罰を受けるのを恐れていただけだった。でも、馬を、将軍が乗るのにふさわしいような、見事な馬を一頭手に入れたことで、もしかしたら大佐が許してくれるかもしれないと思っていた。

四十メートルほどの距離になっていた。馬の蹄の音が石の上に響いていた、もうすっかり夜になりつつあった、遠くでらっぱの音が聞こえた。「誰か、誰か！」歩哨は繰り返した。もう一度誰何したら、今度は発砲せざるをえないだろう。

初めに歩哨に誰何されたとき、ラッザーリは急にどぎまぎした。みずからすっかり姿を見せているのに、こんなふうに仲間から呼び止められるのが腑に落ちなかったのだった。しかし、二度目に誰何を受けた時には、ほっとした、聞き覚えのある友だちの声だったからだ、それは、みんながモレットと呼び慣らしている、おなじ中隊仲間の声だった。

「おれだよ、ラッザーリだ！」彼は叫んだ、「哨所に人をやって、門を開けてくれよ。馬を捕まえて来たんだ。でも、気づかれないようにしてくれよ、さもないと営倉入りになるからな」

歩哨は身じろぎひとつしなかった。銃を構えたままの姿勢で、できる限り三度目の誰何を遅らせようとしていた。もしやラッザーリがみずから危険を察して、後もどりし、翌日の新堡塁の警備隊に合流でもしてくれないものだろうかと考えていた。だが、数メートルと離れていないところにトロンクがいて、厳しい目付きでこちらを見つめていた。

トロンクは黙ったままだった。彼は歩哨の方と、自分を処罰されるかもしれない羽目に追いやったラッザーリの方とを交互に見やっていた。だが、その目はなにを意味していたのだろうか？

ラッザーリと馬とはもう三十メートルほどにまで近づいて来た。それ以上待つのは具合いが悪かった。ラッザーリが近づけば近づくほど、それだけ弾丸に当たりやすいからだった。

「誰か、誰か！」歩哨は三度目の誰何をした、そしてその声には個人的な、規則に背いた警告が暗にこもっていた、「まだ間に合ううちに後もどりしろ、殺されたいのか」とでも言いたげな声だった。ようやくラッザーリは悟った、砦の規律の厳格さがとっさにひらめいたのだった、彼はわれを失った。逃げ出すどころか、なぜか馬の手綱を離すと、悲痛な声で叫びながら、ひとり歩み寄って来るのだった、

「おれだ、ラッザーリだ！　分からないのかい？　銃でどうしようっていうんだ？　気でも狂ったのか、モレット？」

だが、その歩哨はもはやモレットではなかった、いまや厳しい顔付きでおもむろに銃を構え、友だちに狙いを定める、単なるひとりの兵士だった。彼は銃床を肩で支え、目の端で曹長の方を窺いながら、ほっておけという合図を心待ちにしていた。だが、トロ

ンクはじっとしたまま、あいかわらず厳しい目付きで見ているだけだった。

ラッザーリは前を向いたまま、数歩後ずさりをして、石につまずいた、「おれだよ、ラッザーリだ!」彼は叫んでいた、「おれが分からないのか、撃たないでくれ、モレット!」

だが、その歩哨はもはやモレットではなかった、仲間たちみんなが好き勝手に冗談を言っていたあのモレットではなく、砦の単なるひとりの歩哨だった、濃紺の軍服を着て、革の弾薬帯をつけた、その夜任務についているほかの歩哨たちとまったくおなじひとりの歩哨が、狙いを定め、いまにも引き金を引きつつあったのだ。耳元で轟音がした、「狙え!」というトロンクの嗄《しわが》れ声が聞こえたような気がしたのだった、しかし、トロンクは口を閉じたままだった。

銃口から小さな閃光と煙とが出た、銃声も初めは大した音ではなかったが、こだまするたびに、次第に増幅して、城壁から城壁へと反響し、長く宙にとどまっていたが、やがて遠雷のような音となって、消えていった。

義務を果たした歩哨は、銃を地面に下ろし、弾丸が当たらなかったことを願いながら、胸壁から身を乗り出すようにして、下を覗いた。現に、夕闇の中で、ラッザーリは倒れずにいるように見えた。

そう、ラッザーリはまだ立ったままでいた。そして、馬が彼の方に歩み寄っていた。それから、銃声の止んだしじまの中から、絶望的な声が聞こえた、「モレット、おれを殺《や》ったな！」

ラッザーリはそう叫ぶと、前のめりにゆっくりと崩れ落ちた。トロンクは、無表情な顔で、まだじっとしたままだった、その間に、砦の中のあちこちでは、動揺が広がっていた。

十三

こうして、その記憶すべき夜が始まった、風が吹き抜ける中で、角灯の明かりが揺らめき、常ならぬらっぱが響き、通路には足音が行き交い、そして雲は北の方からせわしなく吹き寄せて来ては、岩山の頂きに引っかかってちぎれたが、そこにとどまる暇もなく、なにか由々しき事態に呼び寄せられてでもいるかのように、流れ去っていた。一発の銃声で事足りた、遠慮がちに発射された銃弾一発で、砦は目覚めたのだった。

長年、砦は静寂を保ってきた――そして兵士たちは戦さの雄たけびが届いてくるのを聞こうと北の方角にいつも耳をそばだててきたのだった――あまりに長い静寂だった。いまや――規定どおりの火薬と三十二グラムの鉛の弾丸が装塡された――銃が一発発射されたのだ。そして、兵士たちはそれがあの合図ででもあるかのようにたがいに顔を見合わせた。

その夜も、幾人かの兵隊たちを除いては、誰もみんなの心のうちにあるあの名を口にするものはいなかった。将校たちは口に出さずに心にしまっておこうとした、それこそが彼らの希望の対象だったからだ。タタール人に備えて、彼らはこの砦の城壁を高く築き、この砦で人生の大半を過ごしてきたのだ、タタール人に備えて、歩哨たちは昼も夜も自動人形のように往ったり来たりしながら哨戒をつづけてきたのだ。そして、毎朝新たな信念でこの希望を培う者もいれば、心の奥底深くに秘め隠している者もいるし、あるいはそうした希望は消えてしまったと思い込んで、それを持っていることさえ気づかずにいる者もいる。しかし、誰もあえてそれを口にはしない、口に出すのは縁起が悪いように思えるからだったし、とりわけ自分のもっとも秘めた思いを打ち明けてしまうような気がするからだった、そして、兵士たちはそうしたことを恥ずかしく思うものなのだ。

いまのところは兵士がひとり死に、どこから来たのか分からない馬が一頭いるだけだった。だが、その事件が起こった北側の城門の警備隊は混乱状態だった、そして、そこには、勤務外ではあったが、トロンクもいた、彼は自分を待ち受けている罰を思って落ち着かなかった。責任は彼に降りかかってくるのだ、彼はラッザーリが抜け出すのを防がねばならなかったのだ、帰着した時、点呼の際の返事がラッザーリのものではなかったことに、彼はすぐに気づくべきだったのだ。

マッティ少佐も姿を見せた、彼は自分の権威と権限を示したくてうずうずしているのだった。笑っているようにさえ見える、なんとも得体の知れない妙な表情をしていた。彼が誰よりもくわしく事情を知っているのは確かだった。少佐はその場の警備勤務に当たっているメンターナ中尉に、死体を収容してくるよう命じた。

メンターナは影の薄い将校で、砦の中尉の中でもいちばん年嵩《としかさ》だった。大きなダイアモンドのついた指輪をしていず、チェスが上手でなければ、いるのかいないのか分からないような存在だった。彼の指輪の宝石はとてつもなく大きく、またチェスで彼を負かすことができる者もほとんどいなかった。だが、マッティ少佐の前では、彼は文字どおり震えあがって、死者収容の作業班を出すというようなごく簡単なことにもまごついていた。

さいわい、マッティ少佐は、片隅に立っているトロンク曹長に気づいて、彼を呼んだ、

「トロンク、お前はべつに用もなさそうだから、お前が作業班の指揮を取れ」

少佐は、トロンクがその事件には個人的になんのかかわりもない、ただの下士官であるかのように、ごく自然に言った。マッティは直接叱責することが苦手なたちだった、そうしようと思うと、怒りで顔面蒼白になり、言葉が出てこないのだった。だから、彼は冷やかな尋問、書類への記入による調査という、より仮借ない武器をもてあそぶ方が好きだった。それだとごく軽い過失も恐ろしいほどに拡大され、たいていは厳罰に処すことができるからだった。

トロンクは眉ひとつ動かさず、「はい、少佐どの」と答えると、門のすぐ後ろの中庭に急いだ。しばらくして、角灯の明かりの中を、小人数の兵が砦の門を出て行った。トロンクが先頭に立ち、担架を持った兵が四名、武装した警備兵が四名続き、しんがりには、色褪《あ》せたマントをまとい、地面の石ころにサーベルを引きずったマッティ少佐みずからも加わっていた。

ラッザーリは顔を地べたにうつぶせにし、両手を前に差し延べた恰好で死んでいた。負い革で背負った銃が、倒れたときに、二つの石の間に挟まり、銃床を上に、まっすぐ突っ立っているのは、見た目になんとも奇妙だった。ラッザーリは倒れたときに手に傷ができ、死体が冷たくなる前に、血が少し滴り出たのか、白い石の上にしみができていた。あの謎めいた馬は姿を消していた。

トロンクは死体の上にかがみこみ、その両肩をつかもうとしたが、まるで規則違反を犯そうとしているのに気づいたみたいに、不意に後ずさりした。「死体を持ち上げろ」彼は低い、底意地の悪そうな声で兵士たちに命じた、「だが、まずその銃をどけるんだ」

ひとりの兵士が負い革をはずそうと、身をかがめ、手にしていた角灯を死体のそばの石の上に置いた。ラッザーリは完全に目を閉じるひまもなく死んだのか、半ば開いた瞳の白眼の部分に角灯の炎がかすかに反射していた。

「トロンク」闇の中に残っていたマッティ少佐が呼んだ。

「なんでありますか、少佐どの」トロンクは、気を付けの姿勢を取って、答えた、兵士たちも手を休めた。

「どこで起こったんだ？　どこで抜け出したんだ？」少佐は手持無沙汰《てもち》をまぎらすよ

うに、ゆっくりした口調でたずねた、「泉のところでかね？　あの大きな石のあるところでかね？」

「はい、少佐どの」トロンクはそう答え、それ以上は付け加えなかった。

「で、抜け出したとき、誰も見なかったのかね？」

「誰もです、少佐どの」トロンクが言った。

「泉のところだな？　で、もう暗かったのかね？」

「はい、かなり暗かったです」

トロンクはしばらく気を付けの姿勢のまま待っていたが、マッティが口をつぐんだので、兵たちに作業を続けるように合図した。ひとりが銃の負い革をはずそうとしたが、留め金が固くて苦労していた。引っ張ろうとすると、死体の重みを感じた、死体は鉛のように途方もなく重かった。

銃を取ると、ふたりの兵が慎重に死体を上向きにひっくりかえした。もう完全に顔が見えた。口は閉じていて、表情に欠け、ただ角灯の明かりを映してまばたきも見せぬ半開きの目だけが死人であることを思わせた。

「額《ひたい》かね？」マッティの声がたずねた、彼は鼻梁の真上に小さな穴があるのをすばやく見つけたのだった。

「なんでありますか?」少佐の言ったことが分からないままに、トロンクは聞き返した。

「額に弾丸が当たったのかと言っているんだ」二度繰り返すのが腹立たしげに、マッティは言った。

トロンクは角灯を持ち上げ、ラッザーリの顔を照らし出した。彼にもその小さな穴が見えた。彼は本能的に指を伸ばし、それに触ろうとして、あわてて指を引っ込めた。

「そうだと思います、少佐どの、ちょうど額の真ん中です」(でも、そんなに気になるのなら、どうして自分で確かめようとしないんだ? どうしていちいち馬鹿げた質問をするんだ?)

兵たちはトロンクの困惑に気づいて、自分たちの仕事に専念していた。ふたりが死体の肩を、ふたりが足を持って、持ち上げる。そのままになった頭が恐ろしいほどだらりと後ろに垂れた。冷たく硬直していたにもかかわらず、いまにも口が開きそうになった。

「撃ったのは誰かね?」あいかわらず暗いところにじっと立ったまま、またマッティがたずねた。

だが、そのときトロンクは死体にばかり気を取られて、少佐には注意を払っていなかった。「頭を持つんだ」トロンクは、まるで死体が自分であるかのように、深い怒りをこめて兵たちに命じた。それから、少佐がなにか言ったのに気づいて、また気を付けの姿勢を取った。

「失礼しました、少佐どの、なにか……」

「撃ったのは」マッティ少佐は、その死人のために辛抱しているのだぞと言わんばかりに、言葉を区切りながら繰り返した、「撃ったのは誰かと聞いとるんだ」

「なんという名だ、お前たち知っているか?」トロンクは兵士たちに小声でたずねた。

「マルテッツリです」ひとりが言った、「ジョヴァンニ・マルテッツリです」

「ジョヴァンニ・マルテッツリであります」トロンクは大きな声で答えた。

「マルテッツリ」少佐は反芻するように繰り返した(聞いたことのある名だ、射撃競技で受賞した兵隊のひとりにちがいない。射撃訓練はマッティみずからが指揮するので、優秀な兵隊の名は覚えているのだった)、「モレットと呼ばれている兵とちがうかね?」

「はい、少佐どの」トロンクは不動の姿勢のまま答えた、「モレットと呼ばれている兵だと思います。つまり、兵たちは、仲間どうしでは……」

トロンクはまるで言い訳をするように言った、マルテッリが仲間うちではモレットと呼ばれていようが、それはマルテッリの責任ではない、なんら彼を罰する理由にはならないとでも言うように。

だが、少佐はなにも罰しようなどと考えていたわけではなかった、そんなことは頭の中をよぎりさえしなかった。「ああ、あのモレットか！」彼はある種の満足感を隠すことなく言った。

曹長は険しい目で少佐を見つめ、そして悟った。《そうとも》彼はこう思うのだった、《賞状でもやればいいんだ、情知らずめ、見事に仕留めたってな。まん真ん中に命中ってわけだものな》

たしかに、見事命中だった。マッティが考えていたのはまさにそのことだった。（それにモレットが撃ったときはもう暗かったことを思えばなおさらだ。自分の仕込んだ射撃手たちはなかなかよくやるわい、と）

トロンクはその瞬間少佐を憎んだ。《そうとも、満足だと大きな声で言えばいいんだと思った、《ラッザーリが死んだってあんたにはどうってことはないんだ。あんたのモレットにでかしたぞって言ってやればいいさ、立派な賞状でもやればいいさ！》

まったくそのとおりだった。少佐は落ち着き払って、大きな声で満足げに言った、「そうか、モレットなら的をはずしはしないな」彼はあたかもこう言わんとするみたいだった、《ラッザーリの奴め、モレットが的をはずすだろうと、たかをくくっていたんだろう、うまく免れるものと思っていたんだろうが、これでモレットの腕前を思い知ったことだろうよ。それに、トロンクめもモレットが撃ち損じるよう願っていたんだ(そうすれば数日の禁固で万事うまくおさまるだろうからな)》「ああ、そうだともな」少佐は目の前に死者がいるのをすっかり忘れたみたいに繰り返した、「モレットはえり抜きの射撃手だからな」

やっとマッティが黙ったので、曹長は兵隊たちがどんな具合いに死体を担架の上にのせているかを検分しようと、後ろを振り向いた。もうきちんと横たえてあった、顔の上には野営用の毛布をかけてあり、両手だけがあらわに見えていた、それは百姓の大きな手だった、まだ生命と熱い血が赤く通っているように見えた。トロンクは頭で合図をした。兵隊たちは担架を持ち上げた。「運んで行ってよろしいでしょうか、少佐どの?」彼はたずねた。

「誰を待つというのかね?」マッティはすげなく答えた。トロンクの憎悪を感じて、心底驚いた少佐は、上官としての侮蔑に加えて、その憎しみを倍にして返そうとしたのだった。

「さあ、行け」トロンクは命令した。分隊前進、と言いたかったのだが、なんだか冒瀆するような気がしたのだった。ようやく彼は城壁の方に目をやった。城壁上の歩哨が角灯の明かりを受けて、かすかに照らし出されていた。あの城壁の後ろの一室には、ラッザーリのベッドが、彼が家から持ってきたいろんなものが入った引き出しがあるのだ、それに聖像がひとつ、とうもろこしの穂が二房、火打ち金がひとつ、色柄のハンカチが二枚、それから祖父の形見の、祭りの晴着につける銀ボタンが四個、だが、これは砦では用のないものだった。

枕にはまだ、二日前に彼が目覚めたときそのまま、彼の頭のあとが残っているだろう。それに、きっとインク壜もひとつ——ひとり物思いにふけるときも綿密なトロンクは頭の中で付け加えた——インク壜がひとつとペンも一本あるだろう。そうしたものは全部、大佐の手紙といっしょに、彼の家へ送られることだろう。そのほかの官給品は当然、着替えのシャツも含めて、ほかの兵隊に譲られる。だが、立派な軍服と銃は別だ、銃と軍服は遺体といっしょに埋葬されるからだ、それがこの砦の昔からの習わしだった。

# 十四

明け方、新堡塁から、北の荒野に、一筋の小さく黒い線が見えた。その細い線は動いていた、目の錯覚ではなかった。初めにそれを目にしたのは歩哨のアンドローニコだった、それから歩哨のピエトリも、最初は笑い飛ばしていたバッタ軍曹も、堡塁の指揮官のマデルナ中尉も、それを見た。

一条の小さく黒い線が、無人の荒れ地を横切って、北の方角から進んで来ていた、前夜からすでになにか予感めいたものが砦に広まっていたとはいえ、それは理屈に合わぬ、不思議な出来事に思えた。六時ごろ、歩哨のアンドローニコが最初に警戒の叫び声を上げた。なにかが北の方から近づいてくるのだった、いまだかつて人の記憶にないことが起こりつつあるのだった。明るくなるにつれて、白い砂漠を背景に、こちらに進んでくる人の列がくっきりと浮かんで見えた。

数分後、砦では、ずっと以前からの朝の日課として、仕立て屋のプロズドチモは屋上に出て、外を眺めた(以前は純粋な希望から、その後はなんとなく気になって、そして今ではまったくの習慣から、彼は毎朝そうするのだった）。警備兵たちも慣例として彼を自由に通してやるのだった、彼は城壁上の巡警路に出て、警備勤務の軍曹としばらく話をすると、また地下の仕事場にもどって行くのだった。

その朝、彼は視線をあの三角形に見える砂漠に移したとき、自分が死んでいるのではないかと思った。夢を見ているのではないかとは少しも考えなかった。夢の中ではいつもなにか辻褄の合わない、はっきりしない点があって、すべてが偽りであり、そしていずれ目が覚めるにちがいないという感覚をぼんやりと感じるものだ。夢の中の事物は決して、いま正体不明の隊列が進んで来ているこの荒涼とした砂漠のようには、くっきりとも見えなければ、質量感も感じさせない。

しかし、それはあまりにも異様で、若いころ彼がよく夢想したものとあまりにもそっくりだったので、プロズドチモはそれが事実とは考えられず、自分が死んでいるのではないかと思ったのだった。

彼は自分が死んでいて、そして神が自分を許し給うたのだと思った。自分は死後の世界にいるのだと考えた、それは外見では現実の世界と同じだが、ただ、正しい望みにしたがって、すてきなことが起こる世界であり、ひとたび満足すれば、魂は永遠に安らぐのであって、現世のようにすてきな日々もやがてはかならず損なわれてしまうというようなことはないのだと。

プロズドチモは、自分が死んでいるのだと思い、死人なんだから、もう自分から体を動かすことはない、なにか神秘的な力が介入して自分を揺り動かしているのだろうとそう思って、じっとしていた。ところが、ひとりの軍曹が彼の腕をそっとつかんでいたのだった。「兵曹長」軍曹は言った、「どうかしたのですか？　具合いでも悪いのですか？」

その時になってようやく彼は気づきはじめた。

ほぼ夢の中でとおなじように、だがそれよりはずっとはっきりと、北の王国の方から謎めいた群れが下って来るのが見えているのだ。時間はまたたく間に過ぎて行くのに、彼はまばたきさえせず、その常ならぬ光景にじっと目を凝らしていた。陽はもう地平線のふちに赤く輝き、そして正体不明の列は、ごくゆっくりとながら、少しずつ近づいて来ていた。徒歩のものと馬に乗ったものとが一列縦隊を組み、旗も見えるという者がいた。ひとりがそう言うと、ほかの連中もその気になり、歩兵や、騎兵や、軍旗や、一列縦隊が見分けられるように思ったが、実際はゆっくりと動く、黒く細い線が一本見えるだけだった。

「タタール人だ」歩哨のアンドローニコが生意気に冗談めかして言ったが、その顔色は死人のように蒼ざめていた。半時間後、新堡塁のマデルナ中尉は、正体不明の軍隊が接近してきた場合の規定どおりに、通報のための号砲を一発撃つよう命令した。

何年来、堡塁で大砲の音がしたことはなかった。城壁がかすかに震えた。砲声は、破滅を告げるような不吉な響きで、断崖の間にゆっくりと轟いていった。マデルナ中尉は平たく見える砦の輪郭の方に視線を向けて、そこに動揺の気配が現れるのを待った。だが、砲声に驚いた様子はなかった、正体不明の隊列はちょうど中央砦から見える範囲のあの三角形をした荒野の部分を進んできていたので、砦でももうみんな知っていたからだった。岩壁に触れんばかりのところにある左端の稜堡の、いちばん隅っこの地下道にさえも、その薄暗い地下道にこもって、角灯やら城壁の補修用具を収納してある倉庫の見張りをしているので、外のことはなにも見えない、そこの番兵にさえも、その知らせは届いていたのだった。その番兵は早く時間がたって、当番が終わり、自分も城壁上の巡警路に駆けつけて行って、一目見たいものだとうずうずしていた。

すべてがそれまでと同様に続けられた、歩哨たちは持ち場にとどまって、定められた区域を往き来し、書記兵はペンを軋ませ、いつもと変わらぬリズムでインク壜にペンを浸しながら、報告書を書き写していたが、しかし、北からは敵と見なしうる未知の一隊がやって来つつあるのだった。厩舎では兵隊たちが馬にブラシをかけていたし、炊事場の煙突は静かに煙を吐いていたし、中庭では三人の兵が掃除をしていたが、しかし、彼らはすでに、大いなる時が到来し、もはやなにものもそれをとどめることができないのだという、激しく、かつ厳粛な感情に、魂の大きな不安に、圧倒されていたのだった。

将校も兵隊たちも、みずからのうちに若々しい生命力を感じ取ろうと、朝の空気を胸底深く吸い込んだ。砲兵たちは大砲の準備を始めた。たがいに冗談をかわしつつも、牛馬をきれいに手入れでもするみたいに、大砲のまわりでかいがいしく立ち働きながら、彼らは幾分心配げに大砲を見つめるのだった、もしかして、長い間にどこか具合いが悪くなっていて、うまく発射できないのではなかろうか、もしかして、以前に手入れが充分に行き届いていず、なにかしらの修理が必要なのではないだろうか、それがやがてはっきりするからだった。そして、伝令たちはかつてないほど敏速に階段を駆けずりまわっていたし、兵士たちは軍服をこんなにきちんと着ていたことはなかったし、かつて銃剣がこれほどぴかぴかに輝いていたこともなければ、らっぱの音がこれほど勇ましく響いたこともなかった。無駄に待っていたわけではなかったのだ、年月をむなしく過ごしたのではなかったのだ、要するに、この古い砦はなんらかの役に立つことになるのだ。

今やみんながあの特別ならっぱの響きを、《総員非常呼集》の合図を待っていた、兵士たちはそれを聞くという光栄にいまだかつて浴したことがないのだった。らっぱ手たちは、静かな夏の午後などに、砦の外の、ひとけのない谷あいに行って練習する際に――というのもらっぱの音が砦に聞こえて、誤解を起こさぬためだったが――ついでにあの名高きらっぱの合図を吹いてみたこともあった(もっとも誰もそれがいずれ役に立つと考えたりはしなかったが)。今らっぱ手たちはあの合図を充分に練習しなかったことを後悔していた、それは非常に長いアルペッジョで、極端に高い音域にまで達するので、調子っぱずれになるおそれがあるからだった。

その合図は砦の司令官だけが命令できるので、みんな司令官に思いを馳せていた。兵士たちはもう司令官が城壁の端から端まで閲兵してまわるのを待っていた、司令官が自信に満ちた笑みを浮かべ、兵士たち全員の顔をいちいち見つめながら、歩んで来る姿を脳裏に見ていた。司令官にとって最良の日であるはずだった、彼はこの機会を待つことに人生を費やしてきたのではなかったのか?

だが、司令官のフィリモーレ大佐は自分の執務室にじっとしたまま、窓から北の方を、わずかに断崖に遮られずに見えるあの狭い三角形をなした荒野の方を眺めていた、彼は蟻のように点々とした黒いものが列をなして、まさしく彼の方に、砦の方に、動いて来るのを見つめていた、間違いなく隊列を組んだ兵士のようであった。

ときどき将校たちが、ニコロージ中佐や、査閲係の大尉や、当番将校らが入って来た。彼らは命令を待ちかねて、取るに足らない情報を知らせたり、いろいろ口実を設けては、大佐のところへやって来るのだった、たとえば町から糧食を積んだ馬車が到着したとか、今朝、竈の修理作業がはじまったとか、十名の兵の休暇期限が終わるとか、中央砦の露台に望遠鏡を取り付けたから、ご使用なさるならどうぞとか。

彼らは踵を鳴らして敬礼し、こうしたことを報告しながらも、大佐がなぜじっと黙ったまま、みんなが確信しきって待っている命令を出さないのか理解できずにいた。大佐はいまだに警備隊の増強も、各兵への弾薬支給の倍増も、《総員非常呼集》の発令もしないままなのだ。

奇妙な虚脱感にでもとらわれたみたいに、彼は正体不明の隊列が近づいて来るのを、自分には関係のないことのように、悲しげでもなければ、嬉しげでもない、冷やかな表情で眺めていた。

それにその日は十月のすばらしい日和だった、陽は照り、大気は爽やかで、戦闘にはこのうえない天候だった。風は砦の屋根高く掲げた旗をなびかせ、中庭の黄色い地面は輝き、そこを歩く兵士たちの影をくっきりと描き出していた。すばらしい朝ですぞ、大佐どの。

だが、大佐はひとりにしておいてほしいという様子をあからさまに示した、そして執務室に誰もいなくなると、決心しかねるみたいに、机から窓際へ、窓際から机へと、往ったり来たりしながら、訳もなく、白いものの混じった口髭をひねったり、老人特有の、あのもっぱら肉体現象によるような、長い吐息をついたりしていた。

もうあの黒い隊列は、窓から見える荒野の狭い三角形の視野からは消えていた、と言うことは、隊列はますます下って来て、国境間近に迫った証拠だった。三、四時間のうちには山の麓に取りつくだろう。

だが、大佐は、訳もなく、ハンカチで眼鏡のレンズを拭いたり、机の上に積み上げられた書類をめくったりしていた。それは署名しなければならないいろんな命令書やら、休暇願いやら、軍医の診察報告書やら、馬具倉庫の搬出簿やらだった。

なにを待っているのです、大佐どの？　日はもう高く、さきほど入って来たマッティ少佐さえもが、何事をも信じない彼さえもが、懸念を隠さなかった。せめて城壁を一回りして、歩哨たちに姿を見せてやったらどうなのか。新堡塁へ視察に行ってきたフォルツェ大尉の言うところによると、もうひとりひとり見分けられるところまで来ているあの謎の隊列は、銃を肩に、武装していることがはっきりしたとのことだ。もう一刻も猶予はできないのだ。

だが、大佐は待てと言う。あの謎の隊列はたしかに兵士だろう、それは否定しない、だが、その数は？　二百というものもいれば、二百五十ほどだというものもいる、おまけにあれが先遣隊だとすれば、主力部隊は少なく見積もっても二千はいるだろうと意見具申するものまでいる。だが、その主力はまだ影も形も見えない、もしかすると存在しないのかもしれない。

主力部隊がまだ見えないのは、北の霧のせいです、大佐どの。その朝、霧は北風に押されて、ずっと伸び出し、荒野を広く覆っていた。その霧の中を精鋭部隊が南下して来ているのでなければ、二百人ほどの部隊だけでやって来ても意味がない、昼前にはかならず主力部隊も現れるだろう。ある歩哨の報告では、さっき霧の切れ目あたりでなにか動くものを目撃したということだった。

だが、司令官は窓から机へ、また逆へと往き来したり、机の上の報告書類を気のなさそうにめくったりしていた。なぜ連中は砦を襲わなければならないのか？ と彼は考えるのだった。もしかすると、砂漠の苛酷さに慣れさせるための演習なのかもしれない。タタール人の時代はもう過去のことだ、彼らはもう遠い昔の伝説にすぎないのだ。だとすると、ほかに誰があえて国境を侵そうとするだろう？ どうも納得の行かない点がある。

タタール人ではないかもしれませんが、武装した部隊であることにはちがいありません、大佐どの。ここ数年来、北の王国との間に根深い遺恨があり、幾度か戦さが人の口の端にのぼったことがあるのは、衆知のことだった。あれが武装兵であることは間違いないのだ。騎馬兵も徒歩の兵もいる、やがて砲兵隊もやって来るだろう。誇張ではなく、夕刻前には、彼らは充分に攻撃準備を整えるだろう。それに対して、砦の城壁も古ければ、銃も、大砲も古く、兵たちの士気を除けば、なにもかも時代遅れのしろものだ。あまり当てにしてはいけません、大佐どの。

当てにするだって！ ああ、当てにせずにいられるものなら。これを当てにして彼は人生を費やしてきたのだ、彼には残り数年しかない、もしこれが唯一で最後の機会でなかったとしたら、おそらくすべてが消えてしまうのだ。彼が逡巡するのは恐怖のためではない、死ぬかもしれぬという思いのためでもない。そんなことは頭をよぎりさえしなかった。

実はと言えば、人生の終わりも近くなって、フィリモーレは、だしぬけに、銀の鎧をまとい、血塗られた剣を手にした運命の女神が訪れて来るのを見たのだった、(今ではもうそんなことをほとんど考えなくなっていた)彼は妙に親しげな顔をして近づいて来るその女神をじっと見つめていたのだった。そうなのだった、フィリモーレはあえて自分から女神の方には歩み寄ろうともせず、女神の微笑みにも答えようとしなかった、これまで幾度となく欺かれてきたからだった、もうたくさんだ。

砦のほかの将校たちは有頂天になって、たちまち女神の方に駆け寄って行った。大佐とは違って、彼らは信じきって駆け出し、まるで以前にも経験したことがあるかのように、戦さの刺すような、強烈な匂いを前もって味わっていた。一方、大佐はじっと待っていた。女神の美しい姿が手で触れられるまでは、まるで邪教に対するみたいに、一歩も動きはしないだろう。ちょっとしたことで、ただかすかに会釈をするだけで、自分の憧れを認めるだけで、それだけで女神の姿は掻き消えてしまうのだ。

そこで彼は運命の女神が人違いをしているのにちがいないというように、首を横に振るだけにとどめた。そして、もしや誰かほかに人が、女神が本当に探している者がいるのではないかとうたぐるように、まわりに、自分の背後に目をやった。だが、誰もいなかった、人違いではないのだ、羨むべき運命はまさしく自分に訪れたのだということを彼は認めざるをえなかった。

明け方、白みそめた砂漠に、あの謎めいた黒い列が見えたとき、一瞬彼は歓喜のあまり息が詰まりそうになった。それから、銀の鎧をまとい、血塗られた剣を手にしたあの女神の姿は、ややおぼろになりながらも、それでもまだ彼の方に歩みつづけて来ていた、だが、実際には、それ以上彼に近づいて来ることは、そのわずかな、しかし無限の隔たりを縮めて来ることはなかった。

それはフィリモーレがもうあまりにも長く待ち過ぎたせいだった、ある年齢になると、望みを抱きつづけるのは大変な苦労がいるものだ、もう二十歳のころのようにそれを信じつづけるのはむつかしい。彼はあまりにも無駄に待ちつづけたのだった、彼の目は、あまりにも長い間、日々の日課表を読みすぎたのだった、あまりにも長い間、毎朝のように、いつも寂寞とした呪わしい荒野を見すぎたのだった。

そして、侵入者たちが出現した今、なにかの間違いにちがいない（そうでないとあまりにも話がうますぎる）、その裏にはなにかとんでもない間違いがあるにちがいない、という印象を彼は抱いたのだった。


その間にも、机の正面に掛かった振り子時計は人生をすり潰し続けていた。そして、年のせいで、かさかさに乾いて、痩せた大佐の指は、その必要もないのに、ハンカチでしきりに眼鏡のレンズを拭いていた。

時計の針が十時半を指そうとするころ、マッティ少佐が部屋に入って来て、そろそろ将校連絡会の時間だと告げた。そのことをすっかり忘れていたフィリモーレは、不意をつかれて嫌な気分になった、砂漠に出現した侵入者のことに触れぬわけにはいくまい、もうこれ以上決定を遅らせることはできまい、公式に敵と判断を下さざるをえまい、それとも冗談事にしてしまうか、中間を取って、防御態勢を固めるよう命じる一方で、むやみに騒ぎ立てることもないと、懐疑的な見解も示すかだ。しかし、いずれにしてもなんらかの決断を下す必要があり、彼にはそれが不愉快だった。彼はこのまま待っていたかった、運命が本当に鎖を引きちぎるまで、挑発するようにじっと動かずにいたかった。

マッティ少佐は例の曖昧な微笑を浮かべながら、言った、「今度こそ、いよいよのようですな！」フィリモーレ大佐は答えなかった。少佐は続けた、「別の部隊もやって来るのが見えます。三列の隊形を取っています、ここからも見えますよ」大佐はちらっと少佐の目を見た、そして、一瞬、少佐を好きになりそうになった。「まだやって来ていると言うのかね？」

「ここからも見えますよ、大佐どの、もうかなりな数です」

ふたりは窓際に立った。北の荒野の三角形に見える部分に、新たに小さく黒い線が動いているのが見えた。明け方のように一列ではなくて、三列に並び、その後尾は見きわめることができなかった。

いよいよ戦さだ、と大佐は思った、そしてあたかも禁じられた欲望を振り払うかのように、その思いを退けようとしたがだめだった。マッティ少佐の言葉で希望がふたたび蘇り、いまや彼を興奮で満たしたのだった。

胸を詰まらせながら、大佐は集会所に赴き、（警備勤務中の者を除いて）将校全員が整列している前に立った。紺の軍服の上の顔はみな青白く輝き、めいめいの見分けがつけがたかった、その顔は、若々しいのも、しなびたのも、一様におなじことを語り、その目は熱っぽく輝き、敵襲来という公式の知らせを貪欲に彼に求めていた。みんな不動の姿勢で、騙されないぞといった気構えで、一斉に彼を凝視していた。

しんと静まりかえった集会所には将校たちの深い呼吸だけが聞こえていた。大佐は口を開かねばと思った。その瞬間、新たな感情が堰《せき》を切ったように押し寄せてきた。どういうわけか、われながら驚いたことに、フィリモーレはその侵入者たちがまさしく国境を侵犯しようとする敵なのだとたちまちにして確信したのだった。どうしてそう信じるに至ったのか、自分でも分からなかった、ついさっきまではそう信じたい誘惑に打ち勝っていたのに。みんなの張りつめた気持ちに引きずられ、滔々としゃべり出しそうな自分を感じた。「将校諸君」こう言いそうになった、「長年待ち望んでいた時がついに来た」なにかこんなふうなことを言い出しそうだった、そして将校たちは、彼の言葉を、栄光を約束してくれる権威のあるものとして、有難がって聞くであろう。

こうした趣旨のことを今や彼は話そうとしていた、だが、心の片隅には、まだそれに反対する声があった。《そんなことはありえない》と、その声は言っていた、《まだ間に合ううちに気をつけろよ、なにかの間違いだぞ(そうでないと話がうますぎる)、気をつ

けろ、裏になにかとんでもない間違いがあるかもしれないぞ》

押し寄せて来る感動の中で、ときどきそう反対する声が囁いた。だが、もう遅かった、ためらっているのが気詰まりになりはじめた。

そこで、大佐は一歩進み出て、話しはじめる時の癖で、頭を反らした。将校たちは大佐の顔がたちまち紅潮するのを見た、そう、大佐は少年のように顔を赤くしていた、彼はおのれの人生のいとおしい秘密を告白しようとしていたからだった。

彼は少年のようにほんのりと顔を赤らめて、いまにも口を開こうとしたが、心の奥で反対する声がふたたび蘇り、フィリモーレは一瞬不安におののいた。その時、急いで階段を駆け上がってくる足音が聞こえたような気がした、それは全員が集まっている集会所に向かって来ていた。将校たちはみな司令官の方に耳を傾けていたので、誰ひとりそれに気づかなかったが、フィリモーレの耳は、長年の間に、砦のどんな些細な物音も聞き分けられるようになっていた。

間違いなく、その足音は近づいて来ていた、尋常ではない急ぎようだった。なじみのない、陰気な、まるで視察官の立てるような足音だった、平野の世界からじかにやって来たような足音と言ってもよかった。その音はもうほかの将校たちにも聞こえ、なぜか彼らの心を無遠慮に傷つけた。ドアが開いて、ひとりの見知らぬ竜騎兵将校が現れた、土埃にまみれ、疲労に息を喘がせていた。

その将校は気を付けの姿勢を取ると、「第七竜騎兵連隊フェルナンデス中尉」と名乗った、「町から参謀総長閣下の通達を持参いたしました」そして、長い軍帽を弓形に曲げた左腕で優雅に支えると、大佐の方に歩み寄り、封書を手渡した。

フィリモーレはその将校の手を握って、「ごくろうだった、中尉」と言った、「ずいぶんと馬を走らせてきたようだな。サンティ中尉が案内するから、一息入れたまえ」不安の影もかいま見せずに、大佐はたまたますぐ近くにいたサンティ中尉にその接待を命じた。ふたりが出て行き、ドアがふたたび閉められた。「失礼させてもらうよ」フィリモーレはわずかに笑みを浮かべて、とりあえずこれを読みたいからというように、封書を見せながら言った。入念に封印をはがし、封書の端を開けると、びっしり文字で埋まった二つ折りの紙を取り出した。

大佐がそれを読んでいる間、将校たちは彼の顔になにか変化が現れないかと固唾を呑んで見ていた。だが、なんの変化も見られなかった。まるで冬の夜の夕食後のひとときを、暖炉のそばに座って、新聞に目を通してでもいるかのような表情だった。ただ司令官の干からびた顔からは赤みが消えていた。

読み終わると、大佐は二つ折りの紙を折って、また封筒に収め、それをポケットに入れて、頭を反らした、話し始めようとする徴《しる》しだった。なにかあったのだ、ついさっきまでの魔法が打ち砕かれたのだという様子が感じられた。

「将校諸君」彼は言ったが、声を出すのもやっとの思いという感じだった、「今朝がた、兵たちの間になにか興奮していた様子が見られたし、また諸君たちの間でもそうであったように思う。私の間違いでなければ、俗にタタール人の砂漠と呼ばれている地域で目撃された部隊のことが原因だろう」

彼の言葉は深い静寂の中をかろうじて道を切り開いて出てくるみたいだった。蠅が一匹部屋の中を飛びまわっていた。

「あの部隊は」大佐は続けた、「あれは、先年わが方でもおこなったように、国境を画定するという任務を帯びた北の王国の部隊である。したがって彼らはわが砦の方には接近せず、数隊に分かれて広く展開し、山地に入るだろう。参謀総長閣下のこの書状はそう私に正式に通達してきている」

フィリモーレはそう話しながら、長い吐息をついた。それは苛立ちや苦悩の吐息ではなく、老人特有のもっぱら肉体的理由によるものみたいだった。そしてその声も急にうつろな、老人じみたものに変わり、またその目も黄色く濁って見えた。

フィリモーレ大佐は最初からそう感じていたのだった。敵なんかであるはずはないということはよく分かっていたのだった。彼は栄光の星のもとに生まれてきたのではないのだ、彼は幾度となく愚かにも欺かれてきたのだった。なぜ——彼は腹立たしい思いで自問した——なぜまたも欺かれたりしたのだろう？　こんなふうになることは最初から分かっていたのだ。

「諸君も知ってのとおり」悲痛な思いをあまり表に出すまいとして、彼はひどく無感動な口調で続けた、「国境の標識やその他、国境線を示す目印は、われわれの方ではすでに先年設置した。しかしながら、参謀総長閣下もご指摘のとおり、まだ未確定部分が残っている。そこで大尉一名、ほかに将校一名の指揮下に若干名の兵を派遣して、その作業を完成させることにする。その地域は山の尾根が二、三本平行に走っている。言うまでもないが、北側の尾根を確保するために、国境線をできる限り前方に出すよう留意してもらいたい。それはその地域が戦略上の重要地点だからというのではない、諸君にも分かると思うが、あの山地では戦闘をおこなったり、作戦行動を展開したりする可能性は皆無だからである……」そこで彼はなにか物思いにふけるように話を途切った、「作戦行動をしたりする可能性は、さて、どこまで話していたかな?」

「国境線をできる限り前方に出す必要があるというところまでだったと思いますが……」マッティ少佐は、曖昧なのを後ろめたく思いながら言った。

「ああ、そうだった、できる限り前方に出す必要があると言っていたのだったな。しかしながら、それは容易なことではない、われわれは北の王国の部隊よりももうかなり遅れているからである。とにかく……まあ、それについては後であらためて話があるだろう」彼はニコロージ中佐の方を振り返って、そう話の区切りをつけた。

大佐は疲れたように口を閉じた。話している間に、彼は将校たちの顔が幻滅に翳るのを目にしたのだった、戦さを待ち焦がれる戦士の顔からふたたび砦勤務の生彩に欠けた将校の顔にもどるのを見たのだった。でも彼らは若いのだ、と大佐は考えた、彼らにはまだ時間が残されているのだ。

「さて」大佐は話を進めた、「遺憾ながら、諸君たちに指摘しておかねばならぬことがある。警備の交代の際に、小隊によっては兵たちが中庭に集合しているのに、その隊の将校がいないのを幾度も見かけたことがある。これらの将校たちは明らかに遅刻も将校の権限だと考えているふしがある……」

蠅が部屋の中を飛びまわっていた、砦の屋根の上に掲げた旗はだらりと垂れていた、大佐は規律と規則とについて話していた、北の荒野を軍隊が行進していたが、それはもう戦さに飢えた敵ではなく、彼らと同様の無害な兵士であり、劫奪のために放たれた部隊ではなくて、いわば土地測量の作業部隊なのであり、その銃には弾丸が装塡されていず、銃剣には刃引きがしてあるのだった。北の荒野をやって来ているのは敵意のない軍隊なのだった、そして砦ではすべてがふたたびいつもどおりの澱んだリズムにもどっていった。

## 十五

国境線の未確定部分を画定するための派遣隊は翌朝未明に出発した。大男のモンティ大尉が指揮を取り、アングスティーナ中尉と、それに曹長ひとりが随行した。三人にはそれぞれその日のと、以後四日間の合言葉が伝達されていた。三人とも倒れるということはまずありえなかったが、いずれにしても、その場合には、生き残った兵の中のいちばんの古参兵が、死ぬか、それとも気絶するかした上官たちの軍服の上着の胸元を開け、内ポケットから砦へもどったときの秘密の合言葉を収めた封書を取り出す権限を与えられていた。

四十名ばかりの武装した兵が、日の出るころに、北へ向かって、砦の城壁を出た。モンティ大尉は兵隊たちのとおなじような、鋲を打った頑丈な靴をはいていた。アングスティーナだけが長靴をはいていた、大尉は、出発前に、その長靴をしげしげと見ていたが、なにも言わなかった。

隊列は砂利の上を百メートルほど下がってから、右に折れ、山塊深く刻みこまれた、岩だらけの狭い谷の入り口へと向かって行った。

歩きはじめて三十分ほどたった時、大尉が言った。

「そいつじゃあ」とアングスティーナの長靴を指して、「歩きにくいだろう」

アングスティーナはなにも答えなかった。

「行軍を停止するのも具合いが悪いしな」しばらくして大尉が繰り返した、「そのうちに足が痛くなるぞ」

アングスティーナは答えた、「もう遅すぎますよ、大尉どの、そんなことなら、もっと前に言って下されば」

「どのみち」とモンティはやり返した、「おなじことだろうよ、そうだろう、アングスティーナ、どのみち君は長靴をはいたことだろうからな」

モンティは彼が我慢ならなかったのだった。《お前の気取った態度、いまに思い知らせてやるからな》そうモンティは考えていた。そして、アングスティーナがあまり丈夫でないのを知りながら、急な斜面でも、むりやり強行軍をした。その間にも、小隊は絶壁の基部に近づいていた。砂利はいっそう細かくなり、足がめりこんで歩きにくかった。

大尉が言った、「いつもはこの谷の口から、ひどい風が吹いてくるんだが……でも、きょうはましなようだな」

アングスティーナ中尉は黙っていた。

「さいわい日も差していないし」モンティは続けた、「きょうはなかなかいい具合いだ」

「大尉どのはここへ来たことがあるんですか?」アングスティーナがたずねた。

モンティが答えた、「一度な、逃げた兵を捜しに……」

大尉は言葉を途切らせた、彼らの上にのしかかった灰色の岩壁から崖崩れの音がしてきたからだった。岩肌にぶつかってはじける石の音が聞こえ、それが土煙の中をすさまじい勢いで崖の下まで轟いてきた。雷の音に似た響きが岩壁から岩壁へとこだました。絶壁の連なる中で、その不可解な崖崩れは数分間つづいていたが、下までは届かず、谷の奥の方で止まり、兵士たちが登っていたところには石ころが二つ、三つ転がってきただけだった。

みんな黙ったままだった、その崖崩れの音に敵の存在を感じたからだった。モンティはなんとなく挑むようなそぶりでアングスティーナの方を振り返った。彼が脅えていないかと期待したのだが、いっこうにその様子も見えなかった。しかし、中尉は短い行軍でもうすっかり体をほてらせ、洒落た軍服も乱していた。《いまいましい気取り屋め、お前のそのきざな態度を》とモンティは考えていた、《いまに思い知らせてやるからな》ただちに彼は行軍を開始し、さらに歩度を速めさせながら、時おりアングスティーナの方にちらりと窺うような視線を送った。案の定、長靴のせいで足が痛みだしているのが分かった。アングスティーナが遅れ気味になったり、苦痛の色を顔に出したりしているわけではなかったが、その歩調や、彼の額にしるされた厳しく真剣な表情からそうと窺えるのだった。

大尉が言った、「きょうは六時間でも行軍をつづけられそうだ、兵たちがいなければな……きょうはすこぶるいい調子だ」(彼は刺《とげ》を隠さず続けた)「君はどうかね、中尉?」

「失礼ですが、大尉どの」アングスティーナは言った、「なんとおっしゃったのですか?」

「いやべつに」大尉は底意地悪そうに笑った、「調子はどうかとたずねたんだ」

「ああ、そうでしたか、どうもおそれいります」アングスティーナははぐらかすように言った、それから登りに息が喘ぐのを隠すように、しばらく間をおいてから続けた、「残念に思いますね……」

「なにが残念なんだ?」相手が疲れたといって音《ね》を上げるものと期待しながら、モンティがたずねた。

「ここへたびたび来られないのが残念です、すこぶるすてきな場所ですね」そして例の超然とした笑みを浮かべた。

モンティはさらに歩度を速めた。だが、アングスティーナはついて来た。精根をふりしぼるあまり顔は蒼ざめ、軍帽の端からは汗が流れ落ち、軍服の背中もぐっしょり濡れていたが、彼は一言も弱音を吐かず、遅れもせずについて来た。

小隊はもう絶壁に囲まれた中に入っていた、まわり全体に恐ろしいほど垂直に切り立った灰色の断崖がそびえていた、渓谷は想像もつかぬほど高くまで続いているようだった。

日常の生活でなじんだような眺めはまったくなく、不動の、荒涼たる山々の姿があるだけだった。アングスティーナは時おり、魅せられたように、視線を上げては、頭上に揺らぐ山々の頂きを仰ぎ見た。

「もう少し先きで小休止にしよう」あいかわらずアングスティーナから目を離さずに、モンティは言った、「まだその場所が見えないが、正直言って、まさか疲れているんじゃあるまいな？　体調の悪いときだってあるからな。もしそうなら、そう言った方がいいぞ、たとえ小隊全体の行軍が遅れてもな」

「さあ、進みましょう」まるで自分が上官みたいに、アングスティーナは答えた。

「いいかね、誰だって体調の悪い時もあるというつもりで言ったんだ、ただそういう意味で言ったんだ……」

アングスティーナの顔は蒼白で、軍帽の端からは汗が流れ落ち、軍服もびしょ濡れだった。だが、歯を食いしばって耐えていた、屈するぐらいなら、むしろ死を選ぶだろう。

大尉が目を離す隙を窺いながら、彼は疲労の終わる地点を探して、谷の上の方に視線を向けた。

その間に日が昇り、山々のいちばん高い頂きを照らしていたが、秋の天気のいい朝の爽やかな輝きはなかった。あやしげな霧のヴェールがゆっくりと空に一様に広がりはじめていたからだった。

いまでは長靴が実際に地獄の責苦のように彼を苛んでいた、革が足首を噛み、その痛みから察するに、皮膚が破けているにちがいなかった。

急に砂利の道が終わり、周囲を岩壁に囲まれた、草のまばらに生えた広っぱに出た。両側には、塔の形になったり、複雑に裂け目が走ったりした断崖がそびえ、その高さは目では測りがたかった。

モンティ大尉はしぶしぶ小休止を命じ、兵たちに糧食をつかわせた。アングスティーナは、汗を凍らせる風に震えながらも、行儀よく大きな石の上に腰を下ろした。彼と大尉とはパンと、一切れの肉と、チーズと、ぶどう酒一本とを分けあった。

アングスティーナは悪寒を感じた、彼は大尉や兵士たちの方を見てみた、誰か紐で丸く巻いたマントをほどいている者がいれば、自分もそうしようと思ったのだった。だが、兵士たちは疲れも知らぬげに、たがいにふざけあっていたし、大尉はいかにもうまそうにむさぼり食いながら、一口頰張るごとに頭上の険しい山を眺めていた。

「分かったぞ」彼は言った、「どこから登っていけばいいか分かったぞ」そして目当ての山の頂きへ通じる、のしかかるような岩肌を指さした。「あそこをまっすぐ登って行こう。充分行けそうだろう？　どう思うね、中尉？」

アングスティーナは岩壁を見た。国境の山頂にたどり着くには、どこかの峠道を通って迂回するのでなければ、その岩壁をまっすぐ登って行かねばならなかった。迂回すればずいぶん時間がかかるだろうし、とにかく急ぐ必要があった。北の連中は先きに行動を開始している分だけ有利だったし、それに連中の側からの方が道もずっと容易だったからである。となれば正面の岩壁と取っ組まねばならなかった。

「あそこからですか？」アングスティーナはその切り立った岩壁を見ながらたずねたが、その百メートルほど左手の方がずっととっかかりやすそうなのに気づいた。

「もちろん、あそこをまっすぐ上にだ」大尉は繰り返した、「どう思うね？」

アングスティーナは言った、「肝心なことは奴らより先きに着くことですよ」

大尉はあからさまに厭な顔をした。「よし」そして言った、「じゃあ、ひと勝負しよう」

彼はポケットからトランプのカードを取り出すと、四角い大きな石の上にマントを広げ、アングスティーナを誘いながら、言った、「あの雲を、君は気掛かりそうに見ているようだが、心配いらんよ、あれは天気が悪くなるときの雲とはちがうさ」そして、なぜか、気の利いた洒落でも言ったみたいに笑った。

ふたりはカード遊びを始めた。アングスティーナは体が風に凍りそうだった。大尉の方は二つの大きな石の間に座っていたので、風が遮られていたが、アングスティーナは肩にまともに風を受けていた。《今度だけは病気で倒れそうだ》と彼は思った。

「そいつは、君、おおごとだぞ！」だしぬけにモンティ大尉は文字どおり叫んだ、「おれにエースの札をよこすなんて！　中尉、君は頭がどうかしてるのかね？　上ばかり見ていて、カードをちっとも見てないのだろう？」

「いや」アングスティーナは答えた、「間違ったんですよ」そして笑おうとしたが笑えなかった。

「白状しろよ」モンティは満足げに、勝ち誇ったように言った、「本当は、そいつがつらいんだろう？　出かけるときからそう思っていたんだ」

「そいつってなんです？」

「君のその洒落た長靴だよ、そいつはこうした行軍には向かないよ、中尉。本当は痛いんだろう？」

「厄介ですね」アングスティーナはその話はうんざりだというように、吐き捨てるような口調で認めた。「まったく厄介です」

「はっ、はっ」と大尉は満足げに笑った、「分かってたんだ、砂利の上を行軍するのに長靴ではな」

「ほら、スペードのキングを出したんですよ」アングスティーナは冷やかに言った、「そっちの手にはキングがないんですか？」

「そうか、こいつは間違った」大尉はあいかわらずさも愉快そうに言った、「そう、長靴ではな！」

　実際、アングスティーナ中尉の長靴では崖の岩の上で踏ん張りがきかなかった。鋲がないので、滑りがちだったが、モンティ大尉や兵たちの靴は足場にしっかりと食いこむのだった。しかし、それでもアングスティーナは遅れはしなかった、疲労困憊し、汗が背中で凍りついてつらかったが、精根をふりしぼり、崩れやすい岩場を大尉のすぐあとをついて行った。

山は下から見たほど難儀でもなければ、切り立ってもいなかった。至るところに洞や、割れ目や、砂利の積もった岩棚があり、ざらざらした岩肌にもいっぱい足場があって、とっつきやすかった。大尉は身軽な方ではなかったが、力にまかせて、ぐいぐいと登って行った。そして、時おり、アングスティーナが落伍してはいないかと期待しながら、下を振り向くのだったが、アングスティーナは頑張っていた。彼は幅の広いしっかりした足場をすばやく見つけては、疲れ果てているのに、驚くほど敏捷に攀じ登っていた。

足元の奈落が次第に深くなっていくにつれて、逆に、目指す頂きは、垂直の黄色い岩壁に守られて、いっそう遠ざかっていくように思われた。それに、灰色の厚い雲に遮られて、残る陽の高さを測ることはできなかったが、夕暮れも次第に近くなってきたみたいだったし、寒気も増してきた。意地悪い風が谷底から吹き上げてきて、岩肌の裂け目でひゅうひゅうと喘ぐのも聞こえた。

「大尉どの！」しんがりを務めている軍曹が下の方から叫んだ。

モンティは足を止めた、アングスティーナも止まった、最後尾の兵に至るまで全員がぶりでたずねた。

「どうしたんだ、今度は？」大尉はほかのことでもう頭がいっぱいだというような口足を止めた。

「もう北の奴らが頂上付近にいます！」軍曹が叫んだ。

「そんな馬鹿な！　どこに見えているんだ？」モンティは怒鳴り返した。

「左手の、あの鞍部の上です、あの鼻のように出っ張った岩のすぐ左手です！」

事実だった。灰色の空を背に三つの黒く小さな影が見えた、そしてそれはたしかに動いていた。明らかに頂上の下部をすでにおさえていて、どうあがいても彼らの方が先きに頂上に着くことは目に見えていた。

「畜生め！」大尉は遅れを取ったのはまるで兵隊たちのせいだといわんばかりに、怒りをこめた目で下の方を見ながら言った。それからアングスティーナに向かって、「せめて頂上はわれわれが取らねばならん、しのごの言ってはおられん、さもないと、大佐にひどい目にあわされるからな！」

「連中がしばらく止まってくれなきゃあだめですよ」アングスティーナは言った、「あの鞍部から頂上までは一時間とはかからないでしょう。しばらく止まってくれなきゃあ、どうしたってこっちの方があとになりますよ」

大尉が言った、「私が四名ほど連れて先きに行った方がよさそうだ、小人数の方が早く登れるからな。君はあとからゆっくり来い、それとも、疲れているなら、ここで待っていてもいいぞ」

これが狙いだったんだ、このろくでなしめ、とアングスティーナは考えた、ほかの者を残しておいて、自分ひとりがいい顔をしたいんだ。

「承知しました」彼は答えた、「でも私も登って行きます、じっとしていたら凍えそうですから」

大尉は敏捷な兵四名を連れて、先行隊として先発した。アングスティーナは残った者たちの指揮を取りながら、モンティのあとに続こうとした。だが、兵の数が多すぎた、強行軍を続けるうちに、列はとてつもなく伸びてしまって、兵たちの姿も視野から消えがちだった。

アングスティーナは大尉の率いる先行隊が、上の方、灰色の岩の張り出した向こうに姿を消すのを見た。しばらく彼らが引き起こした落石が谷間に聞こえていたが、やがてそれも聞こえなくなり、彼らの声も遠くに消えて行った。

だが、その間にも、空は次第に暗くなっていった。まわりの岩肌も、谷の向こう側の灰色の壁も、崖の底も、鉛色に変わっていった。小さな鳥の群れが、尾根のあたりを飛びながら、差し迫った危険をたがいに知らせ合うかのように、甲高く鳴いていた。

「中尉どの」アングスティーナの後ろからついてきていた兵士が言った、「まもなく雨になりそうです」

アングスティーナは一瞬足を止めてその兵士の方を見たが、なにも言わなかった。長靴はもう彼を苦しめはしなかったが、深い疲労が襲ってきた。一メートル登るのにも精根尽きる思いだった。幸いそのあたりの岩肌はそれまでほど急ではなく、表面もでこぼこしていた。大尉はどのあたりまで登っただろうか――アングスティーナは考えた――もう頂上まで行ったかもしれない、もしかしたらもう小旗を立て、国境の標識を置いて、引き返してきているかもしれない。

上を見上げると、頂上はもうさほど遠くないのに気づいた。ただどこから登ればいいのか分からなかった、頂上を支える岩壁ははなはだ険しく、すべすべしていたからだった。

ようやく砂利の積もった幅広い岩棚に出ると、ほんの数メートル先にモンティ大尉がいた。彼はひとりの兵士の肩の上に乗って、垂直の短い岩壁を攀じ登ろうとしていた。だが、その壁は高さこそ十メートルそこそこだが、見たところとてもとっつけそうにもなかった。登り口が見つからないまま、モンティはもうずいぶん前からそうやって躍起になっていたにちがいなかった。

とっかかりを探して、二、三度手探りをし、どうやら見つけたかに見えたが、罵り声とともに、また兵士の肩の上に落ちてしまい、兵士は全身を震わせて踏ん張った。大尉はとうとう諦めて、岩棚の砂利の上に飛び下りた。

モンティはへとへとになって息を喘がせながら、憎々しげにアングスティーナを睨んだ、「下で待っててもよかったんだぞ、中尉」彼は言った、「ここからはとても全員登って行けないし、おれが数名の兵を連れて登れば、それで事は足りるんだからな。下で待ってた方がよかったんだ、もうすぐ夜になるし、そうなったら下りるのが大変だぞ」

「大尉どのがおっしゃったでしょう」アングスティーナはいともそっけなく答えた、「待っていようが、あとからついて来ようが、好きなようにしろと」

「まあいい」大尉は言った、「とにかく登り口を探さねばならん、頂上まではもうこのわずか数メートルなんだからな」

「なんですって？　頂上はこのすぐ後ろなんですか？」中尉はなんともいえぬ皮肉をこめてたずねたが、モンティはうたぐりさえしなかった。

「十メートルちょっとしかないんだ」大尉は悪態をついた、「畜生め、おれが登れないかどうか見せてやる。なんとしてでも……」

大尉の言葉は上から聞こえる勝ち誇ったような大声に遮られた、そしてその岩壁の上の端から笑っている顔がふたつ覗いていた。「みなさん、こんばんは」将校とおぼしきひとりが大きな声で言った、「そこからは登れませんよ、尾根の方から下りて来なきゃあだめですよ」

二つの顔が引っ込んで、なにやらひそひそ話している声だけが聞こえていた。

モンティは怒りで顔を蒼白にした。もうどうしようもなかった。北の連中は頂上も取ってしまったのだ。大尉は下からまだ登りつづけてくる部下たちも構わず、岩棚の石の上に座りこんでしまった。

ちょうどその時、雪が降りはじめた、重くて密な、真冬のような雪だった。まるで信じられないほど、またたく間に、岩棚の上の砂利は真っ白くなり、そして光は不意になくなった。それまで誰も真剣には考えていなかった夜がだしぬけに来たのだった。

兵士たちはなんの心配もなさそうに、めいめい巻いてあったマントをほどくと肩にかけた。

「いったいなにをしているんだ?」大尉は癇癪を起こした、「マントをすぐにしまえ! ここで夜を明かそうとでも考えているのか? いますぐ下りるんだ」

アングスティーナが言った、「失礼ですが、大尉どの、連中が頂上にいる間は……」

「なんだ、なにが言いたいんだ?」大尉は怒気をこめてたずねた。

「北の連中が頂上にいる間は、引き返すのはどうかと思いますが。連中が先きに登ってしまったからには、われわれにはどうしようもありません。でもわれわれの面目を見せてやりましょうよ!」

大尉は答えず、しばらく広い岩棚の上をあちこち歩きまわっていたが、やがて言った、「だが今にあいつらも行ってしまうさ、この天気じゃあ頂上はここよりもっとひどいだろうからな」

「みなさん」上から声がして、岩壁の上端から四つ、五つ顔が覗いた、「ご遠慮なく、このロープを使ってください、ここから登って来なさい、暗い中を崖を下りるのは大変ですよ!」

と同時に、ロープが二本上から投げ下ろされた、砦の連中にそれを使って岩肌を登れというのだろう。

「ありがたいが」モンティ大尉はあざ笑うように答えた、「ありがたいが、こっちはこっちで考えるからお構いなく！」

「お好きなように」上からまた応じた、「とにかくロープはここに置いておくから、よかったらどうぞ」

長い静寂がつづいた、雪の降る音と、兵隊たちの咳き込む音のほかはなにも聞こえなかった。視界はほとんどきかず、頭上にのしかかる岩壁の上端がかろうじて見分けられるほどで、そこには角灯が赤い光を放っていた。

砦の兵隊たちもまたマントを着込み、明かりを点した。そして、なにかの折りには役に立つかと、大尉のところにも明かりをひとつ持って来た。

「大尉どの」疲れた声でアングスティーナが言った。

「今度はなんだ？」

「大尉どの、ひと勝負いかがです？」

「なにがひと勝負だ、とんでもない！」こんな夜にはもう下山することなどとてもできないのを知りながら、モンティは答えた。

アングスティーナは兵に預けてあった大尉の鞄から黙ってカードの束を取り出し、自分のマントの裾を石の上に広げて、角灯をそばに置き、カードを切りはじめた。

「大尉どの」彼は繰り返し言った、「気乗りがしなくても、付き合ってもらいますよ」

モンティは中尉の意図を悟った、おそらくは自分たちを嘲《あざけ》っているだろう北の連中の前では、カードでもしているよりほかはないのだった。そこで、兵たちが岩壁の下のくぼみを利用して、そこにうずくまり、冗談を言ったり笑ったりしながら、糧食を取っている間、ふたりの将校は、雪の下で、カード遊びを始めた。頭上には切り立った岩、下は真っ暗な断崖だった。

「完勝だ、完勝だ!」上からからかうように大きな声で言うのが聞こえた。

モンティもアングスティーナも顔も上げずに、ゲームをつづけた。だが、大尉はいやいや付き合っていたので、怒りにまかせてカードをマントの上に叩きつけた。アングスティーナひとりが無理に冗談を飛ばしていた、「こいつはすごい、エースがつづいて二枚だ……これは私がいただこう……本当はこのクラブを忘れていたんでしょう?」そして時おり笑ってさえ見せた、見た目には心から笑っているみたいだった。

上でまた声がし、石ころの軋む音もした、おそらく連中が立ち去ろうとしているのだろう。

「ご幸運を！」さきほどの声がまた彼らに呼びかけてきた、「せいぜいゲームをお楽しみください、それからロープをお忘れなく！」

大尉もアングスティーナも返事を返さなかった。ふたりはゲームに夢中になっているふりをして、応答する身振りさえ見せなかった。

頂上の角灯の明かりが見えなくなった、北の連中が立ち去りつつあるのにちがいなかった。ひっきりなしに降る雪にカードが濡れて、カードを切るのも骨だった。

「もうたくさんだ！」大尉はカードをマントの上に叩きつけながら言った、「こんな芝居はもうたくさんだ！」

彼は岩壁の下に引っ込むと、マントにすっかりくるまって、「トーニ！」と兵のひとりを呼んだ、「おれの鞄を持って来い、それから飲み水も少しよこせ」

「奴ら、まだ見てますよ」アングスティーナは言った、「まだ上から見てますよ」だが、モンティにもうその気がないのを見て取って、ひとりでゲームがまだ続いているふりをした。

カード遊びにつきもののにぎやかな声をあげながら、中尉は左手に自分のカードを持ち、右手でマントの裾に棄て札を投げ、分捕り札を拾うふりをしていたが、降りしきる雪の中では、頂上からは将校がひとり遊びをしているとは気がつかなかったろう。

だが、その間にも、彼は臓腑も凍りつくような寒さを感じていた。彼はもう動くことも、横になることさえもできないような気がした、いままでこんなに具合いが悪く感じたことはなかった。頂上には立ち去りつつある北の連中の角灯の揺らめく火影がまだ見えていた、連中からはまだ彼が見えているかもしれなかった。(すると、すてきな館の窓辺に、華奢な人影が現れた、子供の姿をしたアングスティーナだ、なんとも青白い顔をして、襟元に白いレースの刺繡のついたビロードの服を着ていた、そして物憂げな動作で窓を開け、窓敷居にぶらさがって宙に浮いている妖精たちに向かって、いかにも親しげな様子でかがみこみ、なにか言いたそうにした)

「完勝だ、完勝だ!」彼は上の連中に聞こえるようにまた大きな声で叫ぼうとしたが、嗄《しわが》れた、弱々しい、哀れな声しか出なかった、「これで二度目ですよ、大尉どの!」

マントにくるまり、ゆっくりとなにかを嚙みながら、モンティはアングスティーナの方をじっと見ていたが、その目からは次第に怒りの色は消えていった。「もういい、中尉、こっちへ来て風を避《よ》けろ、もう北の奴らは行っちまったよ！」

「あなたはもっと勝負に強いはずですが、大尉どの」アングスティーナはなおも見せかけの話をつづけたが、その声はますます消え入りそうになった、「でも、今夜は気乗りがしないみたいですね。なぜ上ばかり見ているんです？　なぜ頂上ばかり見ているんです？　少しいらいらなさっているようですね」

　その時、降りしきる雪の中で、アングスティーナ中尉の手から濡れたカードがこぼれ落ち、その手も、角灯の揺らめく明かりの中、マントにそって力なくだらりと垂れた。中尉はゆっくりした動作で体を後ろに倒し、石に背中をもたせかけた。彼は異様な眠気にとらわれつつあった（館に向かって、月夜の中を、輿を担いだ別の妖精の一隊が宙を進んで来た）。

「中尉、ここへ来て、一口食べたらどうだ、この寒さじゃあ食べないとだめだぞ、欲しくなくても、無理にでも食べないとだめだ」そう大尉は大きな声で言ったが、その口調には心配そうな響きがこもっていた、「この下に来いよ、雪も止みかけているようだしな」

　事実そうだった、降りしきっていた白い雪片は急にまばらに軽くなり、大気は透きとおって、角灯の火影に、もう数十メートル先きの岩まで見えていた。

そして、不意に、横なぐりの吹雪の切れ目から、はるか彼方の砦の明かりが現れた。それはまるで祝宴に浮かれた昔の魔法の城の明かりのように見えた。それを目にして、アングスティーナは寒さに凍えた唇にかすかに笑みを浮かべた。

「中尉」ようやく気づきはじめた大尉がもう一度声をかけた、「中尉、そのカードを捨てろ、こっちへ来て、風を避けるんだ」

だが、アングスティーナはその明かりを眺めていた。そして、実のところ、彼にはそれがなんの明かりなのか、砦の明かりなのか、あるいは遠い町の灯なのか、それとも誰も彼の帰りを待ってはいない館の明かりなのか、もうはっきりとは分からなかった。

もしかすると、砦の稜堡では、その瞬間、歩哨のひとりがたまたま視線を山の方に向けて、高くそびえた頂上に点滅する明かりを認めたかもしれない。だが、こんなに距離があっては、意地の悪いこの小さな岩壁などはないも同然で、まるで見分けがつかないだろう。もしかすると、それを目にしたのは警備指揮の任に当たっていたほかならぬドローゴだったかもしれない、ドローゴは、望みさえすれば、モンティ大尉やアングスティーナといっしょに出かけることもできたのだった。だが、ドローゴには馬鹿げたことに見えたのだった、タタール人の脅威が消滅した以上は、その任務はなんの価値もない、ただ面倒なだけのものに思えたのだった。しかし、今ドローゴも、頂上に点滅する明かりを目にして、自分も行かなかったことを後悔しはじめていた。戦さのほかにも、なにか価値あるものがありえるのだ、そして彼は自分も、この深夜、吹雪の中を、あの頂上にいられたらと思った。だが、もう遅かった、好機は彼のそばを通ったのに、彼はみすみすそれをやり過ごしてしまったのだった。

休息充分で、乾いた衣類を身につけ、暖かいマントにくるまったジョヴァンニ・ドローゴが羨ましげにその遠くの明かりを見ていたかもしれなかった、そして一方では、アングスティーナはすっかり雪をかぶりながら、やっと残る力をふりしぼって、濡れた口髭を指先きでしごき、念入りにマントの襞を整えていた、だが、それはマントをしっかりまとって、体を温かくしようとするためではなくて、また別の秘めた意図からだった。岩の陰からモンティ大尉はそのさまを呆然と見つめながら、アングスティーナはいったいなにをしているのだろうと自問していた、どこかでそれによく似た絵姿を見かけたような気がしたが、どこでかは思い出せなかった。

砦の広間の壁に、セバスティアーノ公の最期を描いた古い絵があった。致命傷を負ったセバスティアーノ公は、森の中で、木の幹に寄りかかっている、頭をわずかに前にかしげ、羽織ったマントの襞は優雅に流れている、そこには死のもたらす不快な肉体的なむごさの影もなかった。その絵を見ていると、画家がいかにそこに気高さとこのうえない優雅さとを描きとどめているか、驚くほかはなかった。

今やアングスティーナは、みずからはそう意図しなくとも、森の中で傷つき倒れたセバスティアーノ公の姿に似つつあった。アングスティーナには公のように輝く鎧も、その足元に転がった血にまみれた兜も、折れた剣もなかったし、木の幹にではなく、堅い石に背をもたせかけていたし、額を照らすのは夕日の残光ではなくて、弱々しい角灯の明かりではあったが、それでもその手足のポーズといい、マントの襞の具合いといい、その疲労の極みの表情といい、このうえなく公の姿に似通っていた。

アングスティーナに比べると、大尉も、軍曹も、ほかの兵士たちも、はるかに元気で、鉄面皮だったが、自分たちがまるで粗野な牛飼いのように思えるのだった。そして、モンティは、信じがたいこととは言え、アングスティーナに対して羨ましいような驚きの気持ちを抱いたのだった。

雪が止んで、風が断崖の間で唸り、雪煙を巻き上げ、角灯の炎をガラスの覆いの中で揺らめかせていたが、アングスティーナはそれも感じていないみたいだった、大きな石にもたれて、身動きもせず、遠くの砦の明かりをじっと見据えていた。

「中尉！」モンティ大尉はもう一度声をかけた、「中尉、さあ、ここへ来るんだ、そんなところにいたら、体がもたないぞ、凍死してしまうぞ、トーニが風避けを作ったから、この下へ来いよ」

「ありがとう、大尉」アングスティーナはかろうじてそう口に出し、話すことさえ難儀なので、わずかに手を上げ、そんなことはもうどうでもいい、すべてが取るに足らぬ、馬鹿げたことだというようなしぐさをした（ようやく妖精たちの首領が命令するような身振りをした、すると、アングスティーナは、例の物憂げなしぐさで、窓敷居を乗り越え、優雅な動作で輿に座った。魔法の輿は静かに動き出した）。

しばらくはかすれたような風の音しか聞こえなかった。たがいに温めあうために、岩の下に寄り添いあっていた兵士たちも、冗談を言う気をなくして、黙って寒さと闘っていた。

一瞬風が止んだ時に、アングスティーナはほんの少し頭を持ち上げ、なにか言おうとゆっくり口を動かしたが、口から出たのはわずか二言だった、「あしたはきっと……」

そしてあとはもう聞こえなかった。ほんの二言弱々しくつぶやいただけなので、モンティ大尉もアングスティーナが話したのに気づかなかったほどだった。

二言つぶやくと、アングスティーナの頭はがくりと前に垂れた。片方の手はマントの襞の上に白く、こわばって投げ出され、口は閉ざされたが、その唇にはふたたびかすかな笑みが浮かんだ(輿で運ばれて行きながら、彼は友だちから目を逸らし、一種楽しげでもあり、うたぐり深げでもある好奇心で、前方の行列の方を見やった。こうして、夜の中を、冷やかな気高さを保ちながら遠ざかって行った。魔法の行列はゆっくりと蛇行しながら、次第に空高く昇って行き、一筋のぼやけた線となり、ごくかすかな霞《かすみ》となって、やがて消えて行った)。

「なにが言いたかったんだ? あしたがどうしたんだ?」モンティ大尉はようやく岩の陰から出て来て、中尉の肩をつかんで思いっきり揺すぶりながら、彼を蘇生させようとした。だが、残念なことに、それはただ軍用マントの気高い襞を乱しただけだった。兵士たちはなにが起こったかをまだ誰ひとり知らなかった。

モンティが激しい口調で言ったが、黒々とした深淵から、ただ風の声が答えるだけだった、「なにが言いたかったんだ、アングスティーナ? お前は言い終わらずに逝ってしまった、おそらくは、ありふれた、くだらぬことだったのかもしれない、ばかげた望みだったのかもしれない、それともなんでもなかったのかもしれない」

## 十六

アングスティーナ中尉が埋葬されてから、時はまた、以前とおなじように、砦の上に流れはじめた。

オルティス少佐がドローゴにたずねた、「もう何年になるかね?」

ドローゴが言った、「ここに来てからもう四年になります」

だしぬけに冬が来た、長い季節だった。最初に四、五センチ雪が降り、それから、しばらく日をおいて、もっと高く降り積もり、そうしてまた何度も何度も数え切れないほど雪が降り積もることだろう、春がもどって来るまでずいぶん先きが長かった(それでもある日、予想していたよりも早く、ずっと早くに、砦の露台の端から水が滴り落ちる音がして、不思議に冬は終わるのだ)。

アングスティーナ中尉の柩は、軍旗に包まれて、砦のかたわらの小さな囲いの中の土の下に横たわっていた。その上には名前を刻んだ、白い石の十字架が立てられていた。兵のラッザーリのは、その少し向こうの、小さな木の十字架がそうだった。

オルティスが言った、「ときどき思うんだがね、おれたちは戦さを望み、その好機を待ちながら、わが身の不運に腹を立てている、いっこうになにも起こらないからだ。だが、見たろう？　アングスティーナは……」

「つまり」ジョヴァンニ・ドローゴは言った、「つまりアングスティーナには幸運など必要なかったとおっしゃりたいんですか？　いずれにしろ彼は立派だったと？」

「彼は体が弱かったし、それに病気でもあったようだ」オルティス少佐が言った、「実際、われわれの誰よりも状態が思わしくなかったのは確かだ。彼にしたって、われわれとおなじように、敵にも出会わなかったし、戦さも経験しなかった。それでも、彼は戦さで死んだもおなじ死に方をした。中尉、彼がどんなふうな死に方をしたか知ってるかね？」

ドローゴは答えた、「ええ、モンティ大尉が話していたとき、私もいましたから」

冬が来て、外国の部隊も立ち去った。おそらくは血に映えたであろうすばらしい希望の旗印もおもむろに下り、砦の将兵たちの心はふたたび落ち着きを取りもどした。だが、うつろな空の下、将兵たちの目はなおもむなしく地平線のはるか彼方になにかを探し求めるのだった。

「まったく彼は死ぬ潮時を心得ていたよ」オルティス少佐が言った、「まるで銃弾でも浴びたみたいにな。英雄のように、と言ってもいいぐらいだ。でも、誰も発砲したわけでもない。ほかの連中にしたって、あの日、可能性は彼とおなじだったんだ。彼になにも特別に有利な条件があったわけではない、あったとすれば、死にやすい状態にあったことぐらいだろう。でも、結局のところ、ほかの連中はなにをしたんだ？　連中にとってはほかの日とさして変わらぬ一日だったにすぎないんだ」

ドローゴは答えた、「そう、ただ少し寒かったですけどね」

「そう、少し寒かったけどな」オルティスが言った、「それに、中尉、君だって、申し出さえすれば、行くことができたんだ」

ふたりは第四堡塁の一番上の露台の木のベンチに座っていた。オルティスは勤務中のドローゴ中尉に会いに出向いて来たのだった。ふたりの間には日ごとに友情が深まっていた。

ふたりはマントにくるまって、木のベンチに座り、それぞれの思いにふけりながら、北の方角をぼんやりと眺めていた、北には雪を孕んだ、形の定まらない、大きな雲が積み重なっていた。時おり北風が吹いて、軍服を凍てつかせた。峠道の両側の岩山の頂きが暗くなった。ドローゴが言った、「あしたはこの砦のあたりでも雪になるかもしれませんね」

「たぶんな」少佐は興味なさそうに答えて、口をつぐんだ。

ドローゴはなおも言った、「雪になりますよ、鳥が飛んで行ってますから」

「われわれ自身のせいでもあるんだ」オルティスは頭から離れぬ想念にこだわった、「つまり、われわれにだってなにか価値あるものが常に巡って来ているんだ。たとえば、アングスティーナはそれに高い代償を支払う覚悟をしていたんだろう、ところが、われわれはそうじゃあない、おそらくそこに問題があるんだ。おそらくわれわれはあまりに多くを期待しすぎるのかもしれない、実際にはなにか価値あるものがわれわれにも常に巡って来ているのに」

「じゃあ」とドローゴがたずねた、「じゃあ、われわれはどうしたらいいんですか？」

「私はどうもしないいさ」オルティスはそう言って、微笑んだ、「私はもう待ちすぎたからな。でも、君は……」

「私はどうだと言うんです？」

「まだ間に合ううちにここを出るんだな、町に帰るんだ、町の常駐部隊に転属するんだ。いずれにしても、君は人生の悦びを蔑むたちとは見えんしな。ここにいるよりずっと出世が早いぞ。それにだれもが英雄になるために生まれてきているわけでもないんだから」

ドローゴは黙っていた。

「君はもう四年ここで過ごした」オルティスは続けた、「昇進のために点数をある程度稼いだわけだ、それは認めるよ、でも、町にいる方がずっと有利だよ。世間から切り離されたところにいたんでは、もう誰も君のことなど思い出さなくなるぞ。間に合ううちに町に帰ることだな」

目を地面に伏せたまま、ドローゴは黙って聞いていた。

「私はほかにも大勢見てきたよ」少佐は続けた、「次第に砦暮らしに慣れてしまうんだ。ここに囚われてしまって、もう離れることができなくなってしまうんだ。実際、三十歳でもう年寄りさ」

ドローゴは言った、「そうだとは思いますが、少佐どの、私の年では……」

「君はまだ若い」オルティスは続けた、「そしてまだもうしばらくは若いだろう、それは事実だ。でも、私はあまり当てにはしないな。君がもうあと二年ここで過ごしただけで、そのたった二年が、後もどりするにはずいぶん骨が折れるものなんだ」

「ありがとうございます」ドローゴはそう言ったが、べつに納得したわけではなかった。「でも、結局のところ、この砦にいるのは、なにかもっとすばらしいことが望みうるからでしょう。馬鹿げているかもしれませんが、正直言って、あなたも……」

「残念ながら、そうかもしれないな」少佐は言った、「多かれ少なかれ、われわれはみんな頑《かたく》なに望みを抱きつづけている。それが馬鹿げたことだってことは、ちょっと考えれば分かることなんだ、(そして手で北の方角を指しながら)こっちの側からは戦さがやって来るなんてことはもう決してあるまい。それにこの前の一件から考えて、いったい誰がそんなことをまじめに信じると思うかね?」

そう言うと、少佐は立ち上がったが、その視線はあいかわらず北の方を凝視したままだった。それは、今ではもう遠い以前のあの朝、台地のはずれで、魅されたように、砦の謎めいた城壁を見つめていた彼の姿をドローゴが目にしたときとまるでおなじようだった。あの時から四年たったのだった。四年といえば人生のかなりな部分を占めるものだが、その間、希望を保障してくれるようなことはなにも、まったくなにも起こらなかった。日々はつぎつぎに駆け去った、敵となりえたかもしれぬ軍勢が、ある朝、国境外の荒野の端に姿を現したが、国境の画定という無害な作業をしただけで、去って行った。世界は平穏無事で、歩哨たちは警戒の叫びを発することもなく、日々の暮らしに変化が起こりそうな兆しはなにひとつなかった。これまでの年とおなじように、型どおりに冬が進んで行き、吹きつける北風に銃剣がかすかにひゅうと音を立てていた。そして、オルティス少佐は、まだ第四堡塁の露台に突っ立ったまま、おのれの分別くさい言葉にみずからは信を置いていないみたいに、北の荒野を眺めていた、まるで彼だけがそれを眺める権利があり、いかなる意図からであれ、彼だけがこの砦に残る権利があるのであって、ドローゴなどは計算を間違えた、場違いの、気のいい青年で、町へ帰った方がいいとでもいうかのようであった。

## 十七

砦の露台の上の雪は柔らかくなり、ぬかるみのように足がずぶりとはまり込むようになった。突然、心地よい水音が近くの山から聞こえてくるようになり、あちこち山肌に沿って白い垂直な線が日差しにきらきら輝き、そして兵たちは、それまで何か月も忘れていたかのように、鼻歌を歌っている自分に気づくのだった。

太陽はもうそれまでのように早く沈もうと急ぎ足で駆け去ることもなく、積もった雪をむさぼり尽くそうと、しばらく中空にとどまるようになり、そして雲は氷に覆われた北からまだ吹き寄せてきても、もう雪となることはできず、ただ雨を降らせるだけだったし、その雨はわずかに残っている雪を溶かすのみだった。すてきな季節がもどってきたのだ。

もうみんなが忘れてしまったように思っていた小鳥たちの声がまた朝から聞こえ出し、そのかわり、烏たちが残飯を求めて砦のまわりに集まってくることもなくなり、新鮮な餌を探しに谷間に散って行った。

夜になると、兵舎では、背嚢をのせた木の板や、銃架や、扉や、大佐の部屋にある大きな胡桃材の見事な家具も、砦じゅうのありとあらゆる木材が、ごく古いものさえ含めて、暗がりの中で軋みを立てるのだった。時にはそれはピストルのような乾いた音だったり、なにかが粉々になるような音だったりするので、ベッドの中で目を覚まし、耳をそばだてる。だが、夜の中で囁く木材の軋みのほかにはなにも聞こえないのだった。それは古い木の板の中にも生命への執拗な愛惜が呼び覚まされる時なのだ。遠い昔の、幸せな日々には、若々しい熱と力が流れ、枝からは無数の芽が萌え出ていたのだ。それから、木は切り倒された。そして春が巡って来た今、ごくかすかに、生命の脈動が蘇ってきたのだ。昔は葉や花が、そして今はそのおぼろな思い出だけが軋み音となって蘇り、それっきりまた次の年まで眠りにつくのだ。

それは砦の将兵たちがおよそ軍人らしからぬ妙な思いを抱きはじめる時なのだ。城壁はもはや居心地のよい避難所ではなく、牢獄のような印象を与えるのだった。そのなんの飾りもない壁面、排水の跡の黒ずんだ筋、斜めに突き出た稜堡とその黄色さ、それは彼らの新たな精神状態とはまるでそぐわなかった。

ひとりの将校が——後ろ姿からは誰だか分からないが、もしかしたらジョヴァンニ・ドローゴかも知れなかった——春の朝の中を、退屈げに、この時間には人っ子ひとりいない、兵舎の洗濯場を歩いている。別に検閲や監督の必要があってのことではない、ただ動きたくて、そうして見まわっているのだ、それに整理は行き届いていて、洗濯桶もきれいなら、床も掃き清められているし、そして、水が流れっぱなしになっているあの蛇口は兵隊たちの責任ではない。

将校は立ち止まって、上の方に、高くにある窓のひとつに目をやる。ガラス窓は閉まっている、おそらくもう何年も洗ったことがないのだろう、隅の方には蜘蛛の巣が張っている。とりたてて人の心を慰めるようなものがあるわけではない。それでも、窓ガラスの後ろには空とおぼしきものが見える。あのおなじ空が——と将校は多分考えることだろう——あのおなじ太陽が、今このわびしい洗濯場を照らすと同時にどこか遠くの草原にも照っているのだ。

草原は緑で、おそらくは白い、小さな花が咲き出たばかりだろう。木々も新しい葉をつけた頃合だ。野原を当てもなく馬で遠乗りすればすてきだろう。生け垣の間の小道をきれいな娘が歩いていて、馬でそばを通りかかると、にっこり微笑みかけてきたりするだろう。だが、なんとも他愛のないことだ、バスティアーニ砦の将校にこんな馬鹿げた夢想が許されるとでもいうのか?

おかしなことかも知れないが、洗濯場の埃まみれの窓を通して、愉快な形をした白い雲も見える。おなじような雲が、今この瞬間、遠くの町の上にも漂っているのだ。のんびりと散歩をしている人々は時おりその雲を眺めては、冬が終わったことを喜んでいる。

たいていの人は新調の服や、きちんと仕立て直した服を着込み、若い女たちは帽子に花をかざし、色鮮やかな衣装をまとっている。みんな、今にもいいことがありそうな、楽しげな様子だ。以前は少なくともこんなふうだった、今では人々の流儀も変わってしまったのかも知れないが。そして、とある窓際に美しい娘がいて、その下を通りかかると、べつに理由もなく、にっこりと親しげに微笑みかけてきたりしたなら？　要するに、こんなことはすべて寄宿学校の生徒の抱くような他愛のない、馬鹿げた夢想だった。

汚れたガラス窓を通して、はすに、城壁の一部が見える。それも日差しをいっぱいに受けているが、およそ心なごむ趣など感じられない。それは兵営の壁であって、日の光も月の光も、城壁には無関係で、勤務の遂行の邪魔にならなければそれでいいのだ。それは兵営の壁であって、ほかのなにものでもないのだ。それでも、かつて、遠い以前の九月のある日、その将校は、魅入られたように、その城壁を眺めたこともあったのだ。その時には、その城壁が厳粛で、かつ羨望に値するような運命を秘め隠しているように思えたのだった。それは美しいというのではなかったが、彼はなにかの奇跡でも前にしたかのように、しばらくじっと立ち尽くしたものだった。

ひとりの将校が洗濯場を見まわっている、ほかの者たちはそれぞれの堡塁で勤務についたり、石ころだらけの台地で馬を乗りまわしたり、事務室で机に向かったりしている。みんな、どうしてだか、他人の顔を見ると神経に触るのだった。いつも代わりばえせぬおなじ顔、おなじ話題、おなじ勤務、おなじ書類だ、とそう本能的に考えてしまうのだ。そして、その間にも、甘美な欲望が発酵するのだったが、いったい自分がなにを望んでいるのかはっきりとはしないのだった。しかし、それはあの城壁や、あの兵士たちや、あのらっぱの音でないことは確かだった。

さあ、走れ、若駒よ、平原の道を。遅くならないうちに走れ、たとえ疲れていようと、立ち止まらずに走るのだ、緑の牧場が、見慣れた木々が、人々の住まいが、教会や鐘楼が見えるまで。

さあ、砦よ、さらばだ、これ以上の長居は禁物だ、お前の神秘は他愛もなく地に落ちた、北の荒野は無人のまま、決して敵が姿を現すことなく、何者もお前のみすぼらしい城壁に襲いかかって来ることはないだろう。憂愁の友、オルティス少佐よ、さらばだ、あなたはもうこの砦を離れられない、あなたとおなじく、ほかの多くの者たちもあまりにも長く希望にこだわりすぎた、時の流れは早く、あなたたちはもうやり直しがきかないのだ。

だが、ジョヴァンニ・ドローゴはちがう。彼を砦に引き止めるものはなにもない。平野へ下りて、世間に仲間入りして、なにか特別な任務を与えられ、もしかすると将軍に随行して、外国へ派遣されることさえあるかも知れないのだ。砦にいたこの数年間に、彼は多くの機会を逃したのは確かだ、しかし、ジョヴァンニはまだ若い、彼にはそれを取りもどすだけの時間はまだ充分にあるのだ。

さあ、砦におさらばだ、その無意味な堡塁にも、忍耐強い兵士たちにも、そして、毎朝こっそりと望遠鏡で北の砂漠を窺っている大佐どのにもおさらばだ。大佐よ、そんなことをしても無駄というものだ、なにも見えるはずはないのだから。そしてアングスティーナの墓にもおさらばだ、もしかすると彼がいちばん幸運だったかもしれない、少なくとも軍人らしい死に方をしたのだから、いずれにしても病院のベッドで死ぬ羽目になるよりはずっとよかったろう。結局は何百夜となく清らかに過ごすことになった自分の寝室にも、今夜もまた慣例どおりに勤務につく警備隊が整列している中庭にも、そして今や幻影も掻き消えてしまった北の荒野にも、これっきりおさらばだ。

もう気に掛けることはないのだ、ジョヴァンニ・ドローゴよ、台地の端まで来て、道は谷間に差しかかろうとしている今は、もう振り返るのはよせ。それは馬鹿げた気の弱さというものだ。お前はバスティアーニ砦のことなら、石のひとつひとつに至るまで知っているのだ、忘れるようなことはよもやあるまい。馬は元気に駆けて行く、天気はいいし、大気は暖かく、爽やかだ。人生はこの先きまだまだ長いし、まだ始まったばかりと言ってもいいほどだ。なんで城壁や、砲台や、堡塁の上にいる歩哨の姿に最後の一瞥をくれる必要があろう？　こうしてゆっくりとページがめくられ、もう終わってしまったほかのページの上に重ねられる、だが、今のところは読み終わったページの嵩《かさ》はまだまだ薄く、それに比べてこれから読むべきページは無限に残っている。だが、中尉よ、それでもやはりひとつのページが終わり、人生の一部が過ぎ去ったことにはちがいないのだ。

石ころだらけの台地の端でドローゴは振り返って眺めようともしない、ためらいの気配も見せず、馬に拍車をくれて坂を駆け下りて行く、わずかたりとも後ろにこうべをめぐらすこともなく、たとえ無理にではあっても、まずはのんきそうに口笛など吹きながら。

# 十八

家の戸口は開いていて、子供のころ別荘で夏を過ごしたあとで町にもどって来たときのように、ドローゴはすぐさま昔からわが家にしみついた匂いを嗅ぎ取った。それは親しみ深い、心安らぐ匂いだったが、何年も留守にしていた後では、なんとなくわびしい感じが漂っていた。その匂いは彼に遠い日々を、日曜日のうれしさを、楽しい夕食を、過ぎ去った少年時代を記憶に蘇らせたが、また閉まった窓や、宿題や、朝の掃除や、病気や、いさかいや、鼠のことも思い起こさせた。

「おやまあ、ぼっちゃま!」ドアを開けに出てきた気のいいジョヴァンナが大喜びして叫んだ。すると、すぐさま母が姿を見せた、さいわい母はまだ少しも変わっていなかった。

居間に座って、矢継ぎ早な質問に答えようとしているうちに、うれしさが不本意な悲しみに変わって行くのを感じた。家は以前と比べてがらんとしているように思えた、兄弟たちのうち、ひとりは外国に行き、もうひとりはどこかに旅行中で、三人目は田舎で暮らしているのだった。母だけが家に残っているのだが、その母もしばらくしたら友だちといっしょに教会のミサに出かけるとのことだった。

彼の部屋は出発したときのままだった。本一冊動かしていなかったが、それでも彼にはなんだか違う部屋のように思えた。ソファーに座って、通りを行き交う馬車の音や、台所から届いて来る途切れ途切れの話し声を聞いていた。彼は自分の部屋にひとりきりだった。母は教会に行っている、兄弟たちは遠くにいる、つまり、世界はジョヴァンニ・ドローゴなどなんら必要とせずに動いているのだ。彼は窓を開け、灰色の家並みを、家々の屋根を、霧にかすんだ空を眺めた。机の引き出しからノートや、何年も書き続けていた日記や、手紙を探し出したが、自分はこんなことを書いていたのかと驚く始末だった。まったく覚えがなくて、すべて忘れてしまった、よそよそしい事柄ばかりだった。それから、ピアノの前に座って、一節弾いたが、すぐに鍵盤の蓋を下ろした。さて、なにをしよう？　彼は自問した。

まるでよその町をうろつくみたいに、彼は昔の友人たちを探して歩いた。みんなそれぞれに仕事や、大きな事業や、政治活動などでひどく忙しいみたいだった。彼は工場や、鉄道や、病院のことなど、しごく重要な、まじめな話ばかり聞かされた。食事に誘ってくれる者もいたし、結婚している者もいたが、みんなそれぞれに違う道を歩んでいて、四年の間にもうたがいに遠くかけ離れた存在になってしまっていた。どう努めても（もっともドローゴ自身ももううまくできなかったせいもあるが）昔の話題や、以前のような冗談や話しぶりを蘇らせることはできなかった。彼は昔の友人たちを求めて歩いたが——友人はたくさんいた——結局は舗道にただひとり取り残され、夕方まではまだずいぶん長い時間をもてあます羽目になった。

夜は、大いに楽しむ覚悟で、遅くまで外出した。いつも漠然と恋を期待して出かけるのだったが、そのつどがっかりしてもどって来るのだった。いつもおなじ、ひとけのない道をひとりぼっちで家へ帰るのにもうんざりしはじめた。

そのころ、大きな舞踏会があった。ドローゴは、ただひとりもとどおりの友だちでいることのできたヴェスコーヴィと連れ立って、その館に入って行きながら、すっかりいい気分になっていた。もう春だとはいえ、夜は長く、無限に近い時間があるのだ、夜の明けるまでに、いろんなことが起こるだろう、それがどんなことかはドローゴにはっきり分かっていたわけではないが、無条件の快楽の時間が待っているはずだった。事実、彼は菫色の服を着た娘と冗談をかわしはじめた。まだ真夜中には間があった、夜明けまでには恋が芽生えるかも知れなかった。すると、その館の主人が彼を呼んで、館の中をすみずみまで案内しようと、迷路のような廊下をあちこち引きまわし、あげくに図書室に閉じ込めて、武器のコレクションをひとつひとつ見せたり、戦術談義や、軍隊生活での笑い話や、王室にまつわる逸話などを話し始めた。その間にも時間は経ち、時計の針は驚くほどの速さで回っていった。やっと解放されて、急いで舞踏会場にもどってみると、広間の客はもう半分ほどいなくなっていた。菫色の服を着た娘の姿も消えていた、おそらくもう家に帰ってしまったのだろう。

彼はやたらと飲んでは、意味もなく笑った、いくら飲んでも甲斐がなかった。そしてヴァイオリンの音も次第にかぼそくなり、そのうちに文字どおり空《くう》に響きはじめた、踊っている者がもういなくなってしまったからだった。ドローゴは苦い思いを噛みしめながら、庭の木立のあいだに立っていた。かすかにワルツの調べが聞こえ、舞踏会の魅惑も終わろうとしていた。空はおもむろに白み、夜明けも近くなっていた。

星は消え、ドローゴは黒々とした木立の影のあいだにじっと立ったまま、日の出を見ていた。その間にも一台また一台と金色に染まった馬車が館をあとにしていくのだった。

もう楽士たちも演奏をやめ、召使いが部屋の明かりを消してまわっていた。ドローゴのちょうど真上の木から、鋭くういういしい小鳥の鳴き声が聞こえた。空は次第に明るくなり、いい日和を信じきって、すべてが静かに憩っていた。今この瞬間——とドローゴは思った——砦の稜堡にもう朝の光が差し、歩哨たちは寒さに身を震わせているだろう。彼はらっぱの響きを求めてむなしく耳をそばだてた。

まだまどろみの中にある町を横切り、思いっきり音を立てて、玄関の戸を開けた。家の中にはもう鎧窓の隙間をとおして、わずかに光が差し込んでいた。

「おやすみ、お母さん」彼は廊下を通りながら言った。ドアの向こうの部屋からは、いつもどおり、昔どおりに、どんなに夜遅く帰っても、夢うつつながらも優しく答えてくれる母の声がおぼろに聞こえたような気がした。すっかりなごやかな気持ちになって、彼は自分の部屋へ行こうとした時、母がなにか言ったように思った。「なんですか、お母さん?」しんと静まりかえった中でたずねた。その瞬間、彼は遠くで聞こえる馬車の車輪の音を母の優しい声と取り違えたのに気づいた。母が声をかけてきたのではなかったのだ、夜遅く帰ってきた息子の足音も、もう以前のようには、母を目覚めさせることができないのだ、時が経つにつれて、まるで足音自体が変わってしまったみたいに、母にはなじみの薄いものになってしまったのだ。

以前は彼の足音はいつも決まった合図のように母の眠りの中まで届いたものだった。夜中に聞こえるほかの物音は、それがどんなに大きな音であっても、母を目覚めさせることはなかった、すぐ下の通りを走る馬車も、赤ん坊の泣き声も、犬の吠える声も、梟の鳴き声も、扉がばたんと閉まる音も、軒端に吹きつける風の音も、雨音も、家具の軋む音も。ただ彼の足音だけに母は目を覚ますのだった。彼がとりたてて大きな足音を立てるせいではなかった(むしろジョヴァンニはいつも爪先きで静かに歩いたものだった)。特に理由があるわけではなく、ただそれは彼が息子だったからだった。

だが、今ではもうそうではなかった。今では、聞き慣れた自分の足音で母が目を覚ましたものと思って、以前とおなじ声音で母に挨拶しても、それに答え返したのは遠くの馬車の車輪の音だけだった。他愛もない、と彼は考えた、奇妙な偶然なのだ、そういうこともあるかも知れない。それでも、ベッドに入ろうとしながら、彼は後味の悪い思いをしていた、まるで以前の愛情がしおれてしまって、時間と離ればなれの暮らしとが、徐々に母と自分との間を隔てるヴェールを張り巡らせてしまったかのような気がしたのだった。

## 十九

その後、友だちのフランチェスコ・ヴェスコーヴィの妹のマリアに会いに出かけた。その家には庭があって、春なので木々は若葉をつけ、枝には小鳥がさえずっていた。マリアは、微笑みながら、戸口まで迎えに出て来た。彼が訪ねて来ることを知っていたので、以前彼が気に入っていたのとおなじような、胴のほっそり締まった、水色の服を着ていた。

ドローゴはさぞや大きな感動を覚え、心はときめくだろうと思っていた。ところが、マリアが微笑みを浮かべながら、彼の方に近づいてきて、「とうとう来て下さったのね、ジョヴァンニ！」と言った時(その声の響きは彼が思っていたのとはまるで違っていた)、彼は過ぎ去った時の長さを思わずにはいられなかった。

彼は以前のままだった——と自分ではそう思っていた——もっとも少し肩幅が広くなり、砦の日に灼けて色が浅黒くなっていたかも知れないが。彼女もまた変わってはいなかった。だが、ふたりの間にはなにか隔てるものがあった。

外は日差しが強かったので、ふたりは大きな客間に入った。部屋は柔らかな薄闇の中に沈み、絨毯の上に光が一筋差し込んでいて、時計が時を刻んでいた。

たがいに顔が見えるように、ふたりはおなじ長椅子に斜めに向かい合って座った。言葉が見つからないまま、ドローゴはじっと彼女の目を見つめていたが、彼女の方はしきりとまわりを見まわしたり、彼の方やら、家具やら、最近手に入れたばかりらしいトルコ石の腕輪やらに目をやっていた。

「フランチェスコもそのうちに来るけど」マリアははしゃいだように言った、「それまで私がお相手するわ。お話ししてくださることがたくさんおありでしょう?」

「とりたてて話すようなことはなにもないよ」ドローゴは言った、「いつもおんなじような……」

「でも、どうしてそんなに私を見つめるの?」彼女がたずねた、「私、そんなに変わったかしら?」

いいや、ドローゴは彼女が変わったとは思わなかった。むしろ、ひとりの娘が四年の間になんら目立った変わりようも見せていないのに驚いたほどだった。それでも彼は漠然とした幻滅と冷やかな感情とを抱いた。もう以前のように、まるで兄妹みたいに、相手を傷つけることなく、からかい合うような調子で話すこともできなかった。彼女が長椅子にすっかりかしこまって、上品な口調で話しているからだろうか？　彼女の腕をつかんで、引き寄せ、こう言ったらいいのだろうか？　「頭がどうかなったのかい？　そんなにまじめくさって一体どうしたんだい？」と。そうすれば冷やかな魔法も溶けてしまうだろう。

だが、ドローゴにはそうはできそうになかった。目の前にいるのは別の、見知らぬ娘で、彼女の考えていることなど分かるわけもなかった。彼自身、おそらくは、もうかつての彼ではなくなっていたのかも知れない、猫をかぶったふりをしたのは彼の方だったかもしれない。

「変わったかだって？」ドローゴは答えた、「いいや、まるっきり」

「私の器量が悪くなったから、そんなふうにおっしゃるんでしょう？　ねえ、本当のことをおっしゃいよ」

こんなふうに話しているのは本当にマリアなのだろうか？　冗談を言っているのではないだろうか？　信じられない思いで、ジョヴァンニはそれを聞きながら、彼女がそのお上品な微笑みや、しとやかな物腰を棄てて、いまにもけらけらと笑い出さないものかと待っていた。

《そう、不器量だよ、器量が悪くなったよ》以前なら、ジョヴァンニは彼女の腰に手をまわしながら、そう答えたことだろう、そして彼女は彼に抱きついてきたことだろう。だが、今は？　そんなことは思いもよらぬことで、たちの悪い冗談になってしまうだろう。

「そんなことはないよ」ドローゴは答えた、「ちっとも変わっていないよ、本当だよ」

彼女はあまり得心したふうにもない笑みを浮かべて彼の方を見つめながら、話題を変えた。「ところで、ここに残るつもりで帰っていらっしゃったのでしょう？」

それは彼が予期していた問いだった《君次第だよ》と、そんなふうな答え方をしようと考えていた）。だが、彼はもっと前に、戸口で顔を合わせた時に、その問いを期待していたのだった、彼女にとってそのことが気掛かりだとしたら、その方が自然だろうに。ところが、今まるでだしぬけにそう言われると、話が違うみたいで、なんだか気持ちのこもっていない、儀礼的な質問のような気がするのだった。

薄暗い客間で、ふたりはしばらく黙ったままでいた。庭からは小鳥の鳴き声が、遠くの部屋からは間延びした、機械的なピアノの音が聞こえていた、誰かピアノの稽古でもしているのだろう。

「分からないよ、今のところはまだ分からないんだ。ただの休暇をもらっただけなんだ」ドローゴは言った。

「ただの休暇なの？」すぐさまマリアは問い返してきたが、その声は失望のせいか、それとも悲しみのせいか、かすかに震えているようだった。だが、なにかが本当にふたりの間を隔てていた、言葉では言いようのない、漠とした、だが決して消えようとはしないヴェールのようなものが。おそらくそれは、長く離れて過ごしているうちに、ゆっくりと形作られ、彼らの間を隔ててしまったのだが、ふたりともそれには気づかなかったのだった。

「二か月だ。そのあと砦にもどらなきゃあならないか、それともほかの任地に行くか。ひょっとしたらこの町になるかもしれない」ドローゴはそう説明した。話をするのがもうわずらわしくなって、彼にはもうどうでもよくなってきた。

ふたりとも口を閉ざした。午後が町の上に澱み、小鳥の鳴き声も途絶え、遠くのピアノの調べだけが聞こえていた、それはうら寂しい、きちょうめんな調子でいつまでも続き、家じゅうを満たしたが、その音にはなにか頑《かたく》なな努力、なんとも言いようのない辛苦のようなものが感じられた。

「上の階の、ミケーリさんのお嬢さんよ」ジョヴァンニがそのピアノの音を聞いているのに気づいて、マリアが言った。

「君も以前この曲を弾いてたろう、ちがうかい?」

マリアはその曲を聞き取ろうと、しとやかに頭をかしげた。

「いいえ、ちがうわ。この曲はむつかしすぎるわ。どこかほかのところでお聞きになったのよ」

「そう思ったんだけどね」ドローゴは言った。

ピアノはあいかわらず辛気くさい調子で続いていた。ジョヴァンニは絨毯の上に一筋差し込んだ日差しを見つめながら、砦のことを、雪解けを、露台に落ちる滴の音を、台地に咲いた小さな花と、風が運んで来る干し草の匂いだけしか知らぬ、山地のわびしい春を思い出していた。

「でも、もう転任させてもらえるのでしょう?」マリアは話をつないだ、「ずいぶん長くいたんですもの、その権利があるわ。山はさぞ退屈でしょうね」

彼女は砦が憎らしいみたいに、最後の方の言葉にかすかに怒りをこめて言った。

《そう、いささか退屈さ、もちろん君とここにいる方がずっといいよ》こうした下手な台詞を思いきって口にしようかという思いが一瞬ひらめいた。陳腐ではあったが、それで充分だったろう。だが、たちまちそうした望みは消え失せ、そんな台詞を口にしたら、それこそ滑稽だと考えて嫌悪を感じた。

「まあそうだね」そこで彼はこう言った、「でも、月日の経つのは早いものさ」

ピアノの音はまだ聞こえていた。でも、なぜあの調べはいつまでも続いて、いっこうに終わらないのだろう？　それは味もそっけもなく、諦めきったようなよそよそしさで、昔の懐かしい物語を繰り返していた。その調べは街灯の明かりに照らされた霧の夕べ、裸の木々の下を行くふたりのことを語っていた、ふたりはひとけのない通りを歩きながら、なぜだか知らないが、急に幸せな気分になって、子供のように手を取り合ったのだった。今も覚えているが、その夜も、家々からはピアノの音が聞こえ、明かりの点った窓からはその調べが洩れてきていた、そして、それはおそらくうんざりするようなピアノの稽古であったのだろうが、ジョヴァンニもマリアも、その時ほど甘く優しい音楽を耳にしたことはなかったのだった。

「もちろん」とジョヴァンニはややふざけたように付け加えた、「砦じゃあたいした楽しみもないけどね、でも少しずつ慣れるものだよ……」

花の香りのする部屋での会話は次第に愛の告白につきものの詩的なメランコリーを帯びようとするかに思えた。《まだ分からないぞ》とジョヴァンニは考えた、《長い間別れていた後で、こうして最初に逢った時には、えてしてこんなふうなものなんだ。まだ二か月あるのだから、また逢うこともできよう。こんなふうに早急に決めつけることもできまい。彼女はまだ自分を愛しているかもしれないし、自分ももう砦にはもどらないかも知れないのだから》だが、マリアは言った。

「残念だわ！　私、三日後には、母やジョルジーナといっしょに旅行に出かけるの。数か月留守にすることになると思うわ」旅行のことを思ってか、彼女はいかにも楽しげな表情を見せた。「私たち、オランダへ行くのよ」

「オランダへ？」

マリアはまるで夢中になって、ドローゴのことはそっちのけで、旅行や、いっしょに出かける友だちや、自分の馬や、カーニヴァルのときの舞踏会や、自分の生活や、友だちたちのことを話しはじめた。

もうすっかり気楽な気分になったらしい彼女は、それだけいっそう美しく見えた。

「それはすてきだね」ドローゴは喉元になにか苦いものでも詰まったような思いをしながら言った、「オランダはこの季節がいちばんすてきらしいよ。一面にチューリップが咲いている野原が方々にあるってことだよ」

「そう、さぞすてきでしょうね」マリアはうなずいた。

「それに、小麦のかわりにバラを栽培しているんだ」ジョヴァンニはかすかに声を波打たせながら続けた、「見渡すかぎり何百万ものバラなんだ、そしてその上には風車が見え、それがまたどれもこれも鮮やかな色に新しく塗り替えられているんだ」

「新しく塗り替えられているって?」冗談に気づきはじめたマリアがたずねた、「それどういうことなの?」

「そういう話だよ」ジョヴァンニは答えた、「本にもそう書いてあったよ」

日差しは絨毯をすっかりよぎって、徐々に象眼細工の机の上に登りはじめていた。午後はもう終わろうとしていた。ピアノの音は弱くなり、外の庭では小鳥が一羽だけまた鳴きはじめていた。ドローゴは暖炉の薪載せ台を見つめていた、それは砦にあるのとまったくおなじだった。そのことが彼にかすかな慰めをもたらした、それは、結局は、砦も町もおなじ生活習慣を持った、おなじひとつの世界なのだということを示しているかのようだった。だが、薪載せ台のほかにはなにひとつおなじものは見当たらなかった。

「すてきでしょうけど」マリアは目を伏せながら言った、「でも、発つとなると、なんだかその気がなくなってきたわ」

「なにを言っているんだ、間際になるとそう思うもんだよ、荷造りするのは厄介なものだからね」ドローゴはわざとその感傷的なほのめかしには気づかないふりをして言った。

「荷造りのせいじゃあないわ、そうじゃあないわよ……」

一言、彼女が発つとは残念だと一言言うべきだったかも知れない。だが、ドローゴはなにもたずねたくなかったし、その時にはそんなことは言えそうになかった、嘘をつくような気がしたからだ。そこで、彼は黙ったまま曖昧な微笑を浮かべた。

「庭に出てみないこと?」とうとう話題がなくなったのか、彼女が切り出した、「もう日も落ちているころだわ」

ふたりは長椅子から立ち上がった。マリアはドローゴが話しかけてくるのを待っているかのように、黙ったままだった。そして、おそらくは愛の残り火を抱いて、じっと彼を見つめていた。だが、ジョヴァンニは、庭を眺めながらも、思いを砦の周囲の痩せた荒れ地へと馳せていた。そこにも穏やかな季節が訪れようとしており、石ころだらけのあいだからも元気のいい草が萌えだしていることだろう。もしかすると、ちょうどそんな折りに、何百年も昔、タタール人が襲って来たのかもしれなかった。ドローゴは言った。

「四月にしてはずいぶん暑いね。きっと雨になるよ」

彼はそう言った。すると、マリアは悲しそうな微笑みを見せて、「そうね、ずいぶん暑いわね」と無表情な声で答えた。ふたりはすべてが終わったのに気づいた。今やふたりはふたたび隔てられ、彼らの間には虚空が広がり、相手に触れようと手を差し延べても無駄だった。そして、その隔たりは刻一刻と増していくのだった。

ドローゴはまだ自分が彼女を、そして自分の世界を愛しているのが分かった。だが、かつての彼の生活を培っていたあらゆるものが今では遠くかけ離れたものとなっていた。かつての自分の居場所はやすやすと取って代わられ、他人の世界になってしまっていた。今では彼はそれを、惜しみながらも、外から眺めるのみだった。そこにふたたびもどっていっても居心地が悪かろう、見知らぬ顔、変わってしまった習慣、新しい冗談、新しい言い回し、彼はそうしたものについてゆけないのだ。それはもう彼の生活ではないのだった、彼は別の道を歩んだのであり、引き返すことは愚かで、無駄なことだった。

フランチェスコが来ないので、ドローゴとマリアは、たがいに内心の思いを隠したまま、うわべは大いに親しみをこめて別れの挨拶をした。マリアは彼の目を見つめながら、力をこめて彼の手を握った。もしかすると、こんなふうに別れるのはいやだ、私を許してほしい、失ってしまったものをもう一度取りもどしたいという誘いだったのだろうか？

彼もまたマリアの目をじっと見つめながら言った、「さようなら、君が出かける前にもう一度会いたいね」そして、後ろも振り向かず、行進するような足取りで、しんと静かな中を、木立のあいだの砂利を軋ませながら、入り口の鉄格子の門に向かって歩いて行った。

## 二十

砦で四年間勤務すれば、慣例として、新しい任地へ転任する権利が与えられるのだった。しかし、ドローゴは、遠方の任地を避け、自分の町に残りたいということもあって、師団長と個人的に面談できるように頼みこんだ。その面談をしつこく言い張ったのはむしろ母親だった。忘れられてしまわないようにするためには自分の方から働きかけることが肝心で、誰もむこうの方から彼のことを気にかけてくれる者などいはしないのだから、ジョヴァンニも自分から動かなければ、きっとまた別の寂しい国境の駐屯地に送られるだろうというのだった。知り合いに裏から手を回して、将軍が快く彼に会ってくれるよう段取りをつけたのも母だった。

将軍は広い執務室の大きな机のむこうに座って、葉巻をくゆらせていた。それは、雨だったか、それとも曇っていただけだったか、とにかくありふれた一日だった。将軍はかなりな年で、片眼鏡越しにドローゴ中尉を穏やかな目で見つめた。

「君に会いたいと思っていたんだ」将軍の方からその面談を望んでいたかのように、まず口を開いた、「あっちの様子が知りたくてね。フィリモーレはあいかわらず元気かね？」

「はい、閣下、私があちらを発ったときは、大佐どのはすこぶるお元気でした」ドローゴは答えた。

将軍はしばらく口をつぐんでいたが、やがて父親みたいな首の振り方をしながら言った、「それにしても君たち砦の連中は厄介なことを引き起こしてくれたよ！　そう……例の国境の件だ。あの中尉の一件だよ、名前は思い出せないが、とにかく陛下にもずいぶんご心痛をおかけした」

ドローゴはどう言っていいか分からず、黙っていた。

「まったくあの中尉は……」将軍は独り言を言うみたいに続けた、「なんという名だったかな、アルドゥイーノとかそんなふうな名前だったと思うが」

「アングスティーナです、閣下」

「そう、アングスティーナだ、まったく変わった奴だ！　馬鹿げた意地を張りおって、国境線を危機にさらすとは……いったいどういうつもりで連中は……まあいい、もうよそう！……」将軍は鷹揚なところを見せようと、きっぱりと話を途切った。

「失礼ですが、閣下」ドローゴは思いきって口を挟んだ、「アングスティーナというのは死んだ将校の方です！」

「そうかも知れん、そうだろう、君の言うとおりかも知れん、もうよくは覚えておらんよ」将軍は取るに足らない些細なことのように言った、「だがあの件では陛下もご不興のご様子だった、それもすこぶるな！」

そして、口をつぐむと、問いかけるような目でドローゴを見た。

「君が来たのは」将軍は言外の含みをこめた、駆引きをするような口調で言った、「君がここへ来たのは、町へ転任したいためだな、そうだな? 君たちはみんな町に憧れて、遠くの駐屯地でこそ真の軍人のありかたを学べるのだということが分かっちゃあいない」

「閣下」ジョヴァンニ・ドローゴは言葉と口調とに気をつけながら言った、「私はもう四年間勤務いたしました……」

「君の年で四年がいったいなんだというのかね?」将軍は苦笑いしながら、やり返してきた、「べつに君を咎めているわけではないのだ……一般的な風潮として言っているのだが、指揮官としての精神を鍛え上げるということから言えばあまり喜ばしいことではないな……」

将軍は話の筋を見失ったみたいに、しばらく黙って考え込んでいたが、また口を開いた、

「それはとにかく、中尉、君の満足のゆくように計らってみよう。いま君の書類を持って来させるからな」

書類が来るのを待つ間、将軍はまた話しはじめた、「砦の……バスティアーニ砦の弱点はどこにあるか、君は分かっとるかね、中尉?」

「よくは分かりませんが」ドローゴは答えた、「孤立しすぎていることではないでしょうか」

将軍は哀れむように、穏やかに微笑んだ。

「君たち若い連中は変わったことを考えるもんだな。孤立しすぎているとは! 正直言って、そんなことは思いもよらなかったな。あの砦の弱点というのはな、兵隊が多すぎるということだよ、兵隊がな!」

「兵隊が多すぎるとおっしゃるのですか?」

「まさにそのために」と将軍は中尉が口を挟んだのにも構わず話を続けた、「まさにそのために、編成替えを行うことにしたのだ。そのことについて、砦の連中はどう言っとるかね?」

「失礼ですが、閣下、なにについてでありますか?」

「話しとるじゃあないか! 新たな編成替えについてだよ」将軍はいらだって繰り返した。

「私はそんな話は聞いたことがありません、初耳ですが……」ドローゴは驚いた。

「そうか、正式の通達はまだだったかもしれないな」将軍はまた穏やかな口調にもどった、「だが、どのみちみんな知っとるものと思っていたが。大体、軍人たちは耳が早いからな」

「新たな編成替えでありますか、閣下？」ドローゴは気になってたずねた。

「兵員の削減だ、駐屯兵はほぼ半数になる」将軍はそっけなく言った、「私はずっと言ってきたんだ、兵隊が多すぎると。あの砦はもっと減量せにゃあならんと！」

その時、副官が大きな書類の束を持って入って来た。そして机の上でそれをめくって、中からドローゴの書類を取り出すと、将軍に手渡した。将軍はいかにも物慣れたようにそれに目を通した。

「結構だ。だが、これには転任願いがないようだが」

「転任願いでありますか？」ドローゴはたずねた、「四年間勤務した後では、必要ないものと思っていました」

「通常は必要ないが」と将軍は、明らかに、下級将校にいちいち説明しなければならないのにうんざりした様子で言った、「しかし、今回は大幅な兵員削減で、みんな砦を出たがっておるから、優先順位を配慮しなければならんのだ」

「しかし、閣下、砦では誰もそんなことを知りません、誰もまだ転任願いなど出しておりません……」

将軍は副官の方を見て、言った。

「大尉、バスティアーニ砦からの転任願いはもう来ているかね？」

「二十通ばかりあると思います、閣下」大尉は答えた。

なんてことだ、ドローゴはがっかりした。明らかに仲間たちは彼の先きを越すために内緒にしていたのだ。オルティスまでが卑劣にも彼を欺いていたのだろうか？

「固執するようで失礼ですが、閣下」問題がどうやら決定的な局面にあることに気づいたドローゴはあえて口を挟んだ、「四年間連続で勤務したということは単なる形式の上での優先権よりも重視すべきかと思いますが」

「君の四年間など取るに足らんよ、中尉」将軍は侮辱でもされたみたいに、冷やかに言葉を返して来た、「生涯あそこで過ごしている者も大勢いるのに、それに比べたら、君の四年間などまったく取るに足らんよ。できる限り君に好意的に取り計らってやることもできるし、君のもっともな希望をかなえてやることもできるが、しかし、公正を失することはできない。それに、勤務成績も勘案しなくちゃあならんしな……」

ジョヴァンニ・ドローゴは蒼くなった。

「では、閣下」彼はまるで口ごもるように言った、「では、私は一生あそこにいることになるかも知れないのですか？」

「勤務成績はと……」それには取り合わず、あいかわらず将軍はドローゴの書類をめくりながら続けた、「ああ、ここだ、たとえば、ここに《通常の説諭》とある。《通常の説諭》なら大したことはないな」（そしてなおも書類に目を通しながら）「だが、ここに、だいぶ具合いの悪いことが書いてあるぞ、過失により歩哨が一名死亡と……」

「あいにく、閣下、私はなにも……」

「君の弁解を聞くわけにはいかんよ、中尉」彼の言葉を遮るように将軍は言った、「私は書類に書いてあることを読むだけだ、ただ単に運が悪かったにすぎないということは認めるよ、そういうこともよくあるからな……だが、そうした不運を避けるすべを心得た君の同僚たちもいるわけだ……私はできるだけのことはした、君との個人的な面談にも応じたし、分かるな、だが、今からでは……君がもう一か月早く願い出ておればな……君が知らなかったというのも不思議な話だ……その点がたしかに大きな不利だったな」

最初の人の善さそうな口調は消えていた。将軍は講義でもするみたいに声に抑揚をつけて、うんざりしたような、また嘲るような色をかすかに匂わせながら話していた。ドローゴは自分が間の抜けた役割を演じたのに気づいた、同僚たちが彼を出し抜き、そして将軍も彼に対してあまり冴えない印象しか持たなかったにちがいないと悟った。もうどうしようもなかった。不公平な処置に対して胸の中がきりきりと痛む思いがした。《軍隊をやめようか、辞職しようか》と考えた、《べつに食うに困ることもあるまい、自分はまだ若いんだから》と。

将軍は軽く手を振って言った、「じゃあ、これで失敬するよ、中尉、元気を出すことだな」

ドローゴは踵を鳴らして、気を付けの姿勢をすると、ドアの方に退って行き、敷居のところで最後の敬礼をした。

## 二十一

馬が一頭寂しい山道を登って行く、静まりかえった谷あいに蹄の音が大きくこだましている、岩肌の上の灌木も、黄色く萌えた草も、そよとも動かない、空の雲もとりわけゆっくりと流れて行くようだ。馬は白っぽい道をおもむろに登って行く、砦に帰るジョヴァンニ・ドローゴだ。

そう、彼だ、なおも近づいて来るのをよく見ても、間違いなく彼だ、そしてその顔にはべつに悲しそうな表情もない。彼は反抗もせず、辞表も出さずに、黙って不公正を呑み込み、もとの任地にもどって行くのだ。そして、彼は急激な生活の変化を避け、これまでどおりの慣れた暮らしにもどれることを内心ひそかに喜んでさえいる。ドローゴはずっと先《さ》きで栄光をかちうることができると思い込み、まだまだ時間は無限にあると信じて、日常生活のための卑小な争いは放棄したのだ。いずれすべてが充分に報われる日が来ると彼は考えている。しかし、その間にも、ほかの者たちは追いついて来て、先きを争って前に出ようとし、ドローゴのことなど気にもかけずに追い越して、彼を置き去りにして行く。彼らがはるか向こうに姿を消すのを、ドローゴは、ただならぬ不安にかられて、とまどったように眺める、もしかすると自分は本当に道を誤ったのではないかと。もし自分がありきたりの運命しか与えられないありきたりの人間だとしたらどうなるのだろう?

ジョヴァンニ・ドローゴは、あの遠い九月の日とおなじように、人里離れた砦へと登って行っていた。ただ今度は谷の向こう側を行く将校の姿は見えず、また二本の道が合流する橋のところでオルティス大尉に出会うこともないのだった。

今度はドローゴはひとりで登って行くのだった、そして、その間彼は人生について考えていた。大勢の仲間たちが去って行くこの時に、彼は砦にもどって行くのであり、いつまでそこにとどまることになるか分からないのだ。仲間たちは抜目なく立ち働いたのだ、とドローゴは考えた。しかし、彼らの方が実際にずっと有能だということもありえる、こうした解釈も成り立ちうるのだ。

時が経つにつれて、砦はその重要性を失っていった。昔は重要な要塞だった、少なくともそう見なされていた。だが、今では、その兵力は半減され、戦略的にもどんな作戦計画からも除外された、単なる仕切りにすぎなかった。それはもっぱら国境を裸同然にしないためにのみ残されているにすぎなかった。北の荒野からはいかなる脅威も想定されていなかった、せいぜい遊牧民のキャラバンが峠に姿を見せるのが関の山だった。そんな砦での人生はいったいどんなものになるのだろうか？

そんなことを考えながら、ドローゴは、午後になって、台地の端、正面に砦の見えるところにたどり着いた。砦はもう最初の時のように不安な謎を秘めてはいなかった。実際それは辺境の兵営、吹けば飛ぶような砦にすぎなかった、その城壁は最新式の大砲の前には数時間と持ちこたえることはできまい。砦は時とともに荒れ果ててゆき、すでにいくつかの狭間は壊れ、土塁も修築しないままに崩れていた。

こんなふうに考えながら、ドローゴは台地の端に立ち止まって、あいかわらず歩哨たちが城壁の上を往ったり来たりしているのを眺めていた。屋根の上の旗はだらりと垂れ下がり、煙突からは煙も立ちのぼっていず、石ころだらけの平地には人影ひとつなかった。

今後はどんなに退屈な生活になることだろう。おそらく陽気なモレルはいの一番に砦を出て行くことだろう、実際上ドローゴには誰ひとり友だちがいなくなるわけだった。それに、あいかわらずの警備勤務、トランプのゲーム、それにぶどう酒を一杯ひっかけたり、恋の真似事をしたりするためのいちばん近くの村までの外出。なんともくだらぬ、とドローゴは思った。それでもなお、魅惑の名残りが黄色い稜堡のまわりに漂い、濠のあたりや、砲台の影には神秘的な雰囲気がいまだ根強く未来を暗示していた。

砦ではいろんなことが変わっていた。大勢の者が去って行く日も近いので、砦じゅうが浮き立っていた。将校たちはほとんど全員転任を願い出ていたのだが、誰が出発することができるのかまだ分かっていないので、みんな以前のような勤務に対する気配りも忘れて、そわそわしながら待ち暮らしていた。フィリモーレ大佐も砦を去らねばならず、そのことをみんなも知っていたので、それもあって勤務のリズムは大いに乱れていた。まだ個々に決定してはいなかったが、かなりの数の中隊が砦を下りることになるので、動揺は兵士たちにまで広がっていた。勤務当番もお座なりだった、時間になっても交代の部隊の用意が整っていないこともたびたびで、そんなことに気を使うのは無駄で、ばかばかしいことだとみんなが思い込んでいるようだった。

かつての希望は、戦さの幻影は、北方からの敵の襲来に対する期待は、砦での生活に意味を与えるための口実でしかなかったことがはっきりしたようだった。今やそうしたことは、町の暮らしにもどれる可能性がでてくると、子供じみた妄想だったように思え、誰ひとりそんなことを信じていたことを認めようとはせず、笑い飛ばして憚らなかった。肝心なのは砦を出て行くことなのだった。ドローゴの仲間たちはそれぞれに有力者のつてを頼って人に先んじようとし、みんなそれぞれにうまく行くものと内心では思い込んでいた。

「で、君は？」彼の先きを越し、競争相手をひとり減らそうとして大事な情報を彼に隠していた仲間たちは、曖昧に好意を見せて、ジョヴァンニにたずねるのだった、「で、君は？」と。

「たぶんまだ数か月はここに残らなければならないだろう」ドローゴはそう答えるのだった。すると、連中はあわてて彼を慰める、彼もきっと転任できる、もちろんだ、そんなに悲観することはない、といったふうに。

大勢の中で、オルティスだけは変わっていないようだった。オルティスは転任を願い出なかったのだった。もう何年来そうしたことには無関心で、だから守備隊の兵員が半減されるという情報もみんなよりもあとから彼の耳に入ってきたのであり、それでドローゴに知らせるのが間に合わなかったのだった。オルティスはまわりの動揺した雰囲気をいっこうに気にするふうもなく、あいかわらず熱心に砦での勤務に励んでいた。

とうとう移動が始まった。砦の中庭には絶えず馬車が出入りして、兵舎の備品を運び出し、中隊が次々と出発のために整列した。そのつど大佐は閲兵のために執務室から下りて来て、兵士たちに別れの言葉を述べるのだったが、その声は感情に乏しく、弱々しかった。

長年砦で暮らした将校たち、幾百日となく堡塁の斜堤の上から寂寞とした北の方角を窺い続けては、不意の敵襲の可能性の有無を果てしなく論じあってきたこれら将校たちの多くは、うれしそうな顔をして、まだ居残っている仲間に向かってずうずうしく目配せして見せると、鞍の上ですっくと背を伸ばし、自分の部隊を率いて、谷の方に遠ざかって行き、そして、自分たちの砦の方には最後の一瞥もくれないのだった。

モレルだけは、日のいっぱいに差すある朝、中庭で、出発する自分の部隊の閲兵を司令官の大佐から受け、サーベルの切っ先を下に向けて敬礼する時、彼だけは、その目に光るものを浮かべ、号令をかけるその声を震わせた。ドローゴは、城壁に背をもたせかけ、その光景を眺めていた、そして、馬上のモレルが、彼の前を通って城門に向かう時に、友情をこめた微笑みを送った。おそらく彼を見るのもこれが最後だろう、ドローゴは軍帽の庇《ひさし》に手を当てて型どおりに敬礼をした。

それからドローゴは砦の通廊に入った、そこは夏でも寒く、それに日ごとに人影がまばらになっていた。モレルが去って行ったという思いに、自分の蒙った不公平による心の傷が不意にまた開いて、彼を苦しめた。そこでジョヴァンニはオルティスを探しに行った、オルティスは書類の束を抱えて執務室を出て行こうとするところだった。ドローゴは彼に追いついて、そのそばに立った、「こんにちは、少佐どの」

「やあ、ドローゴ」オルティスは足を止めて答えた、「どうしたんだね、なにか用かね?」

ドローゴは彼にたずねたいことがあったのだった、大したことではなく、急ぐことでもなかったが、それでも数日前から気になっていたことだった。

「失礼ですが、少佐どの」彼は言った、「四年半前、私がこの砦に来たとき、マッティ少佐がここには志願した者だけが残るんだと私に言ったってことを覚えていらっしゃいますか? 去りたい者は去るのも自由だと、あなたに私がそう話したことを覚えていらっしゃいますか? マッティ少佐は、形式的な口実を得るために軍医の診断をもらうだけでいい、ただ大佐どのがいささか気を悪くなさるだろうが、とそう言ったのを?」

「ああ、ぼんやり覚えているよ」オルティスはかすかに迷惑そうな表情を見せて言った、「でも、悪いが、今から……」

「ほんの少しだけ時間をいただけませんか、少佐どの……私がことを厄介にしたくないために四か月ここに残ることを受け入れたのを覚えていらっしゃいますか？　でも、もし望めば、私は砦を出て行けたのでしょう、そうでしょう？」

オルティスは言った、「分かるよ、ドローゴ、でも君だけじゃあないんだ……」

「じゃあ」興奮したジョヴァンニは相手を遮った、「じゃあ、あれは口実だったのですか？　砦を出て行くことができると言ったのは嘘だったのですか、私を言いくるめるための口実だったのですか？」

「そうは思わんよ……」少佐は言った、「そんなふうに考えちゃあいかん」

「ちがうなんておっしゃらないでください」ジョヴァンニは言い返した、「マッティ少佐は事実を言ったとおっしゃるんですか？」

「私もほぼおなじ目にあったよ」オルティスは当惑したように床に視線をやりながら言った、「そのころは私も輝かしい出世を夢見ていたさ……」

だだっぴろい廊下での立ち話だった。がらんとしたひとけのない場所なので、ふたりの声がまわりの壁に陰気に反響していた。

「じゃあ、将校たちはみんな志願してここへ来たというのは嘘なんですね？　みんな私みたいにやむをえずここへ残るんですね、そうなんでしょう？」

オルティスは黙ったまま、サーベルの鞘の先きで石の床の割れ目をつついていた。

「じゃあ、自分から望んでここに残っているんだと言っていた連中はみんな嘘をついてたんですか？」ドローゴはしつこく続けた、「でもどうして誰ひとりそれを言う勇気がなかったのでしょうか？」

「君の言うとおりじゃあないかもしれないよ」オルティスは答えた、「本当にここへ残る気でいた者もいる、ごくわずかだということは認めるがね、いたことはいたんだ……」

「誰ですか？　ちょっとおっしゃってみてください！」ドローゴは気負って言ったが、あわてて自分を抑えて、「失礼なことを言いました、少佐どの」と付け加えた、「あなたのことを考えに入れていませんでした。つい言葉のはずみで……」

オルティスは笑った、「私のことを言ったんじゃあないよ。たぶん私も職務上残されたんだ」

ふたりはいっしょに歩きはじめた。そして、鉄格子のはまった細長い小さな窓の前を通りかかった。そこからは砦の後ろの裸の台地や、南側の山並みや、谷間に澱んだ靄《もや》が見えていた。

「じゃあ」しばらく間をおいてからドローゴは言った、「じゃあ、あの熱狂は、あのタタール人の話は、本当は少しも期待してはいなかったのですか？」

「期待していたどころじゃあない！」オルティスは言った、「心底から信じていたんだ」

ドローゴは頭を振った、「私には分かりませんね。口では……」

「どう言えばいいのかな？」少佐は言った、「分かりやすく話すのはむつかしいが……ここはいささか流刑地に似ていて、何かはけ口がいるんだ、なにか希望をつなぐものが必要なんだ。そこで誰かが考えついて、タタール人のことを言い出したんだ、誰がいちばん最初に言い出したのかは分からないがね……」

ドローゴが言った、「この場所のせいもあるかも知れませんね、いやでもあの砂漠を見ていれば……」

「たしかに場所のせいもある……あの砂漠、むこうの果てのあの霧、あの山、実際この場所のせいもあることは否定できないな」少佐は考え込むようにしばらく口を閉ざし

たが、独り言を言うようにまた話しはじめた、

「タタール人……タタール人……そう、もちろん最初は馬鹿げた話に思える、だが、そのうちに信じ込んでしまうんだ、少なくとも大勢の者がそれを信じたのは事実だ」

「でも、少佐どの、失礼ですが、あなたは……」

「私は別だ」オルティスは言った、「私はもうその年ではない。もう出世の欲もない、静かな場所にいられたらそれで充分だ……だが、中尉、君はまだ先きが長いんだ。一年か、せいぜい一年半もすれば、転任になるよ……」

「ほら、あそこにモレルが見えます、彼に幸運を！」ドローゴは窓のところに立ち止まって叫んだ。台地を横切って遠ざかって行く隊列が見えた。陽の照りつける荒れ地を行く兵士たちの姿がくっきりと浮き立って見えていた。重い背嚢を背負っているにもかかわらず、兵士たちは元気いっぱいに行進を続けていた。

## 二十二

砦を去る最後の中隊が中庭に整列していた、翌日からは縮小された守備隊による新し

い生活が決定的な形で動き出すのだとみんな考えていた、そして、次から次へと続く別離の儀式が終わって、ほかの連中が砦を去って行くのを見送る腹立たしさから早く解放されないものかとみんないらいらしていた。中隊はもう整列を終えて、ニコロージ中佐が閲兵に来るのを待っていた。そのとき、その場に居合わせたジョヴァンニ・ドローゴのそばへシメオーニ中尉が妙な顔をしてやって来た。

シメオーニ中尉は三年前に砦に赴任して来たのだった、彼はいささか退屈な男だったが、まじめそうな青年で、権威には柔順で、体を鍛えることが好きだった。シメオーニは心配げにまわりを見まわしながら、中庭をやって来た。誰かになにかを話したげなそぶりだったが、相手はたぶん誰でもよかったのだろう、彼にはとりたてて親しい友人はいなかったからだ。

自分の方を見ているドローゴに気づくと、シメオーニは近寄って来た。「見に来てくれないか」彼は小声で言った、「さあ、早く見に来てくれよ」

「なんだい?」ドローゴはたずねた。

「第三堡塁で勤務についているんだが、ちょっと抜け出してきたんだ。暇になったら来てくれないか。どうもよく分からないものがあるんだ」シメオーニは駆けて来たみたいに少し息をはずませていた。

「どこにだい？　なにを見たんだい？」ドローゴは気になってたずねた。

その時らっぱが三度鳴って、兵士たちは気を付けの姿勢を取った、格落ちした砦の司令官が出て来たからだった。

「連中が出発するまで待ってくれたまえ」ドローゴがやたらとその秘密を知りたがっているのを見て、シメオーニは言った、「せめて彼らが出て行くのを見届けたいんだ。もう五日間誰かに話そうと思っていたんだが、でもその前に出て行く者はみんな出て行ってしまわないとね」

ニコロージの手短な別れの言葉のあと、最後にらっぱが鳴ると、長い行軍のための重装備をした中隊は、足音を響かせながら砦を出て、谷の方に向かって行った。空の灰色に曇った、陰鬱な九月のある日のことだった。

シメオーニはドローゴを引っ張るようにして、ひとけのない長い通廊を第三保塁の入り口まで連れて行った。それから警備隊の固める中を通って城壁上の巡警路に出た。シメオーニ中尉は望遠鏡を取り出して、ドローゴに前方の山並みで遮られていない例の狭い三角形をした砂漠を眺めるようにと促した。

「なにが見えるんだ?」ドローゴはたずねた。

「とにかくまず見てくれたまえ、見まちがいをしたくないんだ。まず君の目で見て、なにか見えるか言ってくれないか」

胸壁に肘をついて、ドローゴは注意深く砂漠を眺めた、シメオーニの私物の望遠鏡を通すと、はるか遠くの岩や、起伏や、まばらな灌木の茂みまではっきりと見分けられた。一区画、一区画、区切るように、視野の中にある三角形の砂漠を子細に見まわし、なにも見えはしないと言おうとした時に、むこうの果て、霧が常にとばりをめぐらした中にあらゆる物影が霞むあたりに、なにか小さな斑点が動いているのが見えた。

ドローゴはまだ胸壁に肘をついたまま、望遠鏡を覗いていたが、次第に胸が高鳴ってくるのを感じた。二年前、てっきり敵が来襲してきたと思い込んだ時とおなじだ、と彼は考えた。

「あの黒いしみのようなもののことかい?」ドローゴはたずねた。

「あれを見つけてからもう五日になるのだが、誰にも言いたくなかったんだ」

「なぜだい? なにを心配していたんだい?」

「もし話したら、出発が中止になるかも知れず、そうしたら、おれたちを笑いものにしたモレルやほかの連中が居残って、またとない機会をかっさらってしまうからだよ。だから少ない方がいいんだよ」

「なんの機会だい？　あれがなんだと考えているんだい？　この前とおなじさ。斥候隊かもしれないし、羊飼いかもしれないし、それともただのけものだってこともある」

「五日間じっと見ているんだ」シメオーニは言った、「羊飼いなら行ってしまうだろうし、けものにしたってそうだ。なにかが動いているんだが、いつもほぼおなじ地点にとどまっているんだ」

「じゃあ、なんだと言うんだい？」

シメオーニは、秘密を明かしたものかどうかと思案するみたいに、ドローゴを見て、にやりと笑ってから、言った、

「道路を作っているんだ、おれはそう思うね、軍用道路を作っているんだよ。今度こそ好機だ。二年前は奴らは地勢を調べに来たんだ、今度は本気でやって来るつもりだよ」

ドローゴは心底笑った。

「なんのための道路を作っているというんだい？　まだ誰かやって来るとでも思って

いるのかい？　この前でもうすっかりこりたんじゃあなかったのかい？」

「君は少し目が近いのとちがうかい？」シメオーニは言った、「だからよく見えないんだ、でも、おれにははっきり見える、奴らは路床を作り始めたんだ。きのう日が照っていた時には、はっきりと見えていたんだ」

ドローゴはそのあまりの頑固さにあきれて、首を振った。では、シメオーニはまだ待つのを諦めてはいないのだろうか？　彼はその発見をまるで宝物みたいに他人に明かすのを恐れていたのだろうか？　ほかの者がそれをかっさらっていくのを恐れていたのだろうか？

「以前なら」ドローゴは言った、「以前ならおれも信じたかもしれないがね。でも今じゃあまるで妄想としか思えないよ。おれなら口をつぐんでいるね、笑いものになるのがおちだから」

「道路を作っているんだ」シメオーニは哀れむような目でドローゴを見つめながら繰り返した、「もちろん何か月もかかるだろうが、しかし、今度こそはやって来るさ」

「たとえ」とドローゴは言った、「たとえ君のいうとおりだとしても、本当に奴らが北から大砲を引っ張ってくるために道路を作っているとしたら、この砦の兵力を減らすと思うかい？　そうだとしたら、参謀本部ではすぐに情報をつかむだろうし、もう何年も前から知っているかもしれないんだぜ」

「参謀本部はバスティアーニ砦のことなど決して本気で考えたりしないんだ。砲撃でもされないかぎり、誰もこうした話を信じたりしないさ……そうと気づいたときには遅すぎるんだ」

「君の好きなように考えればいいさ」ドローゴは繰り返した、「本気で道路を作っているとしたら、参謀本部も充分に情報をつかんでいるよ、間違いないさ」

「参謀本部には情報がたくさん入りすぎ、そのうちで当てになるのは千にひとつだから、なにひとつ信じようとはしないんだよ。それに、議論していても無駄だ、今におれの言うとおりになるから、見ていたまえ」

巡警路の上にはふたりきりだった。歩哨たちは、以前よりはずっと距離をおいて、それぞれ定められた持場を往き来していた。ドローゴはもう一度北の方角を見やった、岩も、砂漠も、むこうの果ての霧も、すべてがなんの意味もないものに見えた。

そのあとで、オルティスと話していて、ドローゴは、シメオーニ中尉の例の秘密は、衆知のことだと知った。だが、誰も気にもとめていないのだった。むしろシメオーニのようなきまじめな青年が新たにそうした話を言い触らしていることにみんなは驚いていた。

そのころ、ほかにもいろいろ考えなければならないことがあった。兵員が減ったために、城壁上に配備する兵力を間引かざるをえず、またより少ない兵力で、以前とほぼ同様の警備態勢を整えるために、いろいろと試行せざるをえなかったのだった。警備隊の数をいくつか減らして、かわりに装備をより充実させたり、また中隊の編成替えをおこなって、新たに兵舎の割り当てもしなければならなかった。

砦が築かれて以来、初めていくつかの部屋が閉じられ、かんぬきを掛けられた。仕立て屋のプロズドチモも三人の助手を手放さなければならなかった、あまり仕事がなくなったからだった。時おり、壁面に家具や絵を運び出した白い跡だけが残っている、すっかりからっぽの大きな部屋や事務室に迷い込んだりすることもあった。

荒野のはるか果てで動いているあの小さな、黒いしみのことは冗談扱いにされ続けていた。シメオーニの望遠鏡を借りて見てみようとする者もわずかにいることはいたが、そのごくわずかな連中もなにも見えはしないと言うのだった。誰も本気にしないものだから、シメオーニもそのことを話題にするのを避け、あまり強情を張らずに、用心深く笑い事にしてごまかしていた。

それからしばらくたったある夜、シメオーニが部屋までドローゴを呼びに来た。もうすっかり暗くなり、警備隊の交代も終わっていた。兵員を削減された新堡塁の小隊ももどって来ており、砦は夜間の警備態勢を取っていた。また一晩無駄に費えようとしていた。

「見に来てくれないか、信じないかもしれないが、ちょっと見に来てくれないか」シメオーニは言った、「目の錯覚かもしれないが、明かりが見えるんだ」

ふたりは見に行った。第四堡塁の城壁の上に出ると、暗がりの中でシメオーニはドローゴに望遠鏡を手渡した。

「真っ暗闇じゃあないか！」ジョヴァンニは言った、「こんなに真っ暗の中でなにを見ろっていうんだ？」

「まあ、見てくれたまえ」シメオーニは固執した、「言っただろう、目の錯覚だとは思いたくないんだ。この前君に教えたあたりを見て、なにか見えたら言ってくれないか」

ドローゴは望遠鏡を右目に当てて、北の果てに向けた、すると闇の中にかすかな明かりが見えた、それは霧のかかった境のあたりに有るか無しかほどのごく小さな点となって光っていた。

「光だ！」ドローゴは叫んだ、「小さな明かりが見える……待てよ……」（ドローゴは望遠鏡の焦点を調節しつづけた）「……明かりがいくつもあるのか、ひとつだけなのかどうもはっきりしない、二つのようにも見えるし」

「見えただろう？」シメオーニは勝ち誇ったように言った、「どうだ、おれのこと間抜け扱いできまい？」

「あれがどうしたって言うんだ？」ドローゴは反論したが、自分でもあまり自信が持てなかった、「あの明かりが見えるからどうだと言うんだ？ ジプシーか羊飼いが野営しているのかもしれないじゃあないか」

「工事現場の明かりだよ」シメオーニは言った、「新しい道路のための工事場だよ、おれの言うとおりだって今にわかるさ」

不思議なことに、肉眼ではその明かりは見えなかった。歩哨も（なかにはすこぶるすぐれた、名うての狙撃手もいたが）なにも目にすることはできないでいた。

ドローゴはふたたび望遠鏡ではるか彼方の明かりを探し、しばらくそれを見つめていたが、やがて望遠鏡を上に向けて、物珍しそうに星を眺めはじめた。無数の星が空一面に満ち溢れて、美しい眺めだった。だが、東の方角には星影はまばらだった、月がのぼり、空がおぼろに白んでいたからだった。

「シメオーニ!」かたわらに彼の姿が見えないので、ドローゴは呼んだ。しかし、答えはなかった、階段を下りて、城壁の見まわりにでも行ったのだろう。

ドローゴはあたりを見まわした。闇の中にただ人影のない巡警路と、砦の輪郭と、山の黒い影が見分けられるだけだった。どこかで時鐘の鳴るのが聞こえた。いちばん右端の歩哨が夜間の唱呼を行う時間だ、その声は歩哨から歩哨へと城壁沿いに伝わっていく、「警戒よし! 警戒よし!」やがてそれは逆方向から返ってきて、巨大な崖の下へと消えていくだろう。歩哨の立つ場所が半減したから、その声も反復される回数が減って、以前よりもずっと早く一巡するだろう、とドローゴは考えた。ところが、しんと静まりかえったままだった。

そのとき、不意にドローゴの脳裏に望ましくも遠い世界への思いが湧いてきた、たとえば、穏やかな夏の夜の海辺の館、かたわらには愛らしい女性が座り、ふたりして楽の音に耳を傾けている、それは青春時代にはなんら憚ることなく夢想することを許されるような幸福のイメージだ、そのうちに東の海の果てが濃く澄み、その空は夜明けが間近いせいか蒼みを帯びはじめる。そして眠りの中に逃避もせず、夜を浪費し、遅くなるのも気にせずに、朝日の昇るにまかせて、くよくよすることもなく、自分の前に横たわる無限の時間を味わうことができるなら。この世にあるいろんなすてきなことの中でも、ジョヴァンニは望むべくもないこうした海辺の館を、音楽を、時間の浪費を、夜明けへの期待を、執拗に望みつづけていたのだった。愚かなこととは言え、こうしたことが自分が失ったあの平穏をもっとも濃密に表しているように彼には思えるのだった。実際、しばらく以前から、わけ知れぬ不安が休みなく彼を責めつづけるのだった、それはなんだか間に合わぬような気持ち、なにか大事なことが起こって、不意打ちを食らいそうな、そんな予感だった。

下の町での将軍との面談で、ジョヴァンニは転任や輝かしい出世は望み薄だと気づかされていたのだが、また一生砦の城壁の中にとどまってもいられないという自覚もあった。遅かれ早かれ、なんらかの決心をしなければならなかった。だが、そのうちに習慣がふたたびいつものリズムの中にドローゴを引きもどしてしまい、彼はほかの連中のことは、いい潮時に逃げ出して行った仲間たちや、財を蓄え名もあげた古くからの友人たちのことはもう考えもせず、流刑地同様のこの砦で、彼とおなじように暮らしている将校たちを見て、彼らが弱者や敗者とは思わず、見習うべき最後の手本だと考え、みずからを慰めるのだった。

日一日と、ドローゴは決心を延ばしていった、それに自分はまだ若い、二十五歳になったばかりだ、とそう思っていた。だが、あのかすかな不安は絶えず彼につきまとっていた、それに今では北の砂漠のあの明かりの件もあった、シメオーニのあの話も本当かもしれなかった。

砦では、あの件については、自分たちには関係のない、取るに足らないことのように、話題にする者もほとんどいなかった。誰もあえて口にはしなかったが、それは不発に終わった戦さの幻影があまりにも最近のことだったからだった。それに仲間たちが去って行くのを目にし、わずかばかりの忘れ去られた者たちだけが役にも立たぬ城壁で見張りをしなければならないのだという屈辱感もあまりに生々しすぎた。守備隊の兵力が半減されたということは、参謀本部ではバスティアーニ砦などなんら重視していないことをはっきりと示していた。みんなは、かつてはあんなにも望ましいものとして、たやすく受け入れた幻影を、今では腹立たしい思いで払いのけるのだった。そして、シメオーニは、馬鹿にされるのを警戒して、口をつぐんでいた。

それに、その後幾晩かは、あの謎めいた明かりは見えなかったし、日中も荒野の果てにはなんらの動きも認められなかった。マッティ少佐が、好奇心から、稜堡に上がり、シメオーニに望遠鏡を借りて砂漠を見まわしたが無駄だった。

「望遠鏡を返すよ、中尉」少佐は気のなさそうに言った、「無駄なことに目を使うよりも、もっと部下に気を配ったらどうかね。弾薬帯を付けていない歩哨がいたぞ。見に行きたまえ、むこうの端の歩哨だ」

マッティといっしょにマデルナ中尉もその場に居合わせたが、あとでマデルナが食堂でその話をすると、みんな大笑いした。今ではみんなできるだけ楽に日々を送ることだけを考え、北の砂漠の件は忘れられてしまった。

シメオーニはドローゴとだけはあの謎について議論をしつづけた。実際、四日間はあの明かりも、動いている斑点のようなものも見えなかったが、五日目になってまた現れた。北の霧が季節や、風向きや、気温によって、張り出してきたり、後退したりするからだ、それで説明がつく、とシメオーニは信じていた、四日の間霧は南の方に張り出して、彼のいう工事現場とやらを包み隠していたのだと。

明かりがまた見え出しただけではなかった。一週間ほど経つと、それが動きだし、砦の方向に向かって進んで来ているとシメオーニが言い出した。今度ばかりはドローゴは反論した、たとえそれが動いているとしても、夜の真っ暗闇の中で、基準点もないのに、どうしてその動きを確かめられるのだと。

「そこだよ」シメオーニは強情に言い張った、「君は明かりが移動しているとしても、それをはっきりと証明できないっていうんだろう。ところがこっちには君が動いていないというのと同じほどあれが動いているっていう根拠があるんだ。今にわかるさ、おれはあの動いている点を毎日観測するつもりだ、あれが少しずつこっちへ向かって来ているってことが今にわかるさ」

翌日、ふたりは望遠鏡を交代で覗きながら、いっしょに観測をはじめた。実際のところ、ごくのろのろと動いているちっぽけな斑点が三つ四つ見えるだけだった。その動きを確認するのはむつかしいことだった。岩の影や、小高い丘のへりなど、二つ、三つ基準点を設定し、その基準点からの距離の変化を割り出さなければならなかった。数分たつと、その距離に変化が見られた。斑点が位置を変えた証拠だった。

シメオーニが最初にそれに気づいたということが肝心な点だった。もしかすると、その現象は何年来、いや何世紀来繰り返されていたのかもしれなかった、そこには村が、あるいは隊商が立ち寄る井戸があるのかもしれなかったが、今まで砦には誰もシメオーニのような強力な望遠鏡を持っている者がいなかったのだった。

その小さな斑点の移動はいつもおなじ線に沿って往復していた。シメオーニはそれを砂や砂利を運んでいる馬車だと考えていた、この距離では人間の姿は小さすぎて見えないんだと、彼はそう言うのだった。

普通は三つ、四つの小さな点だけが同時に動いているのが見えるのだった。馬車だと仮定して、動いているのが三台とすると、止まって荷を積んだり、下ろしたりしているのが少なくとも六台いるにちがいない、とシメオーニは説明するのだった、そしてその六台は、あたりにある無数のじっと動かぬ物影とまぎれて見分けがつかないのだ。だから、あの区間だけでも、重い荷を運ぶ場合の通例の四頭立ての馬車が十台は使われていることになり、その割合からすれば、人間の数は数百人もいるにちがいないと。

最初は賭けか遊び半分の気持ちではじめたこの観測は、やがてドローゴの生活の中で唯一の関心事になった。シメオーニは陽気でもなければ、話も堅苦しいし、べつに愉快な相手ではなかったが、ジョヴァンニは暇な時間はたいてい彼といっしょに過ごし、夜などはふたりして将校室で遅くまで議論しあうのだった。シメオーニはもう工事予定まで作っていた。工事がゆっくり進み、距離が予想以上に長いとしても、砦が大砲の射程距離に入るまで道路が近づいて来るには、六か月もあれば充分だろうというのだった。そして、おそらく敵は砂漠を長々と走る断層の背後で止まるだろうと。

この断層部分は、色がおなじため、いつもは砂漠のほかの部分とまぎれてしまっているが、時おり夕日の影や霧の白さがそれを浮き立たせることがあった。断層は北に向かって傾斜しているので、それが急なのか、どのくらい深いのかは分からなかった。だから新堡塁から見て、視野を遮られた砂漠のその部分がどうなっているかはさだかでなかった(砦の城壁からは、前方の山が邪魔して、断層は見えないのだった)。

この断層のへりから新堡塁のある岩山の麓までの間の砂漠は一様に平たく、ところどころわずかに小さな溝や、廃墟や、葦の茂みがあるだけだった。

断層の下まで道路が通じると、そこから先きは、曇天の夜を利すれば、敵は造作なく、いっきに残った距離を詰めて来ることができる、地面も固く、滑らかなので、大砲を引っ張って来るのもたやすいことだ、とシメオーニは予測するのだった。

おおまかに予想して、六か月だが、状況次第で七、八か月か、それ以上かかるかもしれない、とシメオーニは付け加え、その遅れの原因となりうる事柄をいろいろと並べ立てるのだった、たとえば、工事すべき総距離数の計算を間違うとか、新堡塁からは見えないが、ほかにもいくつか断層が介在していて、そのため作業が困難になって、長引くとか、補給基地から遠くなるにつれて、次第に工事に遅延が生じるとか、複雑な政治的事情で工事が一定期間中断されるとか、雪で二か月かそれ以上も作業が全面的に麻痺するとか、雨で砂漠が泥沼みたいになってしまうとか、こうしたことが工事の主要な障害だと言うのだった。そして、シメオーニはそれが妄想だと思われないように、いちいち細かい説明を用意していた。

もしその道路がなんら侵略的意図のないものとしたら？ たとえば無人で不毛の果てしなき荒野を農地に変えるという農業上の目的から道路を建設しているとしたら？ あるいは作業が二、三キロ進んだところで中止されるとしたら？ ドローゴはたずねた。

するとシメオーニは頭を振って、こう答えるのだった、砂漠は石ころが多すぎて、耕作には向かない。それに北の王国には放牧にしか使っていない、手つかずの広大な平野があり、そうした類いの企てならそこの方がずっと適していると。

でも、果たして奴らは本当に道路を作っているのだろうか？　シメオーニは、空の澄みわたった夕暮れなどには、影が長く伸びると、まっすぐに砂利を敷いた跡がはっきりと見えると断言するのだった。しかし、どんなに目を凝らしても、ドローゴにはそれが見えたためしはなかった。そのまっすぐな線が単なる地面の襞なんかではないと誰が言い切れよう？　あの謎めいた黒い点の動きと、夜になると点る明かりだけでは根拠はまったく不充分だった。それらは、もしかすると、もともとずっとそこにあったのかも知れず、(これまで砦で使われていた旧式の望遠鏡の性能の悪さはさておくとしても)、霧に覆われていたために、長年誰の目にも触れずにきたのかも知れなかった。

こうしてドローゴとシメオーニが議論をしているうちにも、ある日雪が降りはじめた。《夏が終わったばかりというのに、もういやな季節がやって来た》というのがジョヴァンニが最初に抱いた感慨だった。実際、彼は町からもどったばかりで、まだもとどおりに落ち着くほどの時間も経っていないような気がしていた。でも、暦では十一月二十五日となっているところを見れば、もう何か月も経っているのだった。

空からは雪が降りしきり、露台の上に白く積もった。雪を見ていると、ドローゴはいっそう鋭く例の不安を感じるのだった。そして、自分はまだ若いのだ、時間は充分残っているのだと考えて、その不安を追い払おうとするのだったが、無駄だった。時は、どういうわけか、ますます早く流れ、一日一日を呑み込んでいった。まわりが夜の闇に包まれたかと思うと、太陽は裏側を通って反対側からふたたび現れ、雪に覆われた世界を照らすのだった。

ほかの連中たちはそれには気づいてないようだった。相も変わらぬ勤めを気のなさそうに果たしながら、日程表に新しい月の名が出てくると、まるで得をしたみたいに、他愛なく喜んでいた。バスティアーニ砦で過ごす日数がそれだけ少なくなると思うからだった。月並みなものにしろ、栄光に輝くものにしろ、みずから満足すべき到達点が彼らにはあるのだった。

もう五十の坂を越したオルティス少佐も、月日の遁走に無感動に立ち会っていた。彼は今では大いなる望みを棄てて、《あと十年ほどすれば、年金暮らしに入るのだ》と言っていた、親戚の者たちのいる田舎の古い町の、自分の家に帰るつもりだと。ドローゴはそんな彼を、理解できぬまま、同情のまなざしで眺めていた。いったいオルティスは、町の人たちの中で、もうなんの目的もなく、ひとりぼっちでなにをするのだろうか？

「私は満足するすべを知ったんだ」少佐はジョヴァンニの考えに気づいたみたいに言った、「年ごとに望みを小さくしていくことを覚えたんだ。うまく行けば、大佐になって家に帰れるかもしれないな」

「で、そのあとは？」ドローゴはたずねた。

「それで充分さ」オルティスは諦めたような微笑を浮かべ、「そのあとは、もう待つだけだよ……義務を果たした満足感に浸りながらね」と冗談めかして言った。

「でも、このあと十年、この砦にいて、あなたは考えないんですか……」

「戦さのことかね？　君はまだ戦さのことを考えているのか？　もうこりたんじゃあなかったのかね？」

北の荒野の、いつも霧のかかったあの境目には、もう疑わしいものはなにも見えなかった、夜のあの明かりも消えていた。そしてシメオーニはそのことに満足していた。彼の主張の正しさを証明するからだった、あれは村でも、ジプシーの野営地でもなく、工事現場の明かりで、雪で工事が中断されているのだと彼は考えていた。

# 二十三

砦に冬が襲来して、しばらくたったころ、中庭の壁に掛かった掲示板に次のような奇妙な布告が貼り出された。

《遺憾なる動揺と根拠なき流言》と題して、こう書いてあった、《上級司令部よりの厳命に基づき、下士官ならびに兵に布告する。わが国境に対する侵害の、推測にすぎざる脅威に関して、動揺を煽るがごとき、なんら根拠なき流言を信じ、反復し、流布せざること。かかる流言は、規律保持の上からも明らかに不適当であるのみならず、隣接国家との正常なる友好関係を損ない、かつまた部隊に不必要な不安を醸成し、勤務の遂行に有害となるものである。歩哨による監視は通常の手段により行うものとし、わけても規定に定めざる光学機器の使用はこれを禁ずる。かかる機器の濫用は、容易に誤認、誤解の原因となるゆえである。かかる機器を所有する者は所属部隊司令部に申告し、当該司令部はその機器を回収、保管するものとする》

そのあとには日常の警備勤務に際しての一般的な指示が続き、砦の司令官のニコロージ中佐の署名がしてあった。

布告は、形の上では、兵士に向けられているが、実際には将校たちに宛てたものであることは明らかだった。こうしてニコロージ中佐は誰をも咎めず、かつ砦全体に警告するという二重の意図を達成したのだった。もう将校の誰ひとりとして規定に反した望遠鏡で砂漠の方を窺っているところを歩哨に見られるようなことは二度としないだろう。各堡塁に備えつけた望遠鏡は旧式で、実際にはものの役に立たず、なかには紛失してしまっているものもあった。

誰が密告したのだろうか？　誰が町の上級司令部に知らせたのだろうか？　誰もが直観的にマッティ少佐を思い浮かべた、彼だけがいつも規則を盾にとって、楽しいことや、個人的な息抜きの企てをすべて抑え込んでしまうからだった。

大部分の将校たちはその布告のことなど取り合わなかった。上級司令部は、二年遅れで、再確認したにすぎない、と彼らは言っていた。いまさら誰が北からの侵略のことなど考えるものか。ああ、そうだ、ドローゴとシメオーニがいる（みんなはふたりのことをすっかり忘れていた）。でも、布告がそのふたりのためにわざわざ貼り出されたとも考えられない。ドローゴのように気のいい奴が——と彼らは考えるのだった——一日じゅう望遠鏡を手にしていたとてべつに誰も気にしたりするはずもない。シメオーニにしたって毒にも薬にもならぬ男と思われていた。

だが、ジョヴァンニは直観的に中佐の布告は自分に向けられたものだと確信した。またもや人生の事態はまったく裏目に出たのだ。自分が数時間砂漠の方を眺めたとてなんの不都合があるというんだ？　なぜこんな気晴らしまで禁じてしまうのか？　考えるだに腹が立ってきた。彼はもう春を待つ気構えでいた、雪が溶けると、すぐにもまた北の果てにあの謎めいた明かりが現れ、黒い斑点が往復運動を始め、そして確信が蘇ることを願っていたのだった。

実際、彼の内面生活はもっぱらその望みにのみ集中していた。そして、今度は彼とそれを分かち合っているのはシメオーニただひとりで、ほかの連中は、オルティスや仕立て屋のプロズドチモさえも、そんなことは夢にも考えていなかった。以前、アングスティーナが死ぬ前に、みんなが共謀し、熱心に競い合うようにして、大事に守っていたときとは違って、今こうしてふたりだけで秘密を培っているのはすてきなことだった。

だが、望遠鏡の使用は禁じられた。シメオーニは小心なので、もうそれを使う度胸はあるまい。あの絶えず霧に包まれたあたりにふたたび明かりが点るようになっても、小さな斑点がふたたび往復運動を始めるようになっても、もうそれを知ることができなくなるのだ。とびきり目のいい歩哨でさえ、一キロ以上離れたところにいる烏も見逃さない名うての狙撃手でさえ、肉眼ではあの明かりや斑点は見えないのだ。

その日、ドローゴはシメオーニの意見を聞きたかったが、人目に立たないようにと、夕方まで待っていた。その布告のことはすぐにシメオーニの耳にも入っているはずだった。だが、シメオーニは昼には食堂に現れなかったし、どこにも姿を見せなかった。

夕食時にシメオーニは姿を現したが、いつもよりずっと遅くやって来たので、ジョヴァンニはもう食事を始めていた。シメオーニはあたふたと食事を終えると、ジョヴァンニよりも先きに席を立って、すぐにトランプ遊戯用のテーブルの方に向かった。ドローゴとふたりきりになるのをいやがっているのだろうか？

その夜はふたりとも勤務はなかった。ジョヴァンニは食堂のドアの脇の椅子に座って、出口で彼をつかまえようと待っていた。シメオーニはトランプをしながら、気づかれないように、ジョヴァンニの方をちらちら窺っていた。

シメオーニはいつになくずいぶん遅くまでカードをしていた。そしてドローゴが待ちくたびれてしまわないかと願うように、絶えずドアの方を窺っていた。みんなが食堂を出てしまってから、ようやくシメオーニは立ち上がり、出口の方にやってきた。ドローゴは彼のそばに寄って行った。

「やあ、ドローゴ」シメオーニは困惑したような笑いを浮かべて言った。「姿を見なかったけど、どこにいたんだい？」

ふたりは砦の中心を縦に何本も走った陰気な廊下のひとつに向かっていた。

「座って本を読んでいたんだ」ドローゴは言った、「こんなに遅くなっているとは気がつかなかったよ」

ふたりは、両側の壁に左右対称に取り付けられたランプのおぼろな光の中を、しばらく黙って歩いていた。もうずっと前を行くほかの将校たちの声が遠くの薄暗がりの中からぼんやりと聞こえて来ていた。夜も更け、寒さがつのってきた。

「布告を読んだかい？」だしぬけにドローゴはたずねた、「根拠のない不安ってくだりを読んだかい？　いったいどうしたわけだろうね？　誰が告げ口したんだろう？」

「そんなことおれには分からんよ」シメオーニは上の階に通じる階段のところで立ち止まりながら、ぶっきらぼうに言った。「君も上に来るのかい？」

「で、望遠鏡は？」ドローゴは食い下がった、「君の望遠鏡はもう使えないのかい、せめて……」

「もう司令部に提出したよ」シメオーニはすげなく遮った、「その方がいいと思ってね。それにみんなの目が光っていることだし」

「あわてることはなかったと思うよ。三か月もして、雪がなくなるころには、もう誰もそんなこと忘れてしまうし、そしたらまた君が言っていたあの道路を眺められるんだよ。でも望遠鏡がなかったら、どうやって見るんだい？」

「ああ、あの道路のことかい」シメオーニの声には哀れむような響きがこもっていた、「結局おれは君の言っていたことの方が正しかったと思うようになったのさ」

「おれが正しかったって？　どういうことだい？」

「君の言っていたように、道路なんか作っているんじゃあなくて、村か、それともジプシーの野営地にちがいないのさ」

ではシメオーニはなにもかもすっかり否定してしまうほどこわがっているのだろうか？　面倒に巻き込まれるのを恐れて、ドローゴとさえ話す気になれないというのだろうか？　ドローゴは相手の顔をまじまじと見た。廊下にはまったくひとけはなく、もう人声も聞こえず、ふたりの将校の影だけが、両側からの明かりに、揺らめきながら、大きく映し出されていた。

「じゃあ、もう信じていないって言うのかい?」ドローゴはたずねた、「あれは間違いだったと本気でそう思っているのかい?　じゃあ、君のやっていたあの計算はいったいなんだったんだ?」

「暇つぶしだったのさ」シメオーニはすべてを冗談事にしてしまうかのように言った、「君はまさか本気にしていたんじゃあないだろうな?」

「こわがっているんだろう、白状しろよ」ドローゴは意地悪く言った、「布告のせいだね、そうだろう?　だからもう君は……」

「今夜の君はいったいどうしたんだい?」シメオーニは答えた、「いったいなにが言いたいんだ?　君には冗談も言えないんだな、なんでもすぐに本気にするんだから、まるで子供みたいだよ」

ドローゴは黙って相手を見つめた。陰気な廊下でふたりはしばらく黙ったままでいたが、静寂があまりにも深かった。

「じゃあ、おれはもう寝るよ、おやすみ」シメオーニは話を打ち切って、踊り場ごとにかぼそいランプの明かりの点った階段をのぼって行った。シメオーニの姿が最初の踊り場の角を曲がって消え、その影だけが壁に映っていたが、やがてそれも消えた。《なんて臆病な奴だ》とドローゴは思った。

## 二十四

その間にも時は流れて、その音もない鼓動がいっそう性急に人生を刻んでゆく、一瞬立ち止まり、ちらりと後ろを振り返る余裕すらない。「止まれ、止まれ」と叫んでみたところで、もちろん無益なことだ。すべてが過ぎ去ってゆく、人も、季節も、雲も。石にしがみつき、大きな岩の先端にかじりついて抗おうとしても無駄だ、指先きは力尽きて開き、腕はぐったりと萎え、またもや流れに押し流される。そして、その流れは緩やかに見えても、決して止まることを知らないのだ。

日一日とその神秘的な崩壊が度を強めてゆくようにドローゴは感じるのだったが、それを止めようとしてもむなしかった。砦の単調な生活には基準にするものがなく、時間は数えるよりも先きに逃げ去ってしまうのだった。

それにドローゴにはひそかな希望があり、その希望のために人生の花の盛りをむなしく費やしているのだった。その希望をはぐくむために惜しげもなく幾月も無駄にして顧みず、それでもなお足りないのだった。冬も、砦の長い長い冬も、いわばそのための手付け金の一部のようなものにすぎなかった。冬が終わっても、ドローゴはまだ待ち続けていた。

いい時候になったら――とジョヴァンニは考えるのだった――連中はふたたび道路工事を始めるだろう。だが、それを見ることのできるシメオーニの望遠鏡はもう使えない。それでも工事が進めば――といっても一体まだどのくらいかかるか分からないが――それが次第に近づいて来て、やがては守備隊の備品の旧式の望遠鏡でも見える距離まで達するだろう。

そこで、ドローゴはそれを待つ期限を春までではなく、道路工事が実際に行われると仮定して、それよりもさらに数か月先きに設定した。そして、彼はそうした考えを自分ひとりでひそかに温めていなければならないのだった。シメオーニは面倒に巻き込まれるのを恐れて、知らぬふりをしているし、ほかの仲間たちは笑うだろうし、上官たちはそうした考えを妄想だとして非難するにちがいないからだった。

五月の初めごろ、ジョヴァンニは規定の望遠鏡のうちでもいちばんましなのを使って砂漠を窺ってみたが、人間が活動している徴《しる》しはなにひとつ見えなかった、火ならば、はるか離れた距離でも容易に目撃できるはずだが、その夜間の火も見えなかった。

確信は次第に薄れていった。人間はひとりっきりで、誰とも話さずにいる時には、あるひとつのことを信じつづけるのはむつかしいものだ。その時期、ドローゴは、人間というものは、いかに愛し合っていても、たがいに離ればなれの存在なのだということに気づいた。ある人間の苦しみはまったくその人間だけのものであり、ほかの者は誰ひとりいささかもそれをわがこととは受け取らないのだ、ある人間が苦しみ悩んでいても、そのためにほかの者がつらい思いをすることはないのだ、たとえそれがいかに愛する相手であっても。そしてそこに人生の孤独感が生じるのだ。

時計の打つ音が次第に繁くなってゆくように感じるにつれて、ドローゴの確信は弱まり、焦躁がつのってゆくのだった。幾日も北の方角には目を向けずに過ごすことさえあった(そして、すっかり忘れていたのだとみずからそう思い込もうとし、そう言いきかせようとするのだったが、本当は次に見るときにはより可能性が濃くなっているかもしれないと思って、わざとそうしているのだということは自分でも分かっていた)。

ついに、ある夜——だがなんと長い間待ったことか——望遠鏡のレンズの中に揺らめく明かりが現れた、いまにも消えそうな弱々しい光だったが、距離を考えれば、かなりな明るさにちがいなかった。

それは七月七日の夜のことだった。ドローゴは大声でみんなに知らせてまわりたいという気持ちと、その明かりが消えはせぬかといういわれもない怖れから、辛抱して誰にも言わないでいる誇らしい思いが胸にこみあげてきたそのときの大きな悦びを、その後いつまでも忘れなかった。

毎晩ドローゴは城壁の上に立って待った。毎晩明かりは少しずつ近づき、大きくなってゆくように思えた。それは錯覚にすぎないことも多かったが、しかし、実際に近づいてきているのが確かだと思われるときもあった。そして、そのうちついに歩哨のひとりが肉眼でそれを捉えるに至った。

やがて日中でも、白っぽい砂漠の上で、前の年と同じように、小さな黒い点が動くのが見えるようになった。今度は望遠鏡は以前ほど強力ではないことからして、それがずっと前進してきたことは明らかだった。

九月にはその工事現場の明かりとおぼしきものは、晴れた夜など、普通の視力の者にもはっきりと見て取れるようになった。次第に将兵たちの間でも北の荒野のことが、北の連中のことが、奇妙な黒点の動きや夜の明かりのことが話題にのぼるようになった。多くの者は、なんのためのものかは分からないが、道路にちがいないと言っていた、しかし軍事用というのはどうも理屈に合わないと。それに工事の進み方も、まだ残っている距離に比べて、まったく遅々としたものに思えた。

それでも、ある夜、言葉は濁しながらも、戦さのことを口にする者が現れた。そして、奇妙な希望がふたたび砦の城壁の中を駆けめぐりはじめた。

## 二十五

北の砂漠を長々と走る断層帯の端、砦から一キロと離れていないところに、杭が一本立てられている。そこから新堡塁のある円錐形の岩山までの間は、地面も平らで固く、砲兵も容易に進んで来ることができる。奇妙な人工の徴しである杭が一本、断層部の上っぺりに突っ立っていて、新堡塁の上から肉眼でもはっきりと見える。

連中はそこまで道路を進めてきたのだ。大工事はようやく完成したのだ。しかし、なんと大きな代償を払ったことだろう。シメオーニ中尉は期間を見積もって、六か月と言っていた。ところが、工事期間は六か月どころではなかった。六か月でもなければ、八か月でも、十か月でもなかった。道路はいまや完成した。敵の軍勢はいつでも陸続と密集して南下し、砦の城壁に襲いかかって来ることができるようになったのだ。あとは平たく固い地面の上を、ほんの数百メートル突っ切ればいいのだ。だが、なんと高いものについたことか。十五年かかったのだ、長い長い十五年が。しかし、その歳月は夢のように過ぎ去ってしまったのだった。

まわりの様子にはなんの変化もなさそうに見える。山々の姿はおなじままだし、砦の城壁にはあいかわらずおなじしみが見えている、新しく汚れた箇所もあるが、目につくほどではない。空もおなじなら、タタール人の砂漠もあいかわらずだ、変わったことと言えば、ただ断層のへりに黒々とした杭が一本立ったのと、それに光線の具合いによって見え隠れするまっすぐな線が一本できたことだけ。例の道路だ。

十五年の歳月など山々にとってはなきに等しいものだったし、砦の稜堡にしても大して傷みはしなかった。だが、人間にとっては、それは、またたく間に過ぎ去ったように思えるにしろ、長い歩みであった。顔触れはいつもほぼおなじだし、習慣も、警備勤務の当番も、毎晩将校たちの口にのぼる話題もいっこうに変わりはしなかった。

それでも、近くで見ると、顔には年輪が刻まれている。それに守備隊はさらに兵員が減らされて、城壁の見張りも間引かれ、合言葉なしでも出入りができたし、歩哨は重要な箇所にだけ配置され、また新堡塁の閉鎖が決定されて、十日目ごとに一分隊が偵察に派遣されるだけになった。それほど上級司令部ではバスティアーニ砦を等閑視しているのだった。

参謀本部では、北の砂漠の道路工事をなんら重大視してはいないのだ。それを本部のあいかわらずの無定見のせいだという者もいれば、いや首都ではもっとよく情報をつかんでいるにちがいないという者もいる、道路がなんら侵略的意図を持つものではないのだということがはっきりしているのだと。あまり納得は行かないが、さりとてほかに説明のしようがないのだ。

砦の暮らしはいっそう単調で、わびしいものになっていった。ニコロージ中佐、モンティ少佐、マッティ中佐らは退官した。今ではオルティス中佐が守備隊の指揮を取り、曹長のままの仕立て屋のプロズドチモを除いて、ほかの連中はみんな昇進していた。

九月のよく晴れたある朝、ドローゴは、ジョヴァンニ・ドローゴ大尉は、平地からバスティアーニ砦へと通じる急な坂道を、ふたたび馬でのぼって行く。一か月の休暇を取ったのだが、二十日もたたぬうちにもう砦へもどって行くのだ。今ではもう町にはなじめなくなってしまったのだった、昔の友達たちは出世して、要職につき、その辺のありきたりの将校に対するみたいに、ぞんざいに彼に挨拶するだけだった。わが家も、もちろんドローゴは自分の家を愛しつづけてはいたが、もどってみると、言いがたい苦痛が心を満たすのだった。家にはいつもひとけはなく、母の部屋はもう永久に空いたままだし、兄たちは家を離れたまま、ひとりは結婚して、別の町に住み、もうひとりは絶えず旅をつづけていて、居間にはもう家庭の団欒の気配ひとつなく、声だけがやけに大きく響いて、窓を開け、日差しを入れてみてもむなしかった。

こうしてドローゴはまたもや砦へと谷道をのぼって行く、少なくともまだ十五年はそこで暮らさなければならないのだ。だが彼は自分があまり変わったとは思っていない、時があまりにも速く過ぎ去ったので、心が老いる間がなかったのだった。過ぎゆく時に対する漠とした不安が日々につのるとはいえ、ドローゴは大事なことはこれから始まるのだという幻想になおもしがみついているのだった。ジョヴァンニはいまだ訪れない自分にとっての運命の時を辛抱強く待ちつづけて、未来がもうひどく短いものになっていることには思い至らない、もう以前のように将来の時間が無限にあり、いくら浪費しても心配ないほど無尽蔵だと思うことはできないのに。

それでも、ある日、彼はしばらく前から砦の裏手の広っぱで馬を乗りまわしたことがないのに気がついた。と言うよりもむしろいっこうにそんな気が起こらないし、それからまた最近では(だが正確にはいったいいつからだろう?)仲間と階段を二段ずつ駆け上がる競争もしなくなっているのにも気づいた。他愛もないことを、と彼は考えた、肉体的には今までどおりだし、また始めるかどうかだけのことだ、その気になればできるに決まっているが、そんなことを試すのは馬鹿げた、余計なことだと。

そう、肉体的には、ドローゴは衰えてはいない、もう一度馬を乗りまわしたり、階段を駆け上がったりしようとすれば、充分できるだろうが、大事なのはそんなことではない。そんな気にならないということが、昼食後に石ころだらけの広っぱを馬で走り回るよりも、日なたで居眠りをする方がよくなったということが由々しい問題なのだ。大事なのはそのことなのだ、そしてそれが過ぎ去った歳月の証なのだ。

ああ、考えてみるがいい、階段を一段ずつのぼった最初の夜のことを! その時はいささか疲れていたのは事実だ、それに頭がくらくらしていて、いつものようにカード遊びをする気にもならなかった(それにそれ以前にも時おり身体の調子が悪い時など階段を駆け上がるのをやめたこともあった)。あの夜が彼にとっては大いに悲しむべき夜であって、まさにあのとき、あの階段で、彼の青春が終わり、なんら特別な理由からではなく、翌日になっても、翌々日になっても、その後もう二度とふたたび、以前のような流儀はもどって来なくなろうとは彼は夢にも思っていなかったのだ。

ドローゴは、物思いにふけりながら、日差しの中、急な坂道を馬を進めている、馬の足取りにはもういささか疲れがみえるようだ、そのとき、谷の向こう側から呼ぶ声がする。

「大尉どの!」と叫ぶ声が聞こえ、振り向いて見ると、谷の向こう側の道に、馬に乗った若い将校の姿があった。顔はよく分からなかったが、中尉の階級章が見えたような気がして、おそらくは、自分とおなじように、休暇が明けて、砦へもどる将校だろうと考えた。

「なんだ?」ドローゴは馬を止め、相手の敬礼に規則どおり敬礼を返してから、たずね返した、無遠慮に大声で呼びかけてきたりして、あの中尉はいったいなんだというのだろう?

相手が答えないので、かすかに苛立ちを感じながら、ドローゴはもう一度、「なんだ?」と、大声で繰り返した。その誰とも分からぬ中尉は、両手をメガホン代わりに、鞍にまたがったまま、ありったけの声で答えてきた、

「なんでもありません、ご挨拶したくて!」

まるでからかっているみたいな、人を馬鹿にした、間の抜けた言い訳だとジョヴァンニは思った。橋まで馬でまだ半時間、そこでやっと二本の道が合流するのだ。それなのに町の人間みたいに大仰な挨拶などなんの必要があろうか?

「誰だね?」ドローゴは大声でたずね返した。

「モーロ中尉であります!」それが返事だった、と言うか、そんなような名前に聞こえたような気がした。モーロ中尉? 砦にはそんな名前の者はいなかった。砦へ配属された新任の将校だろうか?

そのときようやく、初めて砦への道をたどった遠い日のことが、谷のちょうどおなじところでオルティス大尉と出会ったことや、誰か親しみを抱ける人間に無性に話しかけ

たい思いにかられたことや、そして谷を挟んでの気まずいやりとりのことなどが脳裏に蘇り、その反響が心を疼かせた。

あの日とそっくりおなじだ、と彼は考えた、ただ違うのは、立場が入れ代わっていることだ、今では何度目かバスティアーニ砦への道をのぼって行く古参の大尉はほかならぬ彼、ドローゴであり、一方、新任の中尉は、モーロとかいう見知らぬ青年なのだ。その瞬間にドローゴは世代がすっかりかわってしまったことに気づいた、今では彼は人生の峠を越えてしまい、あの遠い日に彼にはオルティスがそう見えたように、自分はもう年寄りの部類に入るのだ。生まれてこのかた四十年以上も経ちながら、なにひとついいこともなく、子もなく、この世でまったくひとりぼっちのジョヴァンニは、自分の運命が傾くのを感じて、愕然としてあたりを見まわした。

草がまばらにしがみつくように生えた岩肌が、湿った渓谷が、重畳として空へと続く遠くの山々の裸の頂きが、泰然とした山並みの姿が見えていた、そして谷の向こう側には、おずおずとして途方に暮れた、あの新任の中尉の姿。中尉は砦にはほんの数か月いるだけだと思い込み、そして輝かしい出世を、華々しい手柄を、ロマンティックな恋を夢見ているにちがいなかった。

ドローゴは片手で馬の首を叩くと、馬は優しく頭を後ろに向けたが、もちろん彼の気持ちなど分かるはずもなかった。ドローゴは胸にこみあげるものを感じた、遠い日の夢よ、さらば、人生のすばらしいものよ、さらば。陽の光は澄みわたって、人を優しく包み、爽やかな風が谷を吹き抜け、草はかぐわしく、小鳥のさえずりがせせらぎの音に伴奏をしていた。人々にはさぞ楽しい日和だろう、とドローゴは思った、そして自分の若いころのすてきだった朝とうわべは少しも違っていないのに驚いた。馬はふたたび歩みはじめた。半時間ほどすると、二本の道が合流する橋が見えてきた、やがて新任の中尉と話をしなければならないのかと思うと、彼は気が重くなった。

## 二十六

今や道路が完成したというのに、なぜ北の連中は姿を消したのだろう? なぜ人間も、馬も、荷車も、広い砂漠を引き返して、北の霧の中に姿を隠してしまったのだろう? あの工事はいったいなんだったのだろう?

実際、工夫たちの群れはつぎつぎと北へ去って行くのが目撃され、ふたたび十五年前のように、望遠鏡でかろうじて見えるほどの小さな点になってしまった。道路は兵士たちに明け渡されたのだ、今にバスティアーニ砦を攻撃しに、軍隊が南下してくるだろう。

ところが、敵はやって来なかった。タタール人の砂漠をよぎって道路が一本走っているだけだった。太古以来見棄てられてきた地に人工の奇妙な徴しが一筋残されただけだった。敵の軍勢は攻め寄せては来なかった、すべてがどうもはっきりしないままだった、いったいこのまま何年続くのだろう。

こうして砂漠になんの動きも見られず、北の霧にも、砦の日々の生活にもなんの変化もないまま、歩哨はあいかわらず巡警路のおなじ区域をおなじ歩調で歩き続け、そして、食堂のスープもいっこうに代わりばえせず、あたかも兵士の刻む歩調にも似た、おなじような毎日が、無限に繰り返されていくのだった。それでも時は風のように過ぎ去り、人間どもにはお構いなしに、美しいものを凋落させながら、世界じゅうを吹き抜けてゆくのだった、誰ひとり、まだ名の付けられていない、生まれたばかりの赤ん坊でさえも、時の流れを免れることはできないのだ。

ジョヴァンニの顔にも皺が寄り、髪は白く、そして足取りは重くなっていた。急激な人生の流れが、まだ五十には間があるとは言え、もう彼を脇の方へ、ふちの渦の方へと押しやっていたのだった。もちろんドローゴはもう警備勤務にはつかず、オルティス中佐と隣合って、司令部に事務室を持っていた。

闇のとばりが下りると、わずかな警備兵では、夜が砦を支配するのをもう防ぐことはできなかった。城壁は広い区域にわたって見張りがなく、その向こうから闇のもたらす不安と孤独のわびしさとが侵入してくるのだった。左右は山並み、南は無人の谷、北はタタール人の砂漠、空漠とした大地に囲まれて、年経《としふ》りた砦はまさに孤島そのものだった。夜も更けると、これまで以上に、奇妙な物音が砦じゅうの迷路に響き、そして歩哨たちの胸の鼓動が高まるのだった。今でもなお城壁の端から端まで、「警戒よし！　警戒よし！」と叫ぶ声が渡って行く、だが今では歩哨たちもその声を伝達するのが一苦労だった、たがいの間隔がずいぶん離れているからだ。

そのころジョヴァンニは、モーロ中尉が最初に抱いた不安のことを気にしていた、それは彼の若いころのとそっくりおなじ不安だった。モーロも初めは驚いて、ある意味ではマッティの代わりを務めているシメオーニ少佐のところへとんで行ったが、四か月とどまるようにと言いくるめられ、結局は罠におちいる羽目になったのだ。モーロもしきりと北の荒野を窺いはじめ、いっこうに使われる気配のない新しい道路から戦さの望みが湧いてくるのをじっと待ちはじめた。ドローゴは、気をつけろよ、間に合ううちに砦を出ろよ、とそう彼に言ってやろうとした、モーロは好感を持てるが、気の小さい青年だったからだった。だが、彼と話をしようとすると、いつもくだらぬ用事に邪魔された、それに話したところでどのみち無駄だったろう。

日々の灰色のページが、夜の黒いページが、つぎつぎとめくられてゆき、ドローゴやオルティスに(そしておそらくはほかの年老いた将校たちにも)、もう間に合わないという焦りがつのっていった。歳月が傾くのも知らぬげに、北の連中はいっこうに動く気配を見せなかった。彼らは不死の身とでも思っているのか、長い季節をいくつも無駄に過ごして顧みないみたいだった。一方、砦には時の仕業に対して無防備な、哀れな人間たちが閉じこもり、その期限ぎれが近づきつつあるのだった。かつてはおよそ遠い先きのことのように思っていたその期限が、今や不意にすぐ近くの地平線から顔を覗かせ、情け容赦なく人生の満期を思い起こさせるのだった。あらためて気を取り直すためには、そのつど、新たな流儀におのれを順応させ、わが身と引き比べる新たな基準を見つけ出し、自分より条件の悪い者たちを見てわが身を慰めねばならなかった。

とうとうオルティスも退官する日がやってきた(そして北の荒野には人間の気配ひと

つ、小さな明かりひとつ見えなかった)。オルティス中佐はシメオーニに新司令官の地位を譲り、警備勤務についている隊を除いて、全部隊を中庭に集めると、たどたどしく別れの挨拶をすませてから、従卒の手を借りて馬にまたがり、砦の門を出て行った。中尉が一名、兵士が二名、中佐を護衛していった。

ドローゴは砦の外の台地のはずれまで送って行き、そこでふたりは別れを告げた。夏の晴れた朝だった。空をゆく雲があたりの景色にまだらに異様な影を落としていた。オルティス中佐は、馬から下りると、ドローゴを脇の方に連れて行き、ふたりは別離の言葉も見つからぬまま、黙っていた。そしてようやく口から出たのは、彼らが心で思っていたこととはまるで違う、はるかに貧しい、ありふれた言葉だった。

「これからは私にとっては砦の暮らしも変わってしまいそうです」ドローゴは言った、「私もご一緒したいぐらいです。辞めてしまいたいですよ」

オルティスは言った、「君はまだ若い。馬鹿なことを言うんじゃあない、まだまだ間に合うさ」

「なにに間に合うんです?」

「戦さにさ。見ていたまえ、二年とはかからないよ」(そう言いながらも、オルティスは心のうちではそうならないようにと望んでいた。彼はドローゴが、自分と同様、大きな幸運に出会うことなく、砦を去ることを願っていた。そうでなければあまりに不公平すぎると思ったのだった。しかし、彼はドローゴに友情を抱き、その幸せを願っていたことには変わりはなかった)

だがジョヴァンニはなにも言わなかった。

「見ていたまえ、実際、二年とはかからないから」オルティスは、その反対を願いながらも、そう繰り返した。

「二年どころか」とドローゴはやっと口を開いた、「何世紀たってもだめですよ。今は道路は見棄てられ、北からは猫の子一匹やって来やしませんよ」口ではそう言ったが、彼の心の声はまた別だった。愚かにも、年月の経過も気にせずに、彼は、若いころからの、あの運命的な出来事への深い予感を、人生の善きことはまだこれから始まろうとしているのだというおぼろな信念を心に抱きつづけていたのだった。

その話がおたがいの間を隔ててゆくのに気づいて、ふたりはまた口をつぐんだ。だが、ほかにどんな話ができよう？　ほぼ三十年というもの、ふたりはいっしょにおなじ城壁の中で暮らし、おなじ夢を見てきたのだった。長い間いっしょに歩んできたのち、今やふたりの道は分かれようとしているのだ、それぞれ未知の国へと向かって、一本はこちらへ、もう一本はあちらへと。

「日差しが強いな」オルティスはそう言って、年のせいか幾分潤んだ目で、ふたたび見ることもない自分の砦の城壁を見つめていた。それはあいかわらずおなじような黄色っぽい色をして、物語の中にでも出てくるような姿に見えた。オルティスはじっと城壁に目を凝らしていた。そしてドローゴのほかは誰ひとり中佐の心の中の苦しみを見抜くことはできなかっただろう。

「ずいぶん暑いですね」ジョヴァンニはそう答えながら、マリア・ヴェスコーヴィのことを、今でははるか昔の、物憂げなピアノの調べが聞こえていたあの客間での会話のことを思い出していた。

「まったく暑い日だ」オルティスはそう繰り返し、そしてたがいに、その馬鹿げた言葉にこもった意味がよく分かるといったように、本能的にうなずきあいながら、ふたりは微笑んだ。雲がひとつ、その影を落として、台地一帯をしばらく暗くしたが、逆に砦は、日をいっぱいに受けて、不吉げな輝きできらめいていた。二羽の大きな鳥が第一堡塁の上を舞い飛んでいた。遠くでかすかにらっぱの音がした。

「聞こえたかね？　らっぱが」老将校が言った。

「いいえ、聞こえませんでしたが」ドローゴは嘘をついた、なんとなくその方が相手が喜ぶような気がしたからだった。

「私の聞き違いだろう。実際ずいぶん遠くだからな」オルティスは認めたが、その声は震えていた。そしておもむろにこう言葉を継いだ、「君がここへ来た最初の時のことを覚えているかね？　すっかり驚いて、ここに残りたくないって言ってたっけ、覚えているかね？」

ドローゴはやっとの思いでこう口にしただけだった、「ずいぶん昔のことです……」彼は喉にこみあげてくるものを感じた。

オルティスはしばらく思いを馳せるふうにしてから、なおも続けた、「よくは分からんが、もしかしたら、私は戦さには役立ったかもしれん、戦さではひと働きできたかもしれん、だが、ほかのことでは、知ってのとおり、まったくだめだ」

雲は去って、もう砦の上も通り過ぎ、はるか北の方、荒涼として静まりかえったタタール人の砂漠の方へと流れていった。では、お別れします、お元気で。日差しがもどって、ふたりの影がまた地面に映っていた。二十メートルほど離れたところにいる、オルティスと護衛たちの馬が、待ちくたびれたように蹄で石ころを蹴っていた。

## 二十七

ページがめくられ、年月が過ぎて行く。ドローゴの学校友だちは、もうほとんどみんな、働くのに飽き、白髪まじりの髭を四角く整え、うやうやしく挨拶をされながら、鷹揚に町を歩いて行く。彼らの息子たちももう一人前だし、なかには孫のいる者さえある。ドローゴの昔の友だちたちは、おのれの力で建てた家の戸口にたたずみ、おのれの成功に満足して、今では人生という川の流れるさまをじっと眺めて楽しんでいる、そしてその雑踏の渦のなかに自分の息子たちの姿を認めては喜んで、早く行け、他人を追い抜いて、誰より先きにたどり着け、とせきたてる。一方、ジョヴァンニ・ドローゴは、希望が刻一刻と消えてゆこうとするのに、それでもまだじっと待っているのだ。

そう、今では彼もようやく変わった。五十四歳になり、少佐に昇進し、砦の貧弱な守備隊の副司令官だった。少し前までは、大して変わらず、まだまだ若いとも言えた。時おり、大儀ながらも、健康のために広っぱで馬を乗りまわしたりもしていたのだった。

そのうちに彼は痩せはじめ、顔色がいやに黄ばんで、体力が衰えだした。肝臓の機能障害だ、と軍医のロヴィーナは言うのだった、その軍医も今ではすっかり年を取っていたが、頑《かたく》なに砦で一生を終える気でいるのだった。だが、軍医の散薬はいっこうに効き目がなく、ジョヴァンニは、朝起きたときから、うなじのあたりにずっしりとした疲れを感じるのだった。そのあと執務室の机に向かっていても、夕方になって、早くソファーかベッドの上に体を投げ出せないものかとそればかりが待ち遠しく思われるのだった。全体的な衰弱からくる肝臓の障害だという話だったが、ドローゴの毎日の生活からすると、衰弱というのもどうも腑に落ちなかった。いずれにしろ、その年齢にはよくある、一過性のもので、少し長引くかも知れないが、厄介なことになる心配はない、とロヴィーナ軍医はそう言っていた。

こうして、ドローゴの暮らしにもうひとつ、病気の回復の望みという、付録的な期待が加わった。それに彼はあまり焦りはしなかった。北の砂漠はあいかわらず空漠として、敵が来襲してきそうな気配など微塵もなかったからだった。

「顔色がだいぶよくなったようだ」と毎日のように仲間たちは言うのだったが、ドローゴはいっこうに快方に向かっている気はしなかった。最初のころのような頭痛やひどい下痢はおさまったし、べつにどこか具合いが悪くて苦しいということもないのだが、全身の力は次第に弱ってゆくみたいだった。

砦の司令官のシメオーニが言った、「休暇を取ったらどうだね、海辺の町にでも行って、休むといいよ」ドローゴが、いや結構、もうだいぶいいようだ、ここにいる方がいいんだ、と答えると、シメオーニは、規定に照らしても、守備隊の能率の点からしても、彼自身のためにも、理にかなった貴重な忠告を、ジョヴァンニがにべもなく断ったみたいに、非難するように頭を振った。シメオーニはみんなにマッティを懐かしがらせるほど、人に対して自分の徳性の完璧さを押しつけるのだった。

どんな話をしても、うわべは親切な彼の言葉には、みんなにとってどことなく叱責じみた調子がこもっているように響くのだった、まるで終始一貫して義務を遂行しているのは自分だけだとでもいうみたいに、砦を支えているのは自分だけだとでもいうみたいに、ほっておけばすっかり滅茶苦茶になってしまうようないろんな厄介事をなんとかしようと気を使っているのは自分だけだとでもいうみたいに。昔のマッティもいささかそんなきらいがあったが、シメオーニほど偽善者ぶりはしなかった。マッティは自分の薄情さを包み隠さなかったたし、彼の情け容赦のない苛酷さはある面では兵士たちには好かれていた。

さいわいドローゴはロヴィーナ軍医と親しかったので、砦にとどまれるよう軍医に計らってもらった。いま病気で砦を離れれば、もう二度ともどって来られなくなると、なんとなく迷信じみたものがそうドローゴに語りかけたからだった。その思いが彼の悩みの種だった。二十年も前なら、自分からすすんで砦を去り、夏季の演習や、射撃訓練や、乗馬競技や、観劇や、社交界や、美しいご婦人たちなど、なんでも揃った、町の駐屯地での安逸で派手な生活に入っていったことだろう。だが、今ではなにが残っているというのだ？　退官まであとわずか数年を残すのみで、昇進の機会も途絶え、せいぜいどこかの司令官の地位が与えられて、それで軍隊勤めも終わってしまうのだ。残すところわずか数年だ。それが終わる前に、もしかすると待ち望んでいた出来事が起こるかも知れなかった。彼は人生の盛りを棄ててきたのだ、今となっては、せめて最後の瞬間まで待っていたかった。

ロヴィーナは回復を早めるために、無理をしないよう、一日じゅうベッドにいて、処理すべき仕事は寝室でするように、ドローゴに忠告した。それは寒くて雨の降る三月のある日のことだった、山では大きな雪崩がつぎつぎと起こり、どうしたわけだか、山々の頂きの雪がだしぬけに崩れて、深い谷底に砕け落ち、その陰鬱な響きが夜通し何時間もこだましていた。

とうとう、やっとのことで、春が顔を覗かせはじめた。峠の雪はもう溶けていたが、湿っぽい霧がまだ砦の上にたゆたっていた。その霧を追い払うには強い日差しが必要だった、谷間の空気は冬の間とりわけ冷え冷えとしているからだった。だが、ある朝、目覚めてみると、木の床の上に鮮やかな日差しが一筋輝いているのを見て、ドローゴは春が来たことを感じた。

時候がよくなるにつれて、体力も回復するだろうという望みに彼はわが身を託した。古い木の梁でさえ、春には生命の残滓を掻き立てられるのだ、夜な夜な砦に木材の軋む音が満ちるようになるのだ。そしてすべてが新しく始まり、健康と喜びの息吹《いぶ》きが世界に溢れ出るのだ。

みずからを納得させるために、こうした主題についての著名な人たちの著作を思い出しながら、ドローゴは一生懸命そう思おうとした。彼はベッドから起き上がって、ふらつきながらも、窓辺に行った。めまいがしそうだったが、たとえ病気が治っていても、何日も寝ていたあとで起き上がれば、いつだってそうなるものだと思って慰めた。そして、事実、めまい感は消え、ドローゴは日差しの輝きを目にすることができた。果てしない喜びが世界に満ち溢れているように思えた。目の前に城壁があるので、ドローゴは直接にはそれを確かめることはできなかったが、容易にそう感じ取れた。古い城壁や、中庭の赤茶けた地面や、色褪《あ》せた木のベンチや、空っぽの馬車や、のんびり歩いている兵士の姿さえも、満足げに見えた。外は、城壁の向こうはさぞかしのことだろう！

彼は服を着て、外のベンチに座り、日の光を浴びたい誘惑にかられたが、かすかに悪寒を感じたので、用心してベッドにもどることにした。《きょうはずいぶんいいようだ、ほんとうに具合いがいいようだ》とドローゴはおのれを偽ることなくそう思い込んだ。

穏やかに春のすばらしい朝が過ぎて行き、床の上の日差しは移動していった。ドローゴは、ベッドの脇の机の上に山と積んだ書類に目を通す気にもならぬまま、時おりその日差しの動きを眺めていた。それに異様なほど静かで、まれに聞こえるらっぱの合図も、水槽の滴の音も、その静寂を妨げはしなかった。ドローゴは、少佐になっても、幸運が去るのを恐れでもするかのように、居室を変えようとはしなかったのだが、今では水槽の水音にもすっかり慣れて、少しも気にならなくなっていた。

ドローゴは床の日差しの中に止まっている一匹の蠅を見ていた。この季節に蠅がいるとは妙だ、いったいどのようにして冬を生きのびてきたのだろうか？　彼は蠅が用心深げに歩くのをじっと眺めていた、そのとき誰かがドアをノックした。

いつものノックとは違うのにジョヴァンニは気づいた。従卒でもなければ、いつも「失礼します」と声をかける、司令部付きのコッラーディ大尉でも、しょっちゅうやって来るほかの連中でもなかった。「入りたまえ」ドローゴは言った。

ドアが開いて、年老いた仕立て屋のプロズドチモが入って来た。今ではすっかり背が曲がり、以前、兵曹長だったころの軍服とおぼしき、奇妙な服を着込んでいた。そしてわずかに息をはずませながら、進み寄って来ると、右手の人差し指で、城壁の彼方を指し示すような身振りをした。

「来ますよ、やって来ますよ！」プロズドチモは重大な秘密でも漏らすかのように、声をひそめて言った。

「いったい誰がやって来るんだね？」興奮しきった仕立て屋の姿に驚いて、ドローゴはそうたずねながらも、《これは厄介だぞ、こいつがしゃべり出すと、一時間はつづくからな》と考えていた。

「道路からやって来ているんです、なんと、北の道路から！　みんな露台へ見に上がっていますよ」

「北の道路から？　兵隊が？」

「何大隊も、何大隊も！」老人は、われを忘れ、拳を握りしめて叫んだ。「今度は間違いありません、それに参謀本部からも、増援部隊を送るという知らせが届いたんです！　戦さです、戦さですよ！」彼は叫んでいたが、それはいささかこわがっているせいもあったかも知れなかった。

「もう見えるのかね？」ドローゴはたずねた、「望遠鏡がなくても見えるのかね？」（彼はベッドの上に座りなおした、恐ろしいほどに気が昂ぶっていた）

「見えるかですって！　大砲も見えるんです、もう十八門見えたそうですよ！」

「どのくらいしたら攻撃してくるだろうかね？　まだどのくらい時間があるのかね？」

「ええ、あの道路ならすぐでしょう、二日もすればこの近くまでやって来ると思いますよ、二日もすればね！」

いまいましいベッドめ、ドローゴは心のうちで罵った、病気でこんなところに縛りつけられるとは。プロズドチモが作り話をしているとはいささかも思わなかった、とっさにすべて事実だと直感した。空気までがなにかそれまでとは変わったように思えた、それに日の光までもが。

「プロズドチモ」彼は喘ぐように言った、「従卒のルカを呼んできてくれないか、呼び鈴を鳴らしても無駄だ、書類を受け取りに下の司令部へ行っているはずだから、頼む、急いで呼んできてくれ！」

「さあ、早く、少佐どの」プロズドチモは立ち去りながら、促した、「病気なんぞに構っている場合じゃあないですよ、あなたも城壁へ見にお行きなさい！」

プロズドチモはドアも閉めずに急いで出て行った。彼の足音が廊下を遠ざかって行くのが聞こえていたが、ふたたび静寂がもどった。

「おお、神よ、お願いですから、私を元気にしてください、せめて六、七日の間だけでも」ドローゴは興奮を抑えきれずに、つぶやいた。なんとしてでも立ち上がり、すぐにも城壁に上がって、シメオーニのところに行き、自分がいることを、いつでも指揮が取れることを、病気であろうがなかろうが、いつもどおりに自分の責任が果たせることを分からせたかった。

ばたん、と廊下を吹き抜ける風でドアが大きな音を立てた。静まりかえった中で、その音は、まるでドローゴの祈りに対する答えでもあるかのように、強く、意地悪くこだました。なぜルカはやって来ないのだろう、あののろまはひとっ走り階段を駆け上がって来るのになにを手間取っているのだろう?

待ち切れずに、ドローゴはベッドから下りた。すると途端にめまいに襲われたが、それは次第におさまっていった。鏡のそばに立っていた。彼はわれながら黄ばんで、やつれ果てた自分の顔に驚いた。髭のせいでそう見えるんだ、とジョヴァンニはみずからに言いきかせようとした。そして、ふらつく足で、夜着のまま、剃刀を探して部屋の中をうろついた。だが、どうしてルカの奴はいっこうに来ようとはしないのだろう?ばたん、とまた風にあおられてドアが音を立てた。「畜生め!」と罵りながら、ドローゴはドアを閉めに行った。そのときこちらへ駆けて来る従卒の足音が聞こえた。

髭を剃り、一分の隙もなく軍服を身に着けると——だが体がだぶだぶと服の中で泳いでいるみたいだった——ジョヴァンニ・ドローゴ少佐は部屋を出て、いつもよりはずいぶん長く感じられる廊下を歩いて行った。ルカは、足元のふらついている少佐を見て、すぐにも抱き支えられるようにと、彼のそばを、少しあとからついて行った。急にまた何度もめまいが襲ってきて、そのつどドローゴは立ち止まって、壁に寄りかからねばならなかった。《興奮しすぎているのだ、いつもの心悸昂進だ》と彼は考えた、《だが全体的には具合いはいいんだ》と。

実際、めまいはおさまり、ドローゴは砦のいちばん高いところにある露台に着いた、そこには数名の将校が山脈に遮られずに見えているあの三角形をした砂漠の部分を望遠鏡で窺っていた。ジョヴァンニはしばらくぶりに仰いだまぶしい日の光に目が眩み、その場にいた将校たちの敬礼にあわてて応えた。おそらくは単なるひがみからそう受け取れたのかも知れないが、部下たちの敬礼もなんだかぞんざいなように思えた。彼らはもはやジョヴァンニのことを直接の上官でもなければ、自分たちの日常生活のある意味での審判者でもないと考えているのだろうか、彼のことをもう解任されたものとでも見なしているのだろうか？

そうした不快な思いも一瞬のことで、たちまち最大の懸念事に、戦さのことに、彼は頭をめぐらせた。まず最初に、新堡塁の上に細い煙が一筋立ちのぼっているのが目に入った。では、あそこにもう防備の兵力が配置され、すでに非常処置が取られているのだ、副司令官の彼には一言の相談もなく、もう司令部は動き出しているのだ。それどころか、彼には誰ひとり知らせに来もしなかった。もしプロズドチモが彼の一存で呼びに来なかったら、ドローゴは砦の危機も知らずに、いまだにベッドの中にいただろう。

彼は苦く、かつ激しい怒りにかられた。目がかすみ、露台の胸壁に身をもたせかけねばならなかった。そして、まわりの者たちにおのれのみじめな状態を気づかれないよう、精いっぱい踏ん張っていた。自分を白眼視している連中の中で、彼はひどく孤独を感じた。モーロのように、自分に好意を抱いてくれている若い中尉もいるにはいたが、しかし、そんな下級将校の同情がなんの役に立とう。

そのとき《気を付け》の号令が聞こえ、顔を真っ赤にしたシメオーニ中佐が急ぎ足でやって来た。

「もう半時間もあちこち君を探していたんだ」と彼は大声でドローゴに言った、「どうすればいいか分からなかったんだ、決断する必要があるもんだからな」

中佐は溢れんばかりの親しさを見せながら、ドローゴの助言が聞きたくてそればっかりが気掛かりだったと言わんばかりに、眉をひそめてみせた。シメオーニがごまかそうとしているのだということはよく分かっていたが、それでもジョヴァンニの気持ちはやわらぎ、急に怒りが静まった。シメオーニはドローゴが身動きもできないものと思い込んでいたのだ。それで彼のことなど構わずに、自分ひとりで決断を下し、万事処置をほどこしてから、そのあとで彼に知らせるつもりだったのだ。ところがドローゴが砦の中をうろついているという報告があったので、それで自分の誠実さを見せておこうと、彼を探して駆けて来たのだ。

「ここにスタッツィ将軍からの通達書がある」シメオーニは、まわりの者に聞こえないよう彼を脇の方へ引っ張って行くと、いろいろと質問しようとするドローゴの機先を制して言った。「いいかね、二個連隊来るんだ。どこへ入れたらいいだろうかね?」

「援軍が二個連隊?」驚いてドローゴは言った。

シメオーニは通達書を彼に手渡した。将軍は、敵の挑発行動の可能性を心配して、安全処置のため、歩兵第十七連隊と、軽砲兵隊を含むもう一連隊を、砦の守備隊の増援に差し向けたと、そう通告していた。そして、できる限り速やかに、以前の編成で、と言うことは全兵員でもって、警備態勢を取り、かつ増援部隊の将兵のための宿舎を準備するように、もちろん一部は野営もやむをえぬ、とも書いてあった。

「とりあえず新堡塁へ一分隊派遣しておいたが、それでよかったろうな?」そう言って、シメオーニはドローゴの返事も待たずに付け加えた、「君ももう見ただろう?」

「ああ、それで結構だ」ジョヴァンニはやっとの思いで答えた。シメオーニの台詞が、非現実的な音となって、途切れ途切れに耳に聞こえ、まわりのものがくらくらと不快に揺れて見えた。ドローゴは気分が悪くなり、不意に激しい脱力感に襲われた、なんとか立っていようとするだけで精いっぱいだった。《おお、神よ》彼は心の中で祈った、《今しばらくわれを守りたまえ!》
今にもくずおれそうになるのを隠すために、彼は望遠鏡を借りて(それはシメオーニ中尉の例の望遠鏡だった)、胸壁に肘をつき、北の方角を眺めはじめた、そうすることでやっと立っていられたのだった。ああ、敵がもう少し待ってくれたら。体が回復するのに一週間もあれば充分だ、敵はこれまでもう何年も待ってきたのだから、せめてあと数日待ってくれないものか、ほんの数日だけでも。

彼は砂漠が三角形に見える部分を望遠鏡で覗きながら、そこになにも見えないようにと、道路は見棄てられたまま、人影ひとつないようにと願っていた。ドローゴは、敵を待ち続けることに人生を費やしてきたあげく、そう願ったのだった。

彼はなにも見えないようにと願った、ところが白い砂漠を斜めによぎって、一筋黒い線が見え、そしてその線は動いていた。砦へと向かって来る軍兵や車馬の密集した隊列だった。国境画定の際の、あのみすぼらしい隊列とはまるで違っていた。北の軍勢だ、ついに来たのだ……

その瞬間、望遠鏡の中の像が目眩くような速さで回りだしたかと思うと、次第にぼやけて、やがて真っ暗になってしまった。彼は気を失って、人形のように胸壁に倒れかかっていた。シメオーニがかろうじて彼の体を抱きかかえた、軍服をとおしてドローゴのぐんなりとした体が、げっそりと肉の落ちた骨格が感じられた。

## 二十八

一昼夜たった。ジョヴァンニ・ドローゴ少佐はベッドにじっと横たわっていた。砦じゅうに刻一刻と不安が高まっていくのに、時おり、間を計ったように、水槽に落ちる滴の音が聞こえてくるだけで、ほかにはなんの物音もしなかった。いっさいから隔離されて、ドローゴは、もしかして失われた力がもどって来る兆しはないかと、自分の体に注意を集中していた。軍医のロヴィーナは数日すればよくなると言っていた。でも、実際には何日かかるのだろう？　敵が攻め寄せて来たとき、立ち上がって、軍服をまとい、砦の屋上までわが身を運んで行けるだろうか？　時おりベッドから起き上がってみては、そのつど少しはよくなっているような気がして、壁で体を支えずに、鏡のところまで歩いて行くのだったが、鏡に映った、土気色の、頬の落ちくぼんだ自分の顔を見ると、新たな希望もまたしぼみ、そして、めまいで意識が朦朧とし、よろめく足取りでベッドにもどっては、自分を治せぬ軍医を呪うのだった。

日差しはもう床の上をずいぶん移動していたから、十一時にはなっていたろう、中庭からは常ならぬ人声が聞こえ、そしてジョヴァンニは、天井を見据えたまま、じっと横になっていた。そのとき、部屋に、砦の司令官、シメオーニ中佐が入って来た。

「どうだね？」シメオーニは活発な調子で言った、「少しはいいって？　でも顔色が青いよ」

「分かっているよ」ドローゴは冷やかに言った、「で、北からはやって来ているかね？」

「やって来ているどころじゃあない」シメオーニは答えた、「もう砲兵が断層のへりにとりついて、配置につこうとしている真っ最中だ……見舞いに来られなくて申し訳なかったが……なにしろ砦の中は火事場騒ぎでね。午後には増援部隊の第一陣が到着するし、今やっと五分ばかり暇を見つけたってわけなんだ……」

ドローゴは口を開いたが、自分の声が震えているのに驚いた、「あしたは起きることができそうだ、少しは君の手助けができるだろう」

「ああ、いや、そんなこと気にしなくていい、今はよくなることだけ考えていればいいんだ、君のことを忘れていたなんて思わんでくれよ。むしろ、いい知らせを持ってきたんだ。きょう君を迎えにすてきな馬車が来るんだ。戦さであろうがなかろうが、まず友だちのことが第一だからな……」シメオーニはあえて言った。

「私を迎えに馬車が来るだって？　なぜ私を迎えに？」

「そう、君を迎えにだよ。こんな部屋にいつまでもいてはだめだ、町でなら、治療も行き届くし、一か月もすれば元気になるよ。ここのことは心配いらんよ、もう山は越えたようなもんさ」

すさまじい怒りにドローゴは胸がふさがった。ただ敵を待つために、人生のもろもろの善きことを棄ててきた彼を、三十年以上もの間、ただその思いのみを培ってきた彼を、その彼を、ようやく戦さが起ころうとしている今になって、追い払おうというのか？

「せめて、私の了解を得るべきじゃあなかったかね」彼は怒りに声を震わせながら言った、「私はここから動かないぞ、ここに残っていたいんだ、私の病気は君の思うほどじゃあない、あしたには起き上がって……」

「どうかそんなに興奮しないでくれ、どうもしないから」シメオーニはいたわるような笑みを無理に浮かべて言った、「そうした方がいいと思ったんだ、ロヴィーナもそう言っていたしな……」

「なんだって、ロヴィーナが？　ロヴィーナが馬車をよこすように君に言ったのかね？」

「いや、馬車のことはロヴィーナと話したわけじゃあないがね。でも転地した方がいいと言ってたよ」

そこでドローゴは、シメオーニに、真の友人に対するように、話してみようと思った、かつてオルティスにしたみたいに、胸襟を開いてみようと考えた、シメオーニだってひとりの人間であるにはちがいないのだ。

「なあ、シメオーニ」彼は声音を変えて言った、「君にも分かっているだろう、この砦には……みんな望みをつないで居残っているんだ……うまく言えないが、君にもよく分かっているだろう」(どうもうまく説明できなかった、こんな男にどうすれば分からせることができるだろうか?)「その望みがなくなれば……」

「分からないね」シメオーニはいかにもわずらわしそうに言った。(ドローゴはいささか感傷的になっているようだ、と彼は考えた。病気のせいで気が弱っているのだろうか?)

「君には分かるはずだ」ジョヴァンニは続けた、「私は三十年以上もここでじっと待ってきたんだ……いろんな機会も見逃してきた。三十年と言えばずいぶん長い、その間ずっと敵を待って過ごしてきたんだ。今になってそんなことを言わせないよ、今ここを立ち去れなどとは。私にはここに残る権利があると思うがね……」

「いいさ」シメオーニはいらだたしげに言い返した、「君のためによかれと思ったのに、君はそんなふうに言うんだな。まったく無駄骨だったよ。わざわざ伝令を二名出して、馬車を通すため砲兵隊の前進を遅らせたのに」

「君にとやかく言っているんじゃあないんだ」ドローゴは言った、「むしろ君には感謝しているよ、よかれと思ってしてくれたんだから、それはよく分かっている」(ああ、なんてことだ、とドローゴは考えた、こんな奴に下手に出なければならないとは)「でも馬車はここに居座ることになるかもしれない、今の私はとても馬車の旅なんてできそうな状態ではないからね」彼はうかつにもそう口をすべらせた。

「さっきは明日には起き上がれると言っていたのに、今度は馬車にも乗れないと言うのかね、君は自分でなにを言っているのか分かっていないんじゃあないのかね……」

ドローゴは言い直そうとした、「いや、馬車で旅するのと、巡警路まで上がっていくのとではまた別さ、床几を持って上がることだってできるし、疲れたらそれに座ればいいんだから」(彼は《椅子》と言おうとしたが、それではおかしいように思った)「そこにいて、みんなの仕事を監督することぐらいは、いや、せめて見ていることぐらいはできるだろう」

「じゃあ、残りたまえ、残っていたまえ！」シメオーニは話にけりをつけるように言った、「だが増援部隊の将校たちをどこに寝かせたものやら、まさか廊下や、倉庫に寝かせるわけにもゆくまい！　この部屋ならゆうにベッドが三つ入るんだが……」

ドローゴはぞっとして相手を見つめた。シメオーニはそんなところに話をもっていこうとするのか？　空き部屋がひとつ欲しいために、ドローゴを追い出そうとしていたのか？　ただそれだけのために？　親切や友情などとんでもないことだった。最初からそうと気づくべきだったのだ、とドローゴは考えた、こんな卑劣漢相手ではそうと予想すべきだったのだ。

ドローゴが口をつぐんだので、シメオーニは、勢いづいて、なおも続けた、「ここにはゆうにベッドが三つ入る、あの壁ぎわに二つ、この隅にひとつ。なあ、ドローゴ、私の言うことをきいてくれたら」思いやりの情など微塵も見せず、彼はあけすけに言った、「私の言うことをきいてくれたら、私も仕事がやりやすいんだがな。はっきり言うようで悪いが、君がここにいても、君の今のありさまでは、なにか役に立つことをしてもらえそうもないしな」

「もういい」ジョヴァンニは相手の言葉を遮った、「もう結構だ、よしてくれないか、頭痛がしそうだ」

「くどいようで悪いが」と相手が言った、「すぐにもこの件を片付けたいんでね。もう馬車はこっちへ向かっているし、ロヴィーナも君がここを発つのに賛成だ。それにここにはひとつ部屋が空くし、君の回復は早まるし、結局私にとっても、病気の君をここに置いておくのは、大きな負担を負うことになる、厄介なことにでもなったら困るからな。はっきり言わせてもらうと、君は私にたいへんな負担を背負わせているんだ」

「いいかね」ドローゴは言葉を返したが、言い争うのも馬鹿げたことだと分かっていた、その間彼は木の壁を斜めに登ってくる日差しにじっと目をやっていた、「断ってすまないが、私はここに残りたいんだ。厄介はかけないよ、誓ってもいい、なんならそう一筆書いてもいい。もう行ってくれたまえ、シメオーニ、私をそっとしておいてくれたまえ、私はもうあまり長くはない、私をここにいさせてくれたまえ、三十年以上もこの部屋で寝てきたんだ……」

相手はしばらく口をつぐみ、軽蔑するような目で病気の同僚を見て、意地の悪そうな笑みを浮かべ、それから声を改めてたずねた、「もし上官としてそう要求したら？　私の命令だとしたら、君はなんと言うかね？」そしてしばらく間をおいて、その台詞の生み出す効果を味わっていた。「ねえ、ドローゴ、今度は君のいつもの軍人精神とやらを発揮してもらいたくないんだ、こんなことを言わねばならないのはつらいが、結局のところ、君は安全なところへ行くんだし、君の代わりは大勢いるんだ。残念だろうとは思うけど、この人生からすべてを望むことなどできはしないんだ、諦めなきゃあならんことだってあるさ……いますぐ君の従卒をよこして、荷物の準備をさせるからな、馬車は二時に来るはずだ。じゃあ、またあとでな……」

そう言うと、ドローゴに新たに反論するひまも与えずに、シメオーニは急いで出て行った。ぴしゃりとドアを閉めると、事態を完全に掌握したおのれに満足した男が見せるような足取りで、さっさと廊下を去って行った。

重苦しい静寂が残った。ぽとん！　と壁の後ろの水槽で滴の音がした。そのあとは部屋の中に聞こえるものといえば、いささか啜《すす》り泣きにも似た、ドローゴの喘ぐような息づかいだけだった。外は輝くような日和で、石ころさえも温まり、遠くでは急な岩壁を伝い落ちる一様な水音が聞こえ、そして敵は砦の前面の断層の末端部の下に蝟集し、砂漠の道路を通ってなおも軍兵や車馬が詰めかけてきていた。砦の稜堡の上では万端準備が整い、弾薬も規定どおりに配布され、兵の士気も旺盛で、武器の点検も充分だった。みんなの目が、前面の山並みで遮られてなにも見えないものの、北の方角に注がれていた（ただ新堡塁からだけはなにもかも手に取るように見えていた）。遠い以前に北の連中が国境画定にやって来たときとおなじように、みんなの心は不安と喜びとの間を交互に揺れ動いていた。だが、誰ひとりとしてドローゴのことなど思い出すひまとてなく、そして彼は、ルカの手を借りて、軍服をまとい、砦を立ち去る支度をするのだった。

# 二十九

実際、馬車は田舎道には大仰すぎるほど豪奢だった。ドアに連隊の紋章が付いていなければ、大金持ちの馬車に見えたことだろう。御者台には、ふたりの兵士、すなわちドローゴの従卒と御者とが座った。

もう援軍の第一陣が到着して、ごったがえしている最中の砦の中では、痩せこけ、憔悴しきった、顔色の黄ばんだ将校がひとり、ゆっくりと階段を下り、入り口の廊下を通り、外へ出て、馬車の止まっている方に向かったところで、誰ひとり大して注意を払う者はいなかった。

日の光をいっぱいに浴びた台地には、谷の方からやって来る兵士たちや、馬や、騾馬の長い列が見えていた。強行軍で疲れてはいても、砦に近づくにつれて、兵士たちは歩調を速め、先頭に立つ軍楽隊が、吹奏準備のために、楽器を覆った灰色の布のカバーをはずすのが見えた。

その間にドローゴに敬礼をする者もあったが、ごくわずかにすぎず、敬礼の仕方もこれまでとはもう違っていた。誰もが、彼は去り行く人間であり、砦の位階の中ではもはや無に等しい存在だと知っているみたいだった。モーロ中尉と、ほかに数名、別れを告げにやって来たが、その挨拶は、年寄りに対する青年たちのあの一般的な愛情を示す、手短なものにすぎなかった。中のひとりが、シメオーニ司令官殿が、いま忙しいから、ドローゴ少佐殿にしばらくお待ちねがえまいか、かならず行くから、とそう言っていたと告げた。

だが、ドローゴは構わず馬車に乗り込み、すぐ出発するように命じた。彼は呼吸がしやすいようにと幌を下ろさせ、脚のまわりに黒っぽい毛布を二、三枚巻き付けた。その毛布の上でサーベルがきらきらと光っていた。

馬車はごとごとと揺れ、石ころだらけの台地の上を進んで行った。それはドローゴを終点へと導く道だった。座席の上で一方に顔を向け、馬車が揺れるたびに、頭をぐらつかせながら、ドローゴは次第に低くなってゆく砦の城壁にじっと目をやっていた。

あそこで彼は世間から隔離された生活を送ってきたのだ、敵を待って三十年以上も耐えてきたのだ、そして敵が来襲してきた今になって、彼はそこから追い払われたのだった。一方、彼の同僚たちは、町で安逸な、楽しい暮らしを送って来たほかの連中は、栄光を横取りしようと、傲慢にも嘲笑を浮かべながら、峠を越えてやって来ているのだ。
ドローゴは砦の黄色っぽい城壁を、砲台や火薬庫の整然とした姿を、かつてないほどにじっと凝視した。苦い涙がゆっくりと皺だらけの頰を伝わっていった。すべてが痛ましい結果に終わり、そして言うべき言葉もなかった。

なにひとつ、ドローゴのためになりうるようなものはまったくなにひとつ残らなかった、彼はこの世界にひとりぼっちで、病《やま》いに冒され、疫病患者のように追い払われたのだった。畜生め、畜生め、彼は口走った。だが、そのうち、もうほっておこう、もうなにも考えないでおこうと思った、さもないと耐えきれぬ怒りに胸が張り裂けそうだったからだ。

日はすでに傾きつつあったが、道のりはまだまだ残っていた。御者台に座ったふたりの兵士は、とどまろうが去ろうがそんなことには無関心に、のんきに話をしていた。彼らは馬鹿げた思いにとらわれることなく、人生をなるがままにゆだねているのだった。まさしく病人用の、極上の造りの馬車は、微妙な秤のように、地面のでこぼこに反応して揺れた。そして、砦の姿は、まわりの眺め全体の中で、次第に小さく、平たくなっていったが、その城壁は、春の午後の日差しに異様に輝いていた。

おそらく、ここで見納めだ、とドローゴは、馬車が台地のはずれ、道が谷あいへと下って行くあたりに差しかかった時、そう思った。《さらば、砦よ》彼は心のうちで言った。だが、ドローゴはいささか意識が朦朧としていたし、それに、幾世紀も経たのち、今ようやくおのれにふさわしい生き方を始めようとしているその古びた砦にもう一度視線を注ぐために馬車を止めさせるだけの勇気もなかった。

なおも一瞬だけ、ドローゴの目に黄色っぽい城壁や、斜角をなした稜堡や、謎めいた堡塁や、雪が溶けて黒い地肌を見せた両側の断崖の姿が映っていた。ジョヴァンニは──ほんの瞬間のことではあったが──不意にその城壁が、陽にきらめきながら、空へとせり上がっていくような気がした。そのあと急に視界は草のまばらに生えた岩肌に遮られ、道はその間を下っていった。

五時ごろ、谷の横腹に沿って走る道ばたの、小さな旅籠《はたご》に着いた。はるか上には、草や赤土に覆われた、混沌と重なりあった山巓《さんてん》が、おそらくは人跡未踏の荒涼とした山々が、蜃気楼のようにそびえ、眼下には急流が渦巻いていた。

馬車が旅籠の前の狭い広場に止まったとき、ちょうど騎銃兵大隊が通りかかった。ドローゴは、汗と疲労にほてった若々しい顔が、そばを通って行くのを見ていた。みんな驚いたような目で彼の方を見ながら通り過ぎて行った。将校たちだけは彼に敬礼をしてよこした。遠ざかる隊列の中で、声がした、「年寄りはのんきなもんだ!」だが、笑い声は起きなかった。彼らは戦さへと向かい、彼は蔑むべき平野へと下って行く。たぶん、あの兵士たちは、おかしな将校だ、と思ったことだろう。でも、彼の顔からは彼もまた死へと向かって行っているのだということが兵士たちにも読み取れたであろうに。

彼は霧にも似た朦朧とした放心状態から容易に抜け出せなかった、おそらく馬車に揺られたせいか、それとも病気のせいか、あるいは単にみじめに生涯を終えざるをえぬ悲しみのせいかも知れなかった。もう彼には何事もどうでもよかった。町に帰り、ひとけのない古い家の中を足を引きずって歩いたり、無為と孤独の中で何か月もベッドに横たわって過ごすのかと思うと、ぞっとするのだった。急いで帰る必要はさらさらなかった。彼はその夜を旅籠で過ごすことにした。

彼は大隊がすっかり通り過ぎるのを待った。兵士たちの巻き上げた土埃が彼らの歩んだ足跡の上にふたたび舞い落ち、軍用馬車の車輪の轟きが谷川の流れの音に掻き消された。そのあとようやく彼は、ルカの肩に寄りかかって、ゆっくりと馬車から下りた。

戸口のところにひとりの女が座って、熱心に靴下を編んでいた。そしてその足元の質素な揺籃の中には赤ん坊が眠っていた。大人のそれとはまるで違った、柔らかく、深い、そのすてきな眠りを、ドローゴは驚いたように見つめた。その赤ん坊にはまだ不安な夢も芽生えず、その小さな魂は、まだ望みも悔恨も知らず、静かな、澄みきった大気の中を無邪気にたゆたっていた。ドローゴは立ち止まって、じっとその赤ん坊の寝顔を見つめているうちに、刺すような悲しみに胸が突かれるのを感じた。彼は眠りにおちている自分の姿を、自分では決して知ることのできない一個のドローゴの姿を思い描いてみようとした。暗い不安に掻き乱され、寝息も重く、半ば開いた口元をだらしなく垂らして、醜く眠っている自分の姿が浮かんできた。だが、彼もかつてはその赤ん坊のように眠っていたのだ、彼もまた可愛く、無邪気であったのだ、そしておそらくは年老いて、病んだひとりの将校が彼の前に立ち止まり、苦い驚きをもって、彼の寝顔を見つめたかも知れないのだ。《哀れなドローゴ》と彼は呟いた、そして、たとえそれが弱音であったとしても、結局自分はこの世でひとりぼっちで、おのれ以外には誰ひとり自分を愛してくれる者はいないのだと悟った。

# 三十

彼は寝室のゆったりしたソファーに座っていた。うっとりするような夜で、窓からはかぐわしい大気が流れ込んできていた。ドローゴは放心したように次第に藍色を濃くしてゆく空を、紫色の影を落とす谷間を、まだ夕日を浴びている山々の頂きを眺めていた。砦ははるかかなたで、その近くの山並みさえももう見えなかった。

それは並の運命の人間にも幸せを感じさせる夕べであるにちがいなかった。ジョヴァンニは黄昏の町を、新たな季節への甘美な期待を、河沿いの並木道を行く若い男女たちを、すでに明かりを点した窓辺から洩れるピアノの調べを、遠くで響く汽車の汽笛を、思い浮かべた。北の砂漠のただなかに野営する敵勢の灯火を、風に揺らめく砦の角灯を、戦いを前にひかえた、興奮に満ちた、眠れぬ夜を、思い描いた。誰もが、たとえ小さなものであっても、なにか期待をかけるべきものを持っているのだ、彼を除いては誰もが。

階下の広間からはひとりの男が、ついでふたりいっしょになって歌を歌い出した。恋歌だった。藍色が深みを増してゆく空のてっぺんで、三つ、四つ星がまたたいていた。

ドローゴは部屋にひとりきりだった。従卒は下へ一杯やりに下りて行っていた。部屋の隅や家具の下にはあやしい影が立ち込めていた。ジョヴァンニは瞬間もう我慢しきれなくなりそうに思った(だがそんな彼を誰ひとり見ている者はなかったし、世界の中で誰ひとり知るはずもなかったろう)。一瞬ドローゴ少佐は心の中のつらい重荷が涙となってどっと溢れ出しそうに感じた。

まさしくその時、彼の心の奥底から容赦なく、くっきりとひとつの新たな想念が湧いて出た。死の想念だった。

時の遁走が、まるで魔法が破れたみたいに、止まったかに思えた。時の渦巻く流れが最近ではますます激しさを増していたのが、不意にぴたりと止まり、世界はすっかり力なく澱んで、時計だけがむなしく動いていた。ドローゴの道は終わり、彼は一様に灰色をした海を前にした寂しい岸辺にたどり着いたのだった、そしてまわりには家もなければ、木も、人影もなく、すべてがはるか太古からのままだった。

はるか向こうから次第に濃く凝縮する影が近づいて来るのを彼は感じていた。おそらくはあと数時間の問題だろう、もしかすると数週間、あるいは数か月もつかも知れない、だが、死から多少隔たりがあったとしても、数か月、数週間の時間は束の間のことにすぎない、だとすると、彼の人生は戯れのうちに終わってしまったのだ、思い上がった賭けのために彼はすべてを失ってしまったのだ。

外では空が濃い藍色に変わっていたが、しかし西の方、紫色の山々の稜線の上には、一筋光が残っていた。そして部屋には闇が忍び込み、家具の脅迫じみた輪郭や、ベッドの白さ、ドローゴのサーベルの輝きだけがようやく見分けられた。この部屋からもう動けまい、と彼はそう悟っていた。

こうしてジョヴァンニが闇に包まれている間にも、階下ではギターの伴奏に合わせて甘い歌が続いていたが、そのとき彼は自分の中に最後の望みが生じてくるのを感じた。この世の中でひとりぼっちの、病いに冒され、砦からは足手まといの存在として追い払われた彼、みんなに遅れを取った、臆病で、気の弱い彼ではあったが、しかしすべてが終わったわけではないとあえてそう思ったのだった、というのも彼にとっておそらくは大きな機会がやって来たからだった、全生涯を賭しうる最後の戦いが。

事実、ジョヴァンニ・ドローゴに向かって、最後の敵が迫りつつあった。だが、それは彼とおなじように欲望や苦悩を背負った人間、傷つけうる肉体、目に見える顔を持った人間ではなく、絶対的な力を持つ、意地の悪い存在だった。それは春の青空のもと、砲声や雄たけびの轟く中、城壁上で戦うべき敵ではなかった、その戦いでは、かたわらに勇気を鼓舞してくれる味方の姿もなく、大砲や小銃の刺すような硝煙のにおいもなく、栄光の約束もなかった。すべてが、名も知らぬ旅籠の部屋の、蠟燭の明かりのもと、まったくの孤独の中で起こる戦いなのだ。陽の輝く朝、若い娘たちの笑顔の中を、花冠をかざして凱旋するための戦いではない。誰ひとり見る者もなければ、また、よくやった、と言ってくれる者とていないのだ。

ああ、それはかつて彼が夢見ていたのよりもはるかに厳しい戦いなのだ。歴戦のつわものと言えども避けたがるであろう。野外で、乱戦のさなか、高らかに響くらっぱを聞きながら、まだ若く、健康な肉体を保ったまま死んでゆくのは美しく、傷を負い、長く苦しんだあげくに、病院の大部屋で死ぬのは悲しく、またわが家のベッドで、弱々しい明かりと、薬壜と、親しい人たちの嘆きに囲まれて命を終えるのはさらに哀れなことであろう、だが、知らぬ土地の、旅籠のありふれたベッドの上で、年老い、醜くなって、この世に誰ひとりとして残すことなく死んでゆくほどつらいことはなかろう。

《勇気を出せ、ドローゴ、これが最後のカードだ、軍人らしく死に立ち向かい、せめてお前の誤てる生涯の最後を立派に締めくくれ。運命に一矢を報いろ。誰もお前に賛辞を捧げはしないだろうし、誰もお前を英雄とか、あるいはそれに類した名で呼びはしないだろうが、しかし、だからこそ価値があるのだ。しっかりとした足取りで幽冥の敷居をまたげ。閲兵式に赴くみたいに、胸を張って行け、できれば笑みも浮かべろ。結局のところ、心にあまり負い目はないのだし、神も許し給うだろう》

人生の最後の輪がまわりから締めつけてくるのを感じながら、ジョヴァンニはみずからにそう言いきかせた、それはいわば祈りのようなものでもあった。そして、過去のさまざまな苦い出来事をたたえた井戸の中から、破れ去ってしまったさまざまな望みの中から、これまで蒙ってきたさまざまな底意地悪い仕打ちの中から、思いもよらなかったような力が湧き出てきた。ジョヴァンニ・ドローゴは、すっかり心安らいでいる自分にふと気づいて、えも言えぬ喜びを感じ、早くその試練に立ち向かいたいとさえ思った。人生からすべてを望むことなどできはしないだと？　シメオーニよ、果たしてそうだろうか？　これからこのドローゴがひとつ見せてやろうじゃあないか。

勇気を出せ、ドローゴ。彼は力を奮い起こし、気を強く持って、恐ろしい想念に立ち向かった。全軍相手にただひとりでしゃにむに攻撃を仕掛けるかのように、いっきに精神力のすべてをそこに注いだ。すると、たちまちそれまでの恐怖感が消え、悪夢が溶け去り、死は、凍るように冷たい相貌から、なにか単純で自然にかなったものへと、その姿を変えていった。老いと病いに衰えきった、哀れなジョヴァンニ・ドローゴ少佐は、とてつもなく巨大な、黒々とした門に立ち向かっていった。すると、その扉が崩れ落ち、一筋の光の差し込む道が開けるのに気づいた。

すると、砦の稜堡の上で思い悩んだことも、荒涼とした北の砂漠をじっと窺ったことも、出世のためになめた苦い思いも、待ち続けることに費やした長い年月も、取るに足らぬことに思えた。もはやアングスティーナを羨む必要すらなかった。そう、たしかにアングスティーナは吹雪のさなかに山の頂上で死んだ、見事に自分の思うとおりの最期を遂げた。だが、ドローゴのように、病いに蝕まれ、見知らぬ人間たちの中に放り出されながらも、雄々しく死に立ち向かうことの方がはるかに野心的であった。

ただ骨もあらわで、皮膚も青白くたるんだ、みじめな体で、あの世に行かねばならないのが残念だった。アングスティーナは清らかな姿のまま死んで行った――とジョヴァンニは考えた――年齢のわりにはすらりとした、優雅な体つきと、女たちに好かれる上品な顔立ちを保ったままで。これはあの男の特権なのだ。だが、あの黒々とした敷居をまたげば、ドローゴもまた、かつてのような、美しいとは言わないまでも（彼は昔から美男ではなかったからだが）、若く初々しい姿にもどれるかもしれないのだ。そう思うとドローゴは、妙に解放されたような、幸せな気持を感じて、子供のように、無性にうれしくなった。

だが、そのうちにこんな思いが浮かんできた、もしすべてが錯誤だとしたら？　この勇気も一時の陶酔だとしたら？　単にすばらしい夕暮れや、かぐわしい大気のせいや、肉体的な苦痛が途絶えたせいや、階下から聞こえる歌のせいにすぎないとしたら？　そして、数分後、あるいは一時間後には、またもとの打ちのめされた、弱いドローゴにもどらねばならぬとしたら？

いや、もう考えるのはよせ、ドローゴよ、もうみずからを苦しめることはない、すでにあらましは終わったのだ、たとえ苦痛が襲って来ようが、お前を慰める音楽が止んでしまおうが、このすてきな夜がいやな霧に包まれようが、おなじことだ。すでにあらましは終わってしまったのだ、もうお前を失望させるものとてあるまい。

部屋はすっかり闇に包まれた、かろうじてベッドの白さが見分けられるだけで、あとはすべてが漆のような闇だった。やがて月がのぼるだろう。

ドローゴは月の出を目にすることができるだろうか、それともそれより先きにこの世を去らねばならないのだろうか？ 部屋のドアがかすかに軋みを立てる。風がそよいだのか、あるいは天候の定まらぬ春の夜の大気の乱れのせいか、それとも、音もなく、あれが入って来て、今まさにドローゴのソファーに忍び寄りつつあるのだろうか。彼は気持ちを奮い立たせて、幾分胸を張り、片手で軍服の襟元を正すと、窓の外に目をやって、もう一度最後に星をちらりと眺める。それから、闇の中で、誰ひとり見ている者もいないのに、かすかに笑みを浮かべるのだった。

# 訳者解説

『タタール人の砂漠』の作者ディーノ・ブッツァーティは、一九〇六年十月一六日、北イタリアのヴェネト州の小都市ベッルーノの旧家に生まれ、幼少期をその地で過ごした。一九一六年、十歳になると、ミラノの寄宿中学校に入学し、高等学校、大学とミラノで教育を受け、ミラノ大学を卒業後、同市の新聞社コッリエーレ・デッラ・セーラ紙に入社する。そして、勤務のかたわら、創作活動を開始し、以後はずっとミラノで暮らすことになるのであるが、故郷ベッルーノと、それを取り巻く自然を愛し続けて、毎年のようにベッルーノの生家にしばらく滞在するのを生涯通じての慣わしとした。

このベッルーノという町は、すぐ北に奇峰や鋸《のこぎり》状の尾根が連なった特異な姿を見せるドロミテ・アルプスが聳え、山並みの向こうはもうオーストリアとの国境である。事実、ベッルーノは、ナポレオン戦役後の十九世紀前半、オーストリアの支配下にあったし、また第一次大戦中には、ベッルーノは一時オーストリア軍に占領され、郊外にあったブッツァーティ家の屋敷も一部損害を被っている。こうしたドロミテ独特の山々の姿と、その山並みの北はもう他国であるという事実が、幼いブッツァーティの心になにか神秘的な印象を深く刻み込んだことであろう。

このように見てくると、幻想的な作風の彼の長編処女作『山のバルナボ』(一九三三年)において、山奥深くで孤独な瞑想的な生活を営む主人公を取り巻く架空の山々の描写は、幼い頃から馴染み深いドロミテ・アルプスのイメージを取り入れたものであることが容易に想像しうるし、また同じく幻想的、寓意的な長編二作目の『古い森の秘密』(一九三五年)の背景となっている森は、ドロミテの麓に広がる広大な森のイメージを借りたものであろう。そして、長編三作目に当たる『タタール人の砂漠』(一九四〇年)で、主人公が勤務する砦を囲む山々の描写も、いかにもドロミテの山々の特徴的な姿を表わしているし、また砂漠を越えて、いつ砦に攻め寄せて来るかもしれない「北の国」というのは、なんとなくオーストリアを連想させるのである。

ところで、ブッツァーティは『山のバルナボ』を出版し、『古い森の秘密』を執筆途中の一九三四年、コッリエーレ・デッラ・セーラ紙の特派員として、近東各地へ取材旅行に出かけ、荒涼とした砂漠の眺めに深く印象づけられるのであるが、それが『タタール人の砂漠』にも反映している。ブッツァーティはドロミテ・アルプスのイメージと近東の砂漠のイメージを組み合わせ、『タタール人の砂漠』の主人公ドローゴが孤独な年月を過ごす辺境の砦の両側を取り囲む山々と、砦の北に広がる無人の砂漠という寂寞としたひとつの背景として作り上げているのである。ブッツァーティ自身、「山や砂漠の風景は自分の想像力に強く訴える」というようなことを言っているが、事実、『タタール人の砂漠』に限らず、彼の短編作品などにも、物語の主人公たちを取り巻く自然の背景として、山や砂漠の光景を用いているものがいくつも見られるのである。

さて、この『タタール人の砂漠』は一九四〇年六月九日にリッツォーリ社から刊行されるが、その翌日、イタリアは第二次大戦に参戦し、数日後には英仏艦隊によりジェノヴァが砲撃されている。ブッツァーティは、最初は、「砦」という題名をつけていたが、その題名では、読者に戦争を意識させる、戦闘場面をちりばめた、戦意高揚的な内容のもののように誤解されるおそれがあるとして、急遽「タタール人の砂漠」という題に変えたというようなことを言っている。事実、この作品には戦闘の場面の描写などは見られない。では、なにが描かれているのであろうか。主人公ドローゴの三十年余りにわたる辺境の砦暮らしで、事件らしい事件といえば、帰営する途中で隊からはぐれた兵士が一名、合言葉を知らなかったために、砦の城門の前で味方に射殺されることと、国境画定の任務を果たすための一隊に随行して山に登った将校が一名、雪のために凍死することぐらいで、ほかにはなにごとも起こらない。

こうした作品でブッツァーティはいったいなにを描こうとしているのであろうか。それは人生そのものである。士官学校を卒業して、将校に任官されたドローゴは最初の赴任地であるバスティアーニ砦へと旅立ち、険しい山道を進んで行く。だが、砦がどこにあるのか、またそこへの行程も誰もはっきりと知らないということ自体が、先行きの知れない人生行路への旅立ちを暗示していると言えよう。では、その人生とはいかなるものであろうか。結局、辺境の砦で三十年余を過ごすことになる主人公ドローゴの人生は孤独で単調な日々の積み重なりにしかすぎず、ただむなしく時が流れて行くだけである。そして、そうしたうわべは日常性に埋没しきったような暮らしの中で、ドローゴをはじめ、砦の司令官フィリモーレ大佐も、オルティス大尉も、プロズドチモも、ほかの将兵たちも、いずれ未知のなにかが、運命的な出来事が起こるのではないかという期待を心に秘めながら、ただじっと待ち続ける。そして、彼らのそうした漠然とした期待から生み出されたのが、北の砂漠からの伝説のタタール人の襲来という幻想であり、あるいは、わずかに現実味を帯びたものとして、北の王国の軍隊による攻撃という期待である。彼らはこうした幻想、期待を抱く一方で、結局はなにも起こらないままに終わってしまうのではないかという不安、焦燥感に苛まれながら、神秘的な霧に包まれた、謎めいた北の砂漠の方を窺い続けて、砦から離れられない。そうした意味では、砦は人々の人生を納めた入れ物であり、タタール人の襲来という幻想は、人々が人生で抱く期待や不安の象徴であるとも言えよう。そうした期待と、言い知れぬ不安と、焦燥の中で宙吊りになった苦しみから解き放たれるようななにかは果たして起こるのだろうか。長く、むなしい歳月ののち、ようやく幻想が事実となって、北の砂漠から敵の軍勢が攻め寄せて来た時には、もう年老い、病いに冒されたドローゴは、三十年余もの間待ちに待った運命的な瞬間に立ち合うことも出来ず、まるで厄介払いされるように、砦を去って行かねばならない。これはアイロニーを通り越して、悲痛でさえある。結局、死によってはじめて、期待と不安と焦燥との間に宙吊りになったまま、むなしく人生の時を過ごすという苦しみから抜け出しうるのである。そして、死こそは誰にでも必ず訪れる未知のもの、決定的な、宿命的なものであり、死のみが生というものの不条理から人を解放してくれるのである。だからこそ、砦を去ったドローゴはどことも知れぬ谷あいのわびしい旅籠《はたご》の暗い部屋の中で、笑みさえ浮かべて、ただひとり、端然と、死を迎え入れるのである。

繰り返すが、この作品の主人公は人生というもの自体であり、ドローゴ中尉という人物は人生そのものを具象化したものである。孤立した辺境の砦に勤務する主人公に限らず、いかなる職業であれ、ずっと同じ仕事に従事し、そうした意味では閉鎖的な、単調な日々を過ごさざるを得ないのが、大多数の人々の人生である。そして人々はそうした日々に耐えるために、なにか価値ある出来事が起こるのではないかという幻想を、期待を抱き、それがむなしいものにすぎないかも知れぬと思いながらも、心の内にひそかにそれを保ち続ける。しかし、その間にも時は容赦なく流れ去る。

ドローゴの人生は、そうした大多数の人々の人生に通じるものとして、寓意化、普遍化されているのである。時代も場所もさだかならない雰囲気の中で物語を展開してゆくその手法は、そうした寓意性、普遍性をいっそう効果的なものにしている。そして、そこには、どんな人生にも共通する、いくつかの根本的なテーマが集約され、統合された形で提示されている。すなわち、砦に籠ったドローゴのように、閉鎖的な状況にあって、外の世界の様子がさだかに分からないままに、幻想をめぐらし、そうした幻想が生み出す、なにか価値ある出来事を期待することで日々の単調な生活に耐え、そのかすかな期待が現実のものとなるのを願って、じっと待ち続けるうちにも、加速度的に速まる〈時の遁走〉によって、期待もむなしく潰えるといったようなテーマが。そして、この〈時の遁走〉というテーマは作品の構成からもはっきり見て取れる。たとえば、『タタール人の砂漠』全三十章のうち、最初の一章から四章までが砦への道中と到着という二日二晩の叙述に費やされ、五章から十章にかけては砦での二か月間の、十一章から十五章までが二年後の、十六章から二十四章までが四年後のことの叙述に当てられ、残りの五章でドローゴに残された「歳月が夢のように過ぎ去って」しまう経緯が一気に語られるのである。

こうした一連のテーマは、ブッツァーティの数多くの短編でも繰り返し扱われるのであり、そうした意味でも、『タタール人の砂漠』はブッツァーティの文学の方向を決定づけたものであり、彼の作品の中でももっとも重要なものであると言える。しかし、先にも触れたように、この作品が刊行されたのは、イタリアが第二次大戦に参戦したのと同時期であり、世界各地で砲弾が炸裂する当時の状況の中では、戦闘場面もなければ、一発の砲声も轟かないこの「砦」の物語は、ごく一部の批評家や読者の評価を得たものの、一般読者には時代とは違和感のあるものと受け止められたのも無理からぬことであり、当時は広く読まれることがないままに終わった。

さて、一九四〇年、『タタール人の砂漠』の原稿をリッツォーリ社に手渡したのち、ブッツァーティはコッリエーレ・デッラ・セーラ紙の特派員として、当時イタリアの占領下にありながらも、イギリス軍の侵攻の危機の迫ったエティオピアに赴き、翌四一年には、従軍記者として、イタリア海軍がイギリス海軍に壊滅的な打撃を被ったギリシャのマタパン岬沖海戦の場に居合わせたりもしている。しかし、ブッツァーティはこうした実際の体験を直接的な形で作品に取り入れようとは決してしなかった。彼は自己の文学の本質、その本質から生み出された手法を頑ななまでに守ろうとしたのであろう。

そして、一九四二年には、それまでに新聞や雑誌に発表した短編作品をまとめて、『七人の使者』と題して刊行する。しかし、『タタール人の砂漠』に集約されているようないくつかのテーマを、架空の時代、場所を背景に、幻想的に描いたこの短編集も、いっそう激化する戦争のさなかにあっては、あまり顧みられることがなかった。

『タタール人の砂漠』は、戦後早々の一九四五年、モンダドーリ社から再刊されたが、戦後になっても、『タタール人の砂漠』や『七人の使者』は、すぐにはイタリアの読書界に、充分にその価値にふさわしい受け入れられ方をしたとは言えない。戦後早々の読者たちが好んだのは、つい昨日までの戦時中の現実、戦後の現実を直視した小説、彼らの直接的な体験と共通するものを含んだような小説であり、また批評家たちは戦後新たに再建すべき現実に密着し、そうした新たな社会の実現のための〈社会参加《アンガージュマン》〉の呼びかけに応じるような、イデオロギー的にも尖鋭な文学を主張した。

このようないわゆるネオ・リアリズムと称される文学が、戦後早々から十数年にわたって、イタリア文学の支配的な潮流であったのであり、そうした状況下にあっては、多くの批評家たちは、ブッツァーティの作品の奇妙な魅力は認めながらも、時も場所も架空の、幻想的な雰囲気の中で展開される彼の作品群を現実から遊離した文学、イデオロギー的なものを拒否した、〈現実不参加〉の文学と見なして、批判したのである。しかし、こうした点こそブッツァーティの文学の持つ独自性、普遍性を示すものなのである。彼は当時の潮流に迎合、妥協することなく自己の文学の本質を貫きとおし、一九四九年には短編集『スカラ座の恐怖』を、一九五四年には、同じく短編集『バリヴェルナ荘の崩壊』を刊行する。

やがて、一九五〇年代末から六〇年代にかけて、一世を風靡したネオ・リアリズムもようやく行き詰まりを見せ始めるとともに、ブッツァーティの作品を戦後いち早く翻訳、出版したイギリス、フランス、ドイツでの彼の作品に対する高い評価が徐々にイタリアにも及んでくるにしたがって、イタリアでも彼に対する再評価の機運が高まった。そして、一九五八年には、『七人の使者』『スカラ座の恐怖』『バリヴェルナ荘の崩壊』の三つの短編集から選んだ作品に、それまで未刊だった短編を加えた六十編を一冊にまとめた『六十物語』を出版し、同年、イタリアでもっとも権威ある文学賞ストレーガ賞を受賞する。こうして、ブッツァーティに対する評価は次第に高まり、やがてそれが世界的なものにまで拡がっていったことは、六〇年代以降、彼の作品の外国語への翻訳が急速に増え、二六か国語にも及んでいることが示している。『タタール人の砂漠』や彼の多くの短編作品に描かれている象徴的な、寓意的な人生は、国が異なり、時代や、社会状況が変わっても、あらゆる人間の人生へと普遍化されうるのであり、それが広く世界に受け入れられた所以であろう。

一九六〇年には、ブッツァーティは長編小説、『偉大なる幻影』を発表する。これは、外面的には従来とは一変して、SF小説的な手法を用いたものであるが、内容は高度にメタフィジックなものである。この作品では、死んだ妻の個性を、魂を、巨大なロボットの人工の器官の中に蘇らせようとする科学者エンドリアーデ教授の超現実的な夢への挑戦と挫折、そして自由な存在としてではなく、初めからエンドリアーデの亡き妻ラウラの蘇りたるべく前もって定められ、自分の未来への可能性を奪われた存在として創られたことに対する人造人間の苦悩と絶望、その挙句、人造人間の自殺というか、みずからの意志で装置を破壊するという結末に至る経緯が語られる。このようにSF的な仮構によりながらも、ここには人間存在の根本に触れるテーマが寓意的、象徴的に描かれているのであり、その点では、この作品においても、ブッツァーティは自己の文学の本質を追求し続けていると言えよう。

さらに、一九六三年には、現実のミラノを背景に、初老の建築家の若いコール・ガールに対する愛を描いた長編小説、『ある愛』を発表する。ブッツァーティにとっては、「愛」をモチーフにするのも、ミラノという現実の都市を背景として描くのも初めてのことであり、またその作風もリアリスティックな要素と幻想的な要素を混淆した、彼の作品としては異質の印象を与えるものであり、一見、『タタール人の砂漠』などとはかけ離れたスタイルのもののように思えるが、その根底には『タタール人の砂漠』に見られるのと同じテーマが流れている。正体のわからない、うら若いコール・ガールをある神秘的な力の象徴として捉え、その正体が分からずに苦悩し、一方でいずれ彼女から愛される時が来ることを期待して待ち続ける主人公ドリーゴ。そして、彼女に愛されることはもう期待せず、愛するだけで満足しようと思い定めたその時になって、愛の苦悩と期待にまぎれて忘れてしまっていた「死」の想念が、ミラノの夜空に黒い影となって、大きく、神秘的にそびえる塔のイメージとともに、彼の意識に姿を現わすという結末部分。こう見てくると、『ある愛』は『タタール人の砂漠』と、根本的なテーマにおいては、一貫しているのである。ブッツァーティは、『ある愛』の主人公にドリーゴという、『タタール人の砂漠』の主人公ドローゴの名を連想させるような名を付けているのは、それによって二つの作品の共通性を暗に読者に意識させようとしたのであろう。

また、一九六六年には、六〇年以後に書かれた短編を収めて、『コロンブレ』と題して出版するが、このころから次第に健康が衰え、その後は本格的な執筆活動はほとんど行なっていない。そして、一九七一年十二月、間近な死を予感してか、ドロミテの山々に「最後の別れ」を告げに、故郷ベッルーノの生家を訪れ、そこに滞在している間に、病状が急変し、ミラノの病院に運ばれたものの、一か月後の翌七二年一月二八日に死去した。享年六五歳、死因は癌である。当時の新聞記事は、ブッツァーティの臨終に立ち合った人々の証言を引用して、「ブッツァーティは『タタール人の砂漠』の主人公ドローゴや、またアングスティーナのように、従容として死に臨んだ」と、伝えている。

ブッツァーティの死後四十年余、『タタール人の砂漠』や『七人の使者』の出版から数えて七十年余、今ではこれらの作品は二十世紀の〈幻想小説〉の世界的古典と評されることが多いが、しかし、形式はいかにあれ、いかなる時代にも当てはまる人間の生の普遍的な、本質的な面を描き出すことが小説の主要な役割のひとつであるとするならば、ブッツァーティの作品に〈幻想〉という形容詞をあえて付す必要はなく、とりわけ『タタール人の砂漠』や『六十物語』に収められた短編作品は、まさしく二十世紀の生んだ〈小説〉の世界的古典のひとつと呼んでしかるべきであろう。

〔付記〕
『タタール人の砂漠』は、一九九二年、松籟社から〈イタリア叢書〉の一巻として、拙訳により刊行されたが、今回、岩波文庫の一冊として再刊されるに当たり、旧版に少しばかり手を加え、「訳者解説」は書き改めた。

二〇一三年一月

脇　功

タタール人《じん》の砂漠《さばく》　ブッツァーティ作

2013年4月16日　第1刷発行
2015年7月6日　第5刷発行

訳　者　脇《わき》　功《いさお》

発行者　岡本　厚

発行所　株式会社　岩波書店
〒101-8002　東京都千代田区一ツ橋2-5-5
案内　03-5210-4000　販売部　03-5210-4111
文庫編集部　03-5210-4051
http://www.iwanami.co.jp/

印刷　製本・法令印刷　カバー・精興社

ISBN 978-4-00-327191-9　　Printed in Japan

# 読書子に寄す

——岩波文庫発刊に際して——

岩波茂雄

真理は万人によって求められることを自ら欲し、芸術は万人によって愛されることを自ら望む。かつては民を愚昧ならしめるために学芸が最も狭き堂宇に閉鎖されたことがあった。今や知識と美とを特権階級の独占より奪い返すことはつねに進取的なる民衆の切実なる要求である。岩波文庫はこの要求に応じそれに励まされて生まれた。それは生命ある不朽の書を少数者の書斎と研究室とより解放して街頭にくまなく立たしめ民衆に伍せしめるであろう。近時大量生産予約出版の流行を見る。その広告宣伝の狂態はしばらくおくも、後代にのこすと誇称する全集がその編集に万全の用意をなしたるか。千古の典籍の翻訳企図に敬虔の態度を欠かざりしか。さらに分売を許さず読者を繋縛して数十冊を強うるがごとき、はたしてその揚言する学芸解放のゆえんなりや。吾人は天下の名士の声に和してこれを推挙するに躊躇するものである。このときにあたって、岩波書店は自己の責務のいよいよ重大なるを思い、従来の方針の徹底を期するため、すでに十数年以前より志して来た計画を慎重審議この際断然実行することにした。吾人は範をかのレクラム文庫にとり、古今東西にわたって文芸・哲学・社会科学・自然科学等種類のいかんを問わず、いやしくも万人の必読すべき真に古典的価値ある書をきわめて簡易なる形式において逐次刊行し、あらゆる人間に須要なる生活向上の資料、生活批判の原理を提供せんと欲する。この文庫は予約出版の方法を排したるがゆえに、読者は自己の欲する時に自己の欲する書物を各個に自由に選択することができる。携帯に便にして価格の低きを最主とするがゆえに、外観を顧みざるも内容に至っては厳選最も力を尽くし、従来の岩波出版物の特色をますます発揮せしめようとする。この計画たるや世間の一時の投機的なるものと異なり、永遠の事業として吾人は微力を傾倒し、あらゆる犠牲を忍んで今後永久に継続発展せしめ、もって文庫の使命を遺憾なく果たさしめることを期する。芸術を愛し知識を求むる士の自ら進んでこの挙に参加し、希望と忠言とを寄せられることは吾人の熱望するところである。その性質上経済的には最も困難多きこの事業にあえて当たらんとする吾人の志を諒として、その達成のため世の読書子とのうるわしき共同を期待する。

昭和二年七月

## 《東洋文学》〔赤〕

- 杜甫詩選 ― 黒川洋一編
- 李白詩選 ― 松浦友久編訳
- 蘇東坡詩選 ― 小川環樹・山本和義選訳
- 陶淵明全集 全二冊 ― 松枝茂夫・和田武司訳注
- 唐詩選 全三冊 ― 前野直彬注解
- 玉台新詠集 全三冊 ― 鈴木虎雄訳解
- 唐詩概説 ― 小川環樹
- 完訳 三国志 全八冊 ― 小川環樹・金田純一郎訳
- 金瓶梅 全十冊 ― 小野忍・千田九一訳
- 完訳 水滸伝 全十冊 ― 吉川幸次郎・清水茂訳
- 紅楼夢 全十二冊 ― 曹雪芹 高蘭墅補 松枝茂夫訳
- 西遊記 全十冊 ― 中野美代子訳
- 杜牧詩選 ― 松浦友久・植木久行編訳
- 菜根譚 ― 洪自誠 今井宇三郎訳注
- 浮生六記 ―浮生夢のごとし ― 沈復 松枝茂夫訳
- 阿Q正伝・狂人日記 他十二篇 ― 魯迅 竹内好訳
- 故事新編 ― 魯迅 竹内好訳
- 中国名詩選 全三冊 ― 松枝茂夫編
- 通俗古今奇観 ―付 月下清談 ― 淡斎主人訳 青木正児校註
- 唐宋伝奇集 全二冊 ― 今村与志雄訳
- 中国民話集 ― 飯倉照平編訳
- 聊斎志異 全二冊 ― 蒲松齢 立間祥介編訳
- 陸游詩選 ― 一海知義編
- 李商隠詩選 ― 川合康三選訳
- 柳宗元詩選 ― 下定雅弘編訳
- 白楽天詩選 全二冊 ― 川合康三訳注
- ヒトーパデーシャ ―処世の教え ― ナーラーヤナ 金倉円照・北川秀則訳
- シャクンタラー姫 ― カーリダーサ 辻直四郎訳
- バガヴァッド・ギーター ― 上村勝彦訳
- 朝鮮詩集 ― 金素雲訳編
- 朝鮮短篇小説選 全二冊 ― 大村益夫・長璋吉・三枝壽勝編訳
- 尹東柱詩集 空と風と星と詩 ― 金時鐘編訳
- アイヌ神謡集 ― 知里幸惠編訳

## 《ギリシア・ラテン文学》〔赤〕

- 増補 ギリシア抒情詩選 ― 呉茂一訳
- ホメロス イリアス 全二冊 ― 松平千秋訳
- ホメロス オデュッセイア 全二冊 ― 松平千秋訳
- イソップ寓話集 ― 中務哲郎訳
- アイスキュロス アガメムノーン ― 久保正彰訳
- アンティゴネー ― ソポクレース 呉茂一訳
- ソポクレス オイディプス王 ― 藤沢令夫訳
- ソポクレス コロノスのオイディプス ― 高津春繁訳
- ヒッポリュトス ―パイドラーの恋 ― エウリーピデース 松平千秋訳
- バッカイ ―バッコスに憑かれた女たち ― エウリーピデース 逸身喜一郎訳
- ヘシオドス 神統記 ― 廣川洋一訳
- アリストパネース 雲 ― 高津春繁訳
- 女の平和 ―リューシストラテー ― アリストパネース 高津春繁訳
- アポロドーロス ギリシア神話 ― 高津春繁訳
- 遊女の対話 他三篇 ― ルーキアーノス 高津春繁訳
- 黄金の驢馬 ― アープレーイユス 呉茂一・国原吉之助訳

アベラールとエロイーズ 愛の往復書簡　沓掛良彦・横山安由美訳
オウィディウス 変身物語 全二冊　中村善也訳
恋愛指南 —アルス・アマトリア　オウィディウス 沓掛良彦訳
ギリシア・ローマ神話 —付 インド・北欧神話　ブルフィンチ 野上弥生子訳
ギリシア・ローマ名言集　柳沼重剛編
ローマ諷刺詩集　ペルシウス ユウェナーリス 国原吉之助訳
内乱 —パルサリア 全二冊　ルーカーヌス 大西英文訳

## 《南北ヨーロッパ他文学》(赤)

ダンテ 神曲 全三冊　山川丙三郎訳
抜目のない未亡人　ゴルドーニ 平川祐弘訳
珈琲店・恋人たち　ゴルドーニ 平川祐弘訳
夢のなかの夢　タブッキ 和田忠彦訳
カヴァレリーア・ルスティカーナ 他十一篇　ヴェルガ 河島英昭訳
ルネッサンス巷談集　フランコ・サケッティ 杉浦明平訳
むずかしい愛　カルヴィーノ 和田忠彦訳
パロマー　カルヴィーノ 和田忠彦訳
カルヴィーノ アメリカ講義 —新たな千年紀のための六つのメモ　米川良夫・和田忠彦訳

愛神の戯れ —牧歌劇『アミンタ』　トルクァート・タッソ 鷲平京子訳
タッソ エルサレム解放　A・ジュリアーニ編 鷲平京子訳
ペトラルカ ルネサンス書簡集　近藤恒一編訳
ペトラルカ＝ボッカッチョ往復書簡　近藤恒一編訳
ペトラルカ 無知について　近藤恒一訳
無関心な人びと 全二冊　モラーヴィア 河島英昭訳
故郷　パヴェーゼ 河島英昭訳
美しい夏　パヴェーゼ 河島英昭訳
流刑　パヴェーゼ 河島英昭訳
祭の夜　パヴェーゼ 河島英昭訳
シチリアでの会話　ヴィットリーニ 鷲平京子訳
山猫　トマージ・ディ・ランペドゥーサ 小林惺訳
休戦　プリーモ・レーヴィ 竹山博英訳
ウンベルト・エーコ 小説の森散策　和田忠彦訳
タタール人の砂漠　ブッツァーティ 脇功訳
七人の使者・神を見た犬 他十三篇　ブッツァーティ 脇功訳
ドン・キホーテ 前篇 全三冊　セルバンテス 牛島信明訳

ドン・キホーテ 後篇 全三冊　セルバンテス 牛島信明訳
セルバンテス短篇集　牛島信明編訳
ドン・フワン・テノーリオ　ホセ・ソリーリャ 高橋正武訳
三角帽子 他二篇　アラルコン 会田由訳
葦と泥 —付 バレンシア物語　ブラスコ・イバニェス 高橋正武訳
人の世は夢・サラメアの村長　カルデロン 高橋正武訳
恐ろしき媒　ホセ・エチェガライ 永田寛定訳
作り上げた利害　ベナベンテ 永田寛定訳
三大悲劇集 血の婚礼 他二篇　ガルシーア・ロルカ 牛島信明訳
エル・シードの歌　長南実訳
プラテーロとわたし　J・R・ヒメーネス 長南実訳
オルメードの騎士　ロペ・デ・ベガ 長南実訳
父の死に寄せる詩　ホルヘ・マンリーケ 佐竹謙一訳
サラマンカの学生 他六篇　エスプロンセーダ 佐竹謙一訳
完訳 アンデルセン童話集 全七冊　大畑末吉訳
絵のない絵本　アンデルセン 大畑末吉訳
イプセン 人形の家　原千代海訳

民衆の敵　イプセン　竹山道雄訳
バラバ　ラーゲルクヴィスト　尾崎義訳
クオ・ワディス　全三冊　シェンキェーヴィチ　木村彰一訳
兵士シュヴェイクの冒険　全四冊　ハシェク　栗栖継訳
山椒魚戦争　カレル・チャペック　栗栖継訳
ロボット（R・U・R）　チャペック　千野栄一訳
絞首台からのレポート　ユリウス・フチーク　栗栖継訳
尼僧ヨアンナ　イヴァシュキェヴィッチ　関口時正訳
灰とダイヤモンド　全二冊　アンジェイェフスキ　川上洸訳
牛乳屋テヴィエ　ショレム・アレイヘム　西成彦訳
完訳 千一夜物語　全十三冊　豊島与志雄　渡辺一夫　佐藤正彰　岡部正孝訳
ルバイヤート　オマル・ハイヤーム　小川亮作訳
中世騎士物語　ブルフィンチ　野上弥生子訳
アブー・ヌワース アラブ飲酒詩選　塙治夫編訳
王書 ―古代ペルシャの神話・伝説　フェルドウスィー　岡田恵美子訳
コルタサル短篇集 悪魔の涎・追い求める男 他八篇　木村榮一訳
遊戯の終わり　コルタサル　木村榮一訳

秘密の武器　コルタサル　木村榮一訳
ペドロ・パラモ　ファン・ルルフォ　杉山晃　増田義郎訳
伝奇集　J・L・ボルヘス　鼓直訳
創造者　J・L・ボルヘス　鼓直訳
続審問　J・L・ボルヘス　中村健二訳
七つの夜　J・L・ボルヘス　野谷文昭訳
詩という仕事について　J・L・ボルヘス　鼓直訳
汚辱の世界史　J・L・ボルヘス　中村健二訳
ブロディーの報告書　J・L・ボルヘス　鼓直訳
フエンテス短篇集 アウラ・純な魂 他四篇　木村榮一訳
グアテマラ伝説集　M・A・アストゥリアス　牛島信明訳
緑の家　全二冊　バルガス＝リョサ　木村榮一訳
密林の語り部　バルガス＝リョサ　西村英一郎訳
弓と竪琴　オクタビオ・パス　牛島信明訳
アフリカ農場物語　全二冊　オリーヴ・シュライナー　大井真理子　都築忠七訳
やし酒飲み　エイモス・チュツオーラ　土屋哲訳

## 《ロシア文学》〔赤〕

イーゴリ遠征物語　木村彰一訳
バナーエフ 文学的回想　全二冊　井上満訳
オネーギン　プーシキン　池田健太郎訳
スペードの女王・ベールキン物語　プーシキン　神西清訳
大尉の娘　プーシキン　神西清訳
プーシキン詩集　金子幸彦訳
ボリス・ゴドゥノフ　プーシキン　佐々木彰訳
ジプシー・青銅の騎手 他二篇　プーシキン　蔵原惟人訳
狂人日記 他二篇　ゴーゴリ　横田瑞穂訳
外套・鼻　ゴーゴリ　平井肇訳
ディカーニカ近郷夜話　全二冊　ゴーゴリ　平井肇訳
平凡物語　全二冊　ゴンチャロフ　井上満訳
断崖　全五冊　ゴンチャロフ　井上満訳
現代の英雄　レールモントフ　中村融訳
ムツイリ・悪魔　レールモントフ　一条正美訳
オブローモフ主義とは何か？ 他一篇　ドブロリューボフ　金子幸彦訳

二重人格　ドストエフスキー　小沼文彦訳
罪と罰　全三冊　ドストエフスキー　江川卓訳
白痴　全二冊　ドストエーフスキイ　米川正夫訳
カラマーゾフの兄弟　全四冊　ドストエーフスキイ　米川正夫訳
家族の記録　アクサーコフ　黒田辰男訳
釣魚雑筆　アクサーコフ　貝沼一郎訳
アンナ・カレーニナ　全三冊　トルストイ　中村融訳
戦争と平和　全六冊　トルストイ　藤沼貴訳
民話集 人はなんで生きるか　他四篇　トルストイ　中村白葉訳
民話集 イワンのばか　他八篇　トルストイ　中村白葉訳
イワン・イリッチの死　トルストイ　米川正夫訳
人生論　トルストイ　中村融訳
かもめ　チェーホフ　浦雅春訳
可愛い女・犬を連れた奥さん　他一篇　チェーホフ　神西清訳
桜の園　チェーホフ　小野理子訳
六号病棟・退屈な話　他五篇　チェーホフ　松下裕訳
サハリン島　全二冊　チェーホフ　中村融訳

カシタンカ・ねむい　他七篇　チェーホフ　神西清訳
ともしび・谷間　他七篇　チェーホフ　松下裕訳
悪い仲間・マカールの夢　他一篇　コロレンコ　中村融訳
ゴーリキー短篇集　上田進　横田瑞穂訳編
どん底　ゴーリキイ　中村白葉訳
芸術におけるわが生涯　全三冊　スタニスラフスキー　蔵原惟人　江川卓訳
魅せられた旅人　レスコーフ　木村彰一訳
かくれんぼ・毒の園　他五篇　ソログープ　中山省三郎　昇曙夢訳
ベリンスキー ロシヤ文学評論集　全二冊　除村吉太郎訳
プラトーノフ作品集　原卓也訳
悪魔物語・運命の卵　ブルガーコフ　水野忠夫訳

## 《イギリス文学》〔赤〕

ユートピア　トマス・モア　平井正穂訳
完訳カンタベリー物語　全三冊　チョーサー　桝井迪夫訳
ヴェニスの商人　シェイクスピア　中野好夫訳
ジュリアス・シーザー　シェイクスピア　中野好夫訳
十二夜　シェイクスピア　小津次郎訳
ハムレット　シェイクスピア　野島秀勝訳
オセロウ　シェイクスピア　菅泰男訳
リア王　シェイクスピア　野島秀勝訳
マクベス　シェイクスピア　木下順二訳
ソネット集　シェイクスピア　高松雄一訳
ロミオとジューリエット　シェイクスピア　平井正穂訳
リチャード三世　シェイクスピア　木下順二訳
対訳シェイクスピア詩集―イギリス詩人選(1)　柴田稔彦編
失楽園　全二冊　ミルトン　平井正穂訳
ロビンソン・クルーソー　全二冊　デフォー　平井正穂訳
桶物語・書物戦争　他一篇　スウィフト　深町弘三訳

ガリヴァー旅行記　スウィフト　平井正穂訳
トム・ジョウンズ　全四冊　フィールディング　朱牟田夏雄訳
ジョウゼフ・アンドルーズ　全二冊　フィールディング　朱牟田夏雄訳
トリストラム・シャンディ　全三冊　ロレンス・スターン　朱牟田夏雄訳
ウェイクフィールドの牧師―むだばなし　ゴールドスミス　小野寺健訳
幸福の探求―アビシニアの王子ラセラスの物語　サミュエル・ジョンソン　朱牟田夏雄訳
対訳バイロン詩集―イギリス詩人選(8)　笠原順路編
対訳ブレイク詩集―イギリス詩人選(4)　松島正一編
ブレイク詩集　寿岳文章訳
ワーズワース詩集　田部重治選訳
対訳ワーズワス詩集―イギリス詩人選(3)　山内久明編
対訳コウルリッジ詩集―イギリス詩人選(7)　上島建吉編
高慢と偏見　全二冊　ジェーン・オースティン　富田彬訳
説きふせられて　ジェーン・オースティン　富田彬訳
エマ　全二冊　ジェーン・オースティン　工藤政司訳
シェイクスピア物語　全二冊　チャールズ・ラム　メアリー・ラム　安藤貞雄訳
イン・メモリアム　テニスン　入江直祐訳

対訳テニスン詩集―イギリス詩人選(5)　西前美巳編
デイヴィッド・コパフィールド　全五冊　ディケンズ　石塚裕子訳
ディケンズ短篇集　小池滋　石塚裕子訳
オリヴァ・ツウィスト　全二冊　ディケンズ　本多季子訳
アメリカ紀行　全二冊　ディケンズ　伊藤弘之　下笠徳次　隈元貞広訳
イタリアのおもかげ　ディケンズ　伊藤弘之　下笠徳次　隈元貞広訳
鎖を解かれたプロメテウス　シェリー　石川重俊訳
対訳シェリー詩集―イギリス詩人選(9)　アルヴィ宮本なほ子編
アイルランド―歴史と風土　オフェイロン　橋本槇矩訳
ジェイン・エア　全二冊　シャーロット・ブロンテ　河島弘美訳
嵐が丘　全二冊　エミリー・ブロンテ　河島弘美訳
クリスチナ・ロセッティ詩抄　入江直祐訳
サイラス・マーナー　ジョージ・エリオット　土井治訳
ハーディ　テス　全二冊　井上宗次　石田英二訳
ハーディ短篇集　井出弘之編訳
緑の館―熱帯林のロマンス　ハドソン　柏倉俊三訳
宝島　スティーヴンスン　阿部知二訳

ジーキル博士とハイド氏　スティーヴンスン　海保眞夫訳
プリンス・オットー　スティーヴンスン　小川和夫訳
旅は驢馬をつれて 他一篇　スティヴンソン　吉田健一訳
新アラビヤ夜話　スティーヴンスン　佐藤緑葉訳
バラントレーの若殿　スティーヴンスン　海保眞夫訳
マーカイム・壜の小鬼 他五篇　スティーヴンソン　高松雄一・高松禎子訳
トム・ブラウンの学校生活 全二冊　トマス・ヒューズ　前川俊一訳
怪談 —不思議なことの物語と研究　ラフカディオ・ハーン　平井呈一訳
心 —日本の内面生活の暗示と影響　ラフカディオ・ハーン　平井呈一訳
サロメ　ワイルド　福田恆存訳
ヘンリ・ライクロフトの私記　ギッシング　平井正穂訳
ギッシング短篇集　小池滋編訳
闇の奥　コンラッド　中野好夫訳
対訳イエイツ詩集　高松雄一編
月と六ペンス　モーム　行方昭夫訳
読書案内 —世界文学　W・S・モーム　西川正身訳
人間の絆 全三冊　モーム　行方昭夫訳

サミング・アップ　モーム　行方昭夫訳
モーム短篇選 全二冊　行方昭夫編訳
お菓子とビール　モーム　行方昭夫訳
ダブリンの市民　ジョイス　結城英雄訳
若い芸術家の肖像　ジョイス　大澤正佳訳
ロレンス短篇集　河野一郎編訳
荒地　T・S・エリオット　岩崎宗治訳
四つの四重奏　T・S・エリオット　岩崎宗治訳
悪口学校　シェリダン　菅泰男訳
パリ・ロンドン放浪記　ジョージ・オーウェル　小野寺健訳
動物農場 —おとぎばなし　ジョージ・オーウェル　川端康雄訳
対訳キーツ詩集 —イギリス詩人選(10)　宮崎雄行編
阿片常用者の告白　ド・クインシー　野島秀勝訳
深き淵よりの嘆息 —『阿片常用者の告白』続篇　ド・クインシー　野島秀勝訳
イギリス名詩選　平井正穂編
タイム・マシン 他九篇　H・G・ウエルズ　橋本槇矩訳
トーノ・バンゲイ 全二冊　ウェルズ　中西信太郎訳

回想のブライズヘッド 全二冊　イーヴリン・ウォー　小野寺健訳
愛されたもの　イーヴリン・ウォー　中村健二・出淵博訳
アイルランド童話集 隊を組んで歩く妖精達 其他　イエイツ　山宮允訳
ナイティンゲール伝 他一篇　リットン・ストレイチー　橋口稔訳
果てしなき旅 全二冊　E・M・フォースター　高橋和久訳
フォースター評論集　小野寺健編訳
白衣の女 全三冊　ウィルキー・コリンズ　中島賢二訳
夢の女・恐怖のベッド 他六篇　ウィルキー・コリンズ　中島賢二訳
対訳英米童謡集　河野一郎編訳
灯台へ　ヴァージニア・ウルフ　御輿哲也訳
世の習い　コングリーヴ　笹山隆訳
夜の来訪者　プリーストリー　安藤貞雄訳
イングランド紀行 全二冊　プリーストリー　橋本槇矩訳
アーネスト・ダウスン作品集　南條竹則編訳
狐になった奥様　ガーネット　安藤貞雄訳
ヘリック詩鈔　森亮訳
たいした問題じゃないが —イギリス・コラム傑作選　行方昭夫編訳

真昼の暗黒　アーサー・ケストラー　中島賢二訳
英国ルネサンス恋愛ソネット集　岩崎宗治編訳

## 《アメリカ文学》〔赤〕

フランクリン自伝　松本慎一・西川正身訳
アルハンブラ物語　全二冊　アーヴィング　平沼孝之訳
ブレイスブリッジ邸　アーヴィング　齊藤昇訳
完訳 緋文字　ホーソーン　八木敏雄訳
黒猫・モルグ街の殺人事件 他五篇　ポオ　中野好夫訳
対訳 ポー詩集 —アメリカ詩人選(1)　加島祥造編
黄金虫・アッシャー家の崩壊 他九篇　ポオ　八木敏雄訳
ユリイカ　ポオ　八木敏雄訳
ポオ評論集　八木敏雄編訳
森の生活 (ウォールデン) 全二冊　ソロー　飯田実訳
市民の反抗 他五篇　H・D・ソロー　飯田実訳
白鯨　全三冊　メルヴィル　八木敏雄訳
草の葉　全三冊　ホイットマン　酒本雅之訳
対訳 ホイットマン詩集 —アメリカ詩人選(2)　木島始編
対訳 ディキンソン詩集 —アメリカ詩人選(3)　亀井俊介編
不思議な少年　マーク・トウェイン　中野好夫訳
王子と乞食　マーク・トウェーン　村岡花子訳
人間とは何か　マーク・トウェイン　中野好夫訳
ハックルベリー・フィンの冒険　全二冊　マーク・トウェイン　西田実訳
新編 悪魔の辞典　ビアス　西川正身編訳
ねじの回転 デイジー・ミラー　ヘンリー・ジェイムズ　行方昭夫訳
大使たち　全二冊　ヘンリー・ジェイムズ　青木次生訳
ワシントン・スクエア　ヘンリー・ジェイムズ　河島弘美訳
どん底の人びと —ロンドン一九〇二　ジャック・ロンドン　行方昭夫訳
シカゴ詩集　サンドバーグ　安藤一郎訳
大地　全四冊　パール・バック　小野寺健訳
シスター・キャリー　全二冊　ドライサー　村山淳彦訳
響きと怒り　全二冊　フォークナー　平石貴樹・新納卓也訳
アブサロム、アブサロム!　全二冊　フォークナー　藤平育子訳
楡の木陰の欲望　オニール　井上宗次訳
日はまた昇る　ヘミングウェイ　谷口陸男訳
怒りのぶどう　全三冊　スタインベック　大橋健三郎訳
ブラック・ボーイ —ある幼少期の記録　全二冊　リチャード・ライト　野崎孝訳
オー・ヘンリー傑作選　大津栄一郎訳
フィッツジェラルド短篇集　佐伯泰樹編訳
アメリカ名詩選　亀井俊介・川本皓嗣編
開拓者たち　全二冊　クーパー　村山淳彦訳
孤独な娘　ナサニエル・ウエスト　丸谷才一訳
魔法の樽 他十二篇　マラマッド　阿部公彦訳

## 《ドイツ文学》〔赤〕

ニーベルンゲンの歌 全二冊　相良守峯訳
ラオコオン ―絵画と文学との限界について　レッシング　斎藤栄治訳
エミーリア・ガロッティ ミス・サラ・サンプソン　レッシング　田邊玲子訳
若きウェルテルの悩み　ゲーテ　竹山道雄訳
ヴィルヘルム・マイスターの修業時代 全三冊　ゲーテ　山崎章甫訳
ヘルマンとドロテーア　ゲーテ　佐藤通次訳
イタリア紀行 全三冊　ゲーテ　相良守峯訳
ファウスト 全二冊　ゲーテ　相良守峯訳
ゲーテとの対話 全三冊　エッカーマン　山下肇訳
三十年戦史 全二冊　シルレル　渡辺格司訳
ヴァレンシュタイン　シラー　濱川祥枝訳
ヘルダーリン詩集　川村二郎訳
青い花　ノヴァーリス　青山隆夫訳
完訳 グリム童話集 全五冊　金田鬼一訳
牡猫ムルの人生観 全二冊　ホフマン　秋山六郎兵衛訳
水妖記（ウンディーネ）　フーケー　柴田治三郎訳

ペンテジレーア　クライスト　吹田順助訳
影をなくした男　シャミッソー　池内紀訳
ハイネ 歌の本　井上正蔵訳
流刑の神々・精霊物語　ハイネ　小沢俊夫訳
冬物語 ―ドイツ　ハイネ　井汲越次訳
ロマンツェーロー 全二冊　ハイネ　井汲越次訳
ユーディット 他一篇　ヘッベル　吹田順助訳
水晶 他三篇 ―石さまざま　シュティフター　手塚富雄・藤村宏訳
ブリギッタ・森の泉 他一篇　シュティフター　宇多五郎・高安国世訳
ウィーンの辻音楽師 他一篇　グリルパルツァー　福田宏年訳
みずうみ 他四篇　シュトルム　関泰祐訳
大学時代・広場のほとり 他四篇　シュトルム　関泰祐訳
美しき誘い 他一篇　シュトルム　国松孝二訳
聖ユルゲンにて・後見人カルステン 他一篇　シュトルム　国松孝二訳
花・死人に口なし 他七篇　シュニッツラー　番匠谷英一・山本有三訳
ゲオルゲ詩集　手塚富雄訳
リルケ詩集　高安国世訳

ドゥイノの悲歌　リルケ　手塚富雄訳
ブッデンブローク家の人びと 全三冊　トーマス・マン　望月市恵訳
トオマス・マン短篇集　実吉捷郎訳
魔の山 全二冊　トーマス・マン　関泰祐・望月市恵訳
トニオ・クレエゲル　トオマス・マン　実吉捷郎訳
ヴェニスに死す　トオマス・マン　実吉捷郎訳
ワイマルのロッテ 全二冊　トーマス・マン　望月市恵訳
車輪の下　ヘルマン・ヘッセ　実吉捷郎訳
デミアン　ヘルマン・ヘッセ　実吉捷郎訳
シッダルタ　ヘッセ　手塚富雄訳
美しき惑いの年　カロッサ　手塚富雄訳
若き日の変転　カロッサ　斎藤栄治訳
幼年時代　カロッサ　斎藤栄治訳
指導と信従　カロッサ　国松孝二訳
マリー・アントワネット 全二冊　シュテファン・ツワイク　高橋禎二・秋山英夫訳
ジョゼフ・フーシェ ―ある政治的人間の肖像　シュテファン・ツワイク　高橋禎二・秋山英夫訳
変身・断食芸人　カフカ　山下肇・山下萬里訳

審判　カフカ　辻理訳
カフカ短篇集　池内紀編訳
カフカ寓話集　池内紀編訳
ガリレイの生涯　ベルトルト・ブレヒト　岩淵達治訳
天と地との間　オットー・ルートヴィヒ　黒川武敏訳
ほらふき男爵の冒険　ビュルガー編　新井皓士訳
ドイツ炉辺ばなし集　—カレンダーゲシヒテン　ヘーベル　木下康光編訳
憂愁夫人　ズーデルマン　相良守峯訳
短篇集 死神とのインタヴュー　ノサック　神品芳夫訳
悪童物語　ルウドヰヒ・トオマ　実吉捷郎訳
愛の完成・静かなヴェロニカの誘惑　ムージル　古井由吉訳
芸術を愛する一修道僧の真情の披瀝　ヴァッケンローダー　江川英一訳
ハインリヒ・ベル短篇集　青木順三編訳
ウィーン世紀末文学選　池内紀編訳
大理石像・デュランデ城悲歌　アイヒェンドルフ　関泰祐訳
ホフマンスタール詩集　川村二郎訳
陽気なヴッツ先生 他一篇　ジャン・パウル　岩田行一訳

蜜蜂マアヤ　ボンゼルス　実吉捷郎訳
インド紀行 全二冊　ボンゼルス　実吉捷郎訳
ドイツ名詩選　生野幸吉・檜山哲彦編
果てしなき逃走　ヨーゼフ・ロート　平田達治訳
聖なる酔っぱらいの伝説 他四篇　ヨーゼフ・ロート　池内紀訳
暴力批判論 他十篇　—ベンヤミンの仕事1　ヴァルター・ベンヤミン　野村修編訳
ボードレール 他五篇　—ベンヤミンの仕事2　ヴァルター・ベンヤミン　野村修編訳
罪なき罪 全二冊　—エフィ・ブリースト　フォンターネ　加藤一郎訳
ヴォイツェク ダントンの死 レンツ　ビューヒナー　岩淵達治訳

## 《フランス文学》〔赤〕

ラブレー 第一之書 ガルガンチュワ物語　渡辺一夫訳
ラブレー 第二之書 パンタグリュエル物語　渡辺一夫訳
ラブレー 第三之書 パンタグリュエル物語　渡辺一夫訳
ラブレー 第四之書 パンタグリュエル物語　渡辺一夫訳
ラブレー 第五之書 パンタグリュエル物語　渡辺一夫訳
トリスタン・イズー物語　ベディエ編　佐藤輝夫訳
ラ・ロシュフコー箴言集　二宮フサ訳

フェードル・アンドロマック　ラシーヌ　渡辺守章訳
ブリタニキュス・ベレニス　ラシーヌ　渡辺守章訳
タルチュフ　モリエール　鈴木力衛訳
ドン・ジュアン　—石像の宴　モリエール　鈴木力衛訳
町人貴族　モリエール　鈴木力衛訳
守銭奴　モリエール　鈴木力衛訳
病は気から　モリエール　鈴木力衛訳
完訳 ペロー童話集　新倉朗子訳
ラ・フォンテーヌ 寓話 全二冊　今野一雄訳
クレーヴの奥方 他二篇　ラファイエット夫人　生島遼一訳
カラクテール 全三冊　—当世風俗誌　ラ・ブリュイエール　関根秀雄訳
偽りの告白　マリヴォー　鈴木力衛訳
贋の侍女・愛の勝利　マリヴォー　佐藤実枝・井村順一訳
カンディード 他五篇　ヴォルテール　植田祐次訳
マノン・レスコー　アベ・プレヴォ　河盛好蔵訳
ジル・ブラース物語 全四冊　ル・サージュ　杉捷夫訳
美味礼讃 全二冊　ブリア-サヴァラン　関根秀雄・戸部松実訳

アドルフ　コンスタン　大塚幸男訳
赤と黒　全二冊　スタンダール　桑原武夫・生島遼一訳
パルムの僧院　全二冊　スタンダール　生島遼一訳
知られざる傑作　他五篇　バルザック　水野亮訳
従兄ポンス　全二冊　バルザック　水野亮訳
谷間のゆり　バルザック　宮崎嶺雄訳
「絶対」の探求　バルザック　水野亮訳
ゴリオ爺さん　全二冊　バルザック　高山鉄男訳
ゴプセック・毬打つ猫の店　バルザック　芳川泰久訳
サラジーヌ　他三篇　バルザック　芳川泰久訳
艶笑滑稽譚　全三冊　バルザック　石井晴一訳
レ・ミゼラブル　全四冊　ユーゴー　豊島与志雄訳
死刑囚最後の日　ユーゴー　豊島与志雄訳
エルナニ　ユーゴー　稲垣直樹訳
モンテ・クリスト伯　全七冊　アレクサンドル・デュマ　山内義雄訳
三銃士　全二冊　デュマ　生島遼一訳
カルメン　メリメ　杉捷夫訳

メリメ怪奇小説選　杉捷夫編訳
愛の妖精(プチット・ファデット)　ジョルジュ・サンド　宮崎嶺雄訳
フランス田園伝説集　ジョルジュ・サンド　篠田知和基訳
ボオドレール　悪の華　鈴木信太郎訳
パリの憂愁　ボードレール　福永武彦訳
ボヴァリー夫人　全二冊　フローベール　伊吹武彦訳
感情教育　全二冊　フローベール　生島遼一訳
椿姫　デュマ・フィス　吉村正一郎訳
プチ・ショーズ　—ある少年の物語　ドーデー　原千代海訳
シルヴェストル・ボナールの罪　アナトール・フランス　伊吹武彦訳
エピクロスの園　アナトール・フランス　大塚幸男訳
脂肪のかたまり　モーパッサン　高山鉄男訳
ベラミ　全二冊　モーパッサン　杉捷夫訳
モーパッサン短篇選　高山鉄男編訳
地獄の季節　ランボオ　小林秀雄訳
にんじん　ルナアル　岸田国士訳
ぶどう畑のぶどう作り　ルナアル　岸田国士訳

ジャン・クリストフ　全四冊　ロマン・ローラン　豊島与志雄訳
散文詩　夜の歌　フランシス・ジャム　三好達治訳
フランシス・ジャム詩集　手塚伸一訳
三人の乙女たち　フランシス・ジャム　手塚伸一訳
狭き門　アンドレ・ジイド　川口篤訳
続コンゴ紀行　—チャド湖より還る　アンドレ・ジイド　杉捷夫訳
パリュウド　アンドレ・ジイド　小林秀雄訳
ヴァレリー詩集　ポール・ヴァレリー　鈴木信太郎訳
ムッシュー・テスト　ポール・ヴァレリー　清水徹訳
精神の危機　他十五篇　ポール・ヴァレリー　恒川邦夫訳
地獄　アンリ・バルビュス　田辺貞之助訳
朝のコント　フィリップ　淀野隆三訳
シラノ・ド・ベルジュラック　ロスタン　辰野隆・鈴木信太郎訳
恐るべき子供たち　コクトー　鈴木力衛訳
人はすべて死す　全二冊　ボーヴォワール　川口篤・田中敬一訳
セヴィニェ夫人手紙抄　井上究一郎訳
地底旅行　ジュール・ヴェルヌ　朝比奈弘治訳

| | |
|---|---|
| 八十日間世界一周 | ジュール・ヴェルヌ 鈴木啓二訳 |
| 海底二万里 全二冊 | ジュール・ヴェルヌ 朝比奈美知子訳 |
| 結婚十五の歓び | 新倉俊一訳 |
| 死霊の恋・ポンペイ夜話 他三篇 | ゴーチエ 田辺貞之助訳 |
| キャピテン・フラカス 全三冊 | ゴーティエ 田辺貞之助訳 |
| モーパン嬢 全二冊 | テオフィル・ゴーチエ 井村実名子訳 |
| 十二の恋の物語 —マリー・ド・フランスのレー | マリー・ド・フランス 月村辰雄訳 |
| 牝猫（めすねこ） | コレット 工藤庸子訳 |
| シェリ | コレット 工藤庸子訳 |
| 生きている過去 | レニエ 窪田般彌訳 |
| シュルレアリスム宣言・溶ける魚 | アンドレ・ブルトン 巖谷國士訳 |
| ナジャ | アンドレ・ブルトン 巖谷國士訳 |
| 不遇なる一天才の手記 | ヴォーヴナルグ 関根秀雄訳 |
| フランス民話集 | 新倉朗子編訳 |
| ヂェルミニィ・ラセルトゥウ | ゴンクウル兄弟 大西克和訳 |
| ゴンクールの日記 全二冊 | 斎藤一郎編訳 |
| 短篇集 恋の罪 | サド 植田祐次訳 |
| フランス名詩選 | 安藤元雄 入沢康夫 渋沢孝輔 編 |
| グラン・モーヌ | アラン＝フルニエ 天沢退二郎訳 |
| 狐物語 | 鈴木覺 福本直之 原野昇 訳 |
| 繻子の靴 全二冊 | ポール・クローデル 渡辺守章訳 |
| 幼なごころ | ヴァレリー・ラルボー 岩崎力訳 |
| 心変わり | ミシェル・ビュトール 清水徹訳 |
| けものたち・死者の時 | ピエール・ガスカール 渡辺一夫 佐藤朔 二宮敬 訳 |
| 自由への道 全六冊 | サルトル 海老坂武 澤田直 訳 |
| 物質的恍惚 | ル・クレジオ 豊崎光一訳 |
| 悪魔祓い | ル・クレジオ 高山鉄男訳 |
| 女中たち／バルコン | ジャン・ジュネ 渡辺守章訳 |
| 失われた時を求めて 全十四冊（既刊六冊） | プルースト 吉川一義訳 |
| 丘 | ジャン・ジオノ 山本省訳 |
| 子ども 全二冊 | ジュール・ヴァレス 朝比奈弘治訳 |
| アルゴールの城にて | ジュリアン・グラック 安藤元雄訳 |
| シルトの岸辺 | ジュリアン・グラック 安藤元雄訳 |